Françoise Perriot, écrivain, journaliste, a vécu dans les grands espaces, près de la nature, que ce soit au Montana ou dans les Alpes. Michel Pageau l'a choisie, « par instinct » dit-il, pour être sa biographe.

Françoise Perriot

J'AI ENTENDU PLEURER LA FORÊT

Michel Pageau, trappeur

Préface d'Hubert Reeves

Éditions du Seuil

TEXTE INTÉGRAL

ISBN 978-2-7578-1713-1
(ISBN 978-2-02-090720-0, 1re publication)

© Éditions du Seuil, 2008

Le Code de la propriété intellectuelle interdit les copies ou reproductions destinées à une utilisation collective. Toute représentation ou reproduction intégrale ou partielle faite par quelque procédé que ce soit, sans le consentement de l'auteur ou de ses ayants cause, est illicite et constitue une contrefaçon sanctionnée par les articles L. 335-2 et suivants du Code de la propriété intellectuelle.

Préface

« De l'autre côté de la barrière, il y a le Refuge. […] Dans le Refuge, les frontières entre le monde des humains et celui de la nature sauvage s'estompent. L'artisan Michel Pageau a réuni la grande famille. »

Et c'est pour cette belle idée de la famille étendue au-delà de la famille humaine qu'il était important d'écrire une préface – qui pourrait être postface… Car en effet l'humanité et toutes les espèces non humaines appartiennent au monde vivant dans une solidarité vitale. Il s'agit de la biodiversité, dont l'érosion est à enrayer d'urgence.

Pour qui préside actuellement une association française qui demande la réforme de la chasse et du piégeage des prédateurs, le mot « trappe » a, *a priori*, une connotation négative. Mais l'histoire de Michel, d'abord chasseur puis trappeur, remonte à une époque où personne ne contestait des pratiques dont le modèle, proche de celui des Amérindiens, ne mettait aucune espèce en péril. Michel a choisi la vie qui lui convenait : « La nature, les animaux, la liberté, et pas de "boss". » Insécurité financière acceptée… Il connaît tout de la vie sauvage et son habileté de taxidermiste doit beaucoup à ses heures de patiente observation. C'est avec tristesse qu'il voit l'animal mourir, il préfère être privé de prise que de trouver un animal non visé dans le piège et, l'expérience aidant, il assure la plus grande sélectivité possible à ses trappes. Il réfute la notion d'animal nuisible. Il sait que l'ours, avant d'être dangereux pour l'homme, en est d'abord la victime. D'ailleurs, il est trappeur et soigneur. Son amour des animaux fonde sa personnalité avide de communion avec la nature, où il prélève ce qu'il faut pour vivre comme un prédateur naturel. Rien à voir avec la chasse pour le plaisir ou la trappe comme distraction. Son vécu témoigne de son appartenance à cette nature à laquelle il est attaché viscéralement, dont il est imprégné et qu'il admire passionnément, tous les sens en éveil : « les yeux fermés, Michel se dit qu'on pourrait presque sentir les saisons dans le chant des oiseaux », « il sent les odeurs avant qu'elles lui parviennent ». C'est un trappeur qui s'imbibe de connaissances sur la forêt et ses hôtes... Elles lui ont été utiles dans sa profession, et, par un juste retour des choses, elles seront utiles aux animaux.

La vie de trappeur est intimement dépendante de la bonne santé de la forêt. Mais voilà qu'on assassine la forêt. Sa destruction condamne plus sûrement la faune que l'activité de trappe. Anéantir les arbres est une action de multiples fois meurtrière.

La forêt meurt. Et les vies animales s'éteignent. Michel refuse d'ajouter des morts d'individus à celles des espèces privées de leur habitat forestier. Une autre histoire commence, menant vers le Refuge dont Michel est le gardien...

Et l'esprit qui règne dans ce Refuge, c'est ce que la préface célèbre...

Hubert R<small>EEVES</small>
astrophysicien
président de la Ligue ROC
110 bd Saint-Germain – 75006 Paris

Écouter la forêt qui pousse
plutôt que l'arbre qui tombe.

Hegel

Introduction

Il était une fois l'Abitibi…

La lune envoie un pâle sourire sur une note douce, puis s'éteint subrepticement dans un froid piquant. Le jour se lève en ce printemps 1899 sur l'Abitibi, territoire sauvage de dense forêt boréale, tacheté de dix mille lacs scintillants, comme tombés d'un arc-en-ciel. La terre exhale ses ultimes senteurs d'hiver. Les rivières gelées se délient en minces rubans de courants qui se frayent un passage vers la grande baie James, là-haut, encore plus au nord.

Ici, entre les 48e et 49e parallèles, à la limite de la taïga, se réveille le royaume de la pessière, forêt dominée par les épicéas. Ruisselants d'humidité, les arbres, feuillus et conifères, s'allument de reflets et de senteurs. Les plantes, qui sous ce climat extrême n'ont guère que cent cinquante jours par an pour croître, se dépêchent de fleurir dans les clairières baignées de lumière. Alors la complainte feutrée de l'hiver s'efface sous les chants étourdissants des milliers d'oiseaux migrateurs qui reviennent peupler la forêt boréale. Et, la nuit, les coassements des grenouilles sorties de leur hibernation attestent que la vie est bien en marche. Aux hommes blancs, elles carillonnent : « Il faut semer, il faut semer, il faut semer ! » Aux Amérindiens, elles racontent les rêves dont leur long sommeil hivernal les a comblées.

Mooz suspendit sa mastication, laissa pendre la juteuse ramille d'érable qu'il venait de saisir. Whiskey-Jack, le petit mésangeai du Canada[1], un des rares oiseaux à ne pas fuir l'hiver, curieux de nature et sentinelle de la forêt dans l'âme, lançait ses cris d'alerte. L'orignal agita ses longues oreilles et les orienta vers la source du bruit alarmant. Un bruit discret, un son qu'il reconnaissait rapidement, et une odeur particulière. Le signal de la fuite. Avec la rapidité et la discrétion d'un lynx, il s'élança entre les arbres, sauta des cours d'eau, traversa des tourbières, choisissant les mousses pour assourdir le martèlement de ses sabots, galopa jusqu'au moment où l'obscurité du couvert forestier fit place à la clarté d'une étendue d'eau limpide. Il s'arrêta, essoufflé, les flancs palpitants, tous ses sens aux aguets. Il leva la tête, tendit son large museau arqué pour humer l'air. Son panache croissant de bois plats encore veloutés dessina une ombre sur la bosse de ses épaules. L'oiseau, qui l'avait suivi en vol, se percha sur un arbre tordu et se mit à piailler tranquillement. L'orignal se sentit rassuré. De sa démarche nonchalante, il sortit de la pénombre et avança vers la rive herbeuse du lac Preissac où seuls quelques saules se reflétaient. Il hésita un moment.

Avec circonspection, il inspecta les rives d'où surgissaient parfois des Anishnabés (Algonquins) avançant sur l'eau dans des embarcations en écorce de bouleau, aussi silencieuses qu'un castor à la nage. Mais l'eau clapotait régulièrement en caressant la berge, aucune des quelques plaques de glace qui flottaient encore en cette matinée de printemps ne se brisa. L'orignal enfonça ses sabots

1. *Perisoreus canadensis.*

dans la vase et vit son reflet tremblant dans les remous de l'eau. Quand son image fut bien nette, la blancheur de sa robe le surprit encore. Il se glissa dans le lac, le plus discrètement possible vu sa masse imposante. Il aperçut furtivement la forme trapue d'une ourse noire se faufilant entre les arbres, le nez au sol, appliquée à déterrer des racines. Deux oursons malicieux la suivaient en trébuchant comiquement sur les souches. Dans leur sillage voletait une nuée de petits oiseaux empressés de récupérer leurs poils accrochés aux buissons. Des myriades d'oiseaux migrateurs revenaient nicher dans la forêt boréale, transformant l'austérité du silence hivernal en une symphonie de sons et de couleurs. Ouvrant un sillon de deux vagues timides, l'orignal nagea paisiblement, conscient de la fraîcheur de l'eau et de la douceur du soleil, et un court instant l'ombre des ailes d'un grand corbeau en vol tacha de noir son dos blanc.

Lorsqu'il atteignit les berges de l'île où les femelles venaient en cette saison mettre bas, à l'abri des prédateurs, il s'ébroua, non sans avoir auparavant plongé la tête sous l'eau pour y brouter ces plantes aquatiques dont il était friand. D'autres humains étaient apparus sur son territoire. Des étrangers, vêtus différemment et s'exprimant avec d'autres sons qu'il n'arrivait pas encore à interpréter. Instinctivement, il sentait qu'ils représentaient une plus grande menace que les Anishnabés. Tout en eux était signe de danger. Ils parlaient haut, criaient souvent, gesticulaient sans craindre d'attirer l'attention, comme des êtres dominants poussés par une ardeur que l'orignal ne s'expliquait pas. Ils avaient réussi à supporter le long hiver dans la rudesse de la forêt boréale, et plusieurs de leurs semblables les avaient rejoints. Pour l'orignal, c'était l'annonce d'un grand changement ; il comprenait que l'apprentissage et l'adaptation à cette nouvelle ère inconnue allaient lui demander beaucoup d'efforts. Il redoutait qu'elle ne marquât la fin d'un temps…

Kitci Anoki8nni[1] se redressa. Il avait eu le loisir de le contempler avant qu'il ne disparût dans les bois et lui avait adressé une prière silencieuse. L'orignal blanc était un grand mystère, un animal sacré. Un don plus généreux encore que tous ceux de la Mère Terre pourvoyeuse, car son Esprit était un puissant intercesseur auprès de l'Esprit-mystérieux, Mantou. L'animal blanc faisait une cible parfaite, trop facilement repérable pour que les chasseurs amérindiens tirent un quelconque honneur à le tuer. Au contraire, ils admiraient sa grande habilité à survivre malgré le handicap de ce pelage trop voyant ; la loi de la nature, à laquelle se pliaient humains et animaux, avait compensé cette vulnérabilité en le rendant sacré pour les autochtones. Le tuer revenait à enfreindre un tabou et, immanquablement, attirait le malheur sur le chasseur et sa famille – habituellement, sous forme d'une mort étrange lors d'une partie de chasse. Mais, au-delà du tabou, l'orignal blanc symbolisait la beauté et la diversité de la nature, un éventail de surprises offertes équitablement à toutes les espèces, animées ou non. Les hommes blancs étaient différents, ils ne connaissaient pas encore les codes de la vie ici. Sauraient-ils jamais les apprendre ? S'y conformeraient-ils ? Kitci Anoki8nni n'avait pas revu Mooz depuis plusieurs mois et s'en était inquiété. Il redoutait que l'animal ne rencontre ces nouveaux chasseurs étrangers qui paraissaient insatiables. Tuer l'orignal si particulier

1. Le « grand trappeur » en langue anishnabé / algonquine.

dont ils avaient entendu parler sans l'avoir encore vu tournait à l'obsession ; un réflexe commun chez eux.

À la même époque l'année précédente, en 1898, Kitci Anoki8nni s'était rendu au poste de traite du lac Abitibi, pour troquer ses fourrures contre des marchandises. Dans cette région du Grand Nord, le monopole de la traite des fourrures était aux mains de la puissante Compagnie anglaise de la baie d'Hudson, fondée en 1670 par deux « coureurs des bois » français, Pierre Esprit Radisson, un Malouin, et Médard Chouart Des Groseilliers, natif de Meaux. Cette compagnie aurait pu être française, mais leur roi Louis XIV ne voulut pas croire aux promesses d'avenir de cet arrière-pays lointain. Les deux hommes eurent plus de chance avec les Anglais. Le roi d'Angleterre Charles II offrit l'immense territoire de 3,8 millions de kilomètres carrés au prince Rupert, qui devint le premier directeur de la Compagnie. Fort Abitibi faisait partie des cinq postes situés au sud de la baie James, dont Fort Témiscamingue, à une journée de canoë de Fort Abitibi, était le dépôt principal. Dans ce poste important, chaque année, deux fois par an, arrivaient de Montréal de grands canoës, chargés en juillet de marchandises et en automne de provisions hivernales. Les trappeurs Anishnabés et Cris se rendaient aux différents forts pour livrer leurs fourrures aux marchands en échange de biens et de provisions. Les peaux récupérées par les marchands, de même que les « voyageurs » blancs, ces rabatteurs de fourrures qui sillonnaient la région pour traiter avec les Amérindiens, repartaient dans les canoës.

Fort Abitibi avait été construit à l'embouchure ouest de la rivière Duparquet, qui se jette dans le lac Abitibi. Il consistait en deux maisons, deux petits hangars ou magasins contenant les provisions, les marchandises et les pelleteries, et un abri pour les canoës. Ce n'étaient que quelques bâtiments en planches de bois, dont l'habitation du responsable du fort, un Anglais engagé par la Compagnie, son épouse, et leurs employés, généralement des métis.

Dans la pièce où se déroulaient les transactions, en ce printemps 1898, le responsable du fort s'entretenait avec un « voyageur » français de Québec et une « robe noire », un père oblat récemment arrivé de France. Kitci Anoki8nni les observait, essayant de comprendre le sens de leurs paroles. Chacun parlait anglais avec un accent différent.

– Et voilà ! L'Abitibi et le Témiscamingue sont rattachés à la province de Québec. Va falloir que tu apprennes à tes sauvages à parler français. Et toi aussi, disait le « voyageur », joyeux comme un homme à la naissance de son enfant.

– Oh, de toute façon, tout cela reste à la Couronne. La Compagnie de la baie d'Hudson a déjà perdu son territoire de la Terre de Rupert[1]. Mais ici on garde quand même le monopole de la traite et on parle anglais, répliqua le responsable, avec l'air d'un chasseur qui s'est fait voler son gibier.

– Un nouveau royaume nous attend ! s'écria la « robe noire » dans une envolée extatique qui fit sursauter l'Amérindien.

Ils parlaient de ces terres où Kitci Anoki8nni et ceux de son peuple vivaient depuis des cycles de lune maintenant oubliés. Ce troc concernant la terre de ses ancêtres avait été réalisé sans que les Indiens ne puissent véritablement donner leur avis, et ils n'en tireraient sans doute aucun bénéfice. Ils n'avaient été convoqués que

---

1. Acheté par le Canada en 1870.

pour éviter de froisser les susceptibilités et prévenir des conflits ; mais les négociations s'étaient déroulées entre les gouvernements des provinces et le gouvernement fédéral.

Cela avait entraîné une nouvelle organisation du troc entre les différentes tribus et bandes. Certaines avaient conservé leur mode de vie nomade, tout en se spécialisant dans la trappe des animaux à fourrure, d'autres s'étaient sédentarisées et cultivaient des terres. Jusqu'à présent, le troc que faisait marginalement Kitci Anoki8nni avec les Blancs n'avait guère altéré le cours de sa vie ; la bande Anishnabé dont il était membre se tenait à l'écart du commerce de la fourrure et veillait scrupuleusement à conserver le mode de vie de ses ancêtres.

Les étrangers s'installaient, de plus en plus nombreux, et ne partaient plus. Anxieux de s'acclimater à cette terre inconnue, ils voulaient contradictoirement en changer la nature, la civiliser, elle, la sauvage, foisonnant d'énigmes qui les médusaient. Pas besoin d'ausculter les craquelures sur une omoplate d'orignal chauffée pour prédire l'avenir. Les Blancs allaient transformer l'histoire des ancêtres de Kitci Anoki8nni et l'écriraient sur leurs papiers, avec leurs mots à eux. Ils finiraient par remplacer le langage de la forêt par celui d'une terre étrangère et lointaine. C'était déjà en route.

Nathaniel aperçut Mooz juste à portée de tir de son fusil. Son pelage blanc l'éblouit et il n'eut pas le cœur de lui tirer dessus. Sa femme lui avait expliqué que l'orignal blanc était membre du clan des Esprits protecteurs de sa tribu Cri. Le trappeur devait d'ailleurs transporter ses fourrures tannées par elle jusqu'au poste de traite sur le lac Abitibi et sa charge pesait suffisamment. L'hiver avait été bon pour la trappe.

Dès le berceau Nathaniel avait respiré l'odeur des bois, un mélange d'essences végétales et animales accroché aux vêtements de son père, Daniel Aymiot, lorsqu'il revenait d'un séjour dans les Territoires du Nord-Ouest. Imprégné de ses récits de voyages, Nathaniel avait grandi en se nourrissant de l'envie de devenir trappeur, pour vivre toute l'année, toute sa vie, dans les bois, loin du monde civilisé, comme les « sauvages ». Le commerce de la fourrure était tellement lucratif qu'on disait alors que la croissance économique du pays entier était due aux trappeurs qui posaient partout leurs lignes de trappe. Au retour du printemps, Daniel quittait la colonie de la vallée du Saint-Laurent, chargé de marchandises à échanger aux autochtones contre leurs pelleteries. Il allait au péril de sa vie d'un campement indien à un camp de coureurs des bois irréductibles et y ramassait les fourrures avant de se rendre à un poste de traite pour les vendre. Il regagnait son foyer à l'automne. Le père de Nathaniel avait quitté la Normandie, attiré par les richesses de la Nouvelle-France. Il avait été recruté par des missionnaires comme homme à tout faire, de la construction au maniement d'une arme pour protéger la mission. Puis, de « donné », comme on appelait ces recrues, il était devenu « coureur des bois » répondant à l'appel de la forêt. Quand les coureurs des bois étaient devenus quasiment des hors-la-loi tant ils étaient nombreux à pratiquer la traite des fourrures sans permis, Daniel s'était assagi et avait signé un contrat avec la compagnie anglaise pour devenir « voyageur ». Un jour, alors qu'il entreprenait le long voyage dans le Grand Nord au compte de la Compagnie, il avait emmené Nathaniel, âgé de 15 ans.

Il lui avait fait faire le dangereux périple de trois mois de canotage de dix à douze heures par jour, entrecoupées de portages acrobatiques pour contourner les rapides, avant d'arriver au centre du monde selon Nathaniel : la grande forêt sombre. Daniel lui avait appris à goûter les brûlures des rayons du soleil dans les yeux, les piqûres d'insectes, et le froid cinglant dans les tempêtes de neige. Nathaniel savourait les obstacles comme des baies mûres. Puis, un jour, il entendit parler la forêt et ne voulut plus la quitter. Il refusa de retourner à Québec et passa plusieurs hivers avec un vieux trappeur, un « bois brûlé » fils d'une Amérindienne et d'un « voyageur » français, un de ces irréductibles qui répugnaient à signer le moindre bout de papier les engageant à devenir des employés à la solde de quiconque. Le vieux se faisait appeler Laviolette et romançait ses origines : « J'suis sauvage parce que mon ancêtre était le truchement Étienne Brûlé. » Il parlait de ce jeune Français arrivé en Nouvelle-France avec Samuel de Champlain, le fondateur de Québec, et que ce dernier avait envoyé, vers 1610, vivre avec les Algonquins pour qu'il apprenne leurs coutumes et leur langue. En échange du Français, Champlain avait emmené en France un jeune Huron. Après avoir mené une vie tumultueuse, le « truchement » Brûlé périt aux mains des Hurons en 1633.

Au décès de Laviolette – de sa belle mort, contrairement à son prétendu aïeul –, Nathaniel avait hérité de la cabane et épousé une Cri. Entre le monde des Blancs et celui des autochtones il traça une passerelle, posant des pièges à mâchoires d'acier importés d'Europe et parcourant son territoire de trappe en raquettes confectionnées par sa femme avec du bois de pin pour le fût et de la babiche[1] pour le treillis. Elle lui révélait des secrets amérindiens : comment manier le canoë dans les rapides, comment se protéger des redoutables piqûres d'insectes pullulants – on disait que des trappeurs en étaient devenus fous – en se frottant le corps avec des plantes, telle la sanguinaire, ou en s'enduisant le visage de graisse animale, comment creuser un trou dans la neige et le tapisser de branches de pin pour dormir au chaud. Il prenait le meilleur dans les deux mondes, incomparablement différents et inégaux dans leur développement technique et leur adaptation à la vie sauvage, et s'estimait heureux dans cette Abitibi qui jouissait d'une solide réputation de région trop indomptée pour être hospitalière.

Pourtant, une étrange sensation lui serrait la gorge. Une rafale d'événements de mauvais présage, plus inquiétante qu'un feu de forêt, lui faisait craindre le pire. Depuis quelques années le prix des peaux avait baissé. Les castors, trop chassés – leur fourrure étant la plus précieuse –, se raréfiaient. Mais le péril venait d'ailleurs. Des marchands de bois et une houleuse cohorte de bûcherons s'approchaient petit à petit de l'Abitibi. Cela avait commencé dans la région adjacente du lac Témiscamingue au début des années 1830. L'exploitation forestière consistait à couper des arbres sur de telles surfaces qu'elle entraînait la destruction de l'habitat du castor et la fuite des autres espèces fauniques. Jusqu'alors, l'Abitibi, « Là où se divisent les eaux » en langue Cri, avait été épargnée grâce à la difficulté des transports fluviaux, la ligne de partage des eaux, dans la partie nord du Témiscamingue, faisant frontière. Cette

---

1. Fine lanière en cuir de cervidé.

ligne imaginaire sépare le bassin hydrographique du Saint-Laurent de celui de la baie James ; les rivières situées au sud coulent vers le Saint-Laurent, qui conduit à l'océan Atlantique, tandis que celles situées au nord s'écoulent vers la baie James, qui mène au pays des glaces. Cette ligne constituait l'obstacle majeur à la montée des exploitants forestiers en Abitibi, le flottage du bois étant l'unique voie d'acheminement des récoltes forestières vers le sud de la province. Puis, dans les années 1910, l'obstacle hydraulique fut surmonté par l'arrivée du train. Nathaniel jurait avoir entendu crier la forêt quand la machine l'avait pénétrée. Par la déchirure avait bientôt coulé une lave bouillonnante, charriant des bûcherons, des mineurs, des colons cultivateurs, des bâtisseurs de chemins et de villes ; quelque chose que Nathaniel avait fui, un chaos qui s'appelait « civilisation ».

En 1912, Mooz, Kitci Anoki8nni et Nathaniel entendirent résonner dans les bois l'exhortation de l'abbé Ivanohé Caron : « Restons chez nous ! Emparons-nous du sol ! » Ce missionnaire colonisateur conduisait le premier contingent de colons en Abitibi. Pour l'orignal blanc, il était temps de rejoindre les Esprits de la forêt.

Dans cette forêt, quelque chose de Mooz, de Kitci Anoki8nni et de Nathaniel se mêla au peuple des Esprits ; sans doute sous la forme d'une étoile dans le ciel. Certains soirs, elle illumine la forêt boréale d'un éclat particulier. Une nuit de juin 1941, Michel Pageau naquit sous le scintillement de cette étoile.

Première partie

1

À chacun son école

La joie de contempler et de comprendre, voilà le langage que me porte la nature.

Albert Einstein

4 heures de l'après-midi. L'école a refermé ses portes sur le silence. L'école Saint-Viateur, dans la 4e Rue Est d'Amos, un groupe d'édifices en angles coupants monté avec une ferveur religieuse, sans qu'un seul espace de fantaisie ne se glisse entre les joints des briques. Comme si, à chaque coup de truelle, le mortier s'était enrichi d'une prière. Des bâtiments au garde-à-vous, garants à cet avant-poste de la conduite des bonnes mœurs, et qui, en ce début des années 1950, sentent le neuf et l'envie de faire grandir, dans la rigueur et la foi catholique, les enfants d'Amos et des alentours. Le jeune garçon s'en éloigne et rentre chez lui en empruntant les contre-allées en terre battue, ceintes de jardinets et peu fréquentées ; les gens préfèrent les trottoirs en bois des rues principales.

Loin des ombres de l'établissement, Michel avait l'impression de mieux respirer, de mieux voir, de mieux entendre. Pas vraiment que les cours lui embarrassaient le cerveau, tant sa faculté de s'en abstraire était remarquable, mais être enfermé engourdissait ses sens. Les odeurs des cahiers et des encres, des vêtements accrochés le long des classes, celle du produit d'entretien des sols lui auraient fait dresser les poils du dos s'il avait été un canidé. Prisonnier entre des murs des heures d'affilée, contraint à une immobilité pas naturelle pour écouter des adultes lui parler sur un ton autoritaire et didactique… rien que des intransigeances qu'il jugeait superflues, tant le savoir des autres n'assouvissait pas sa curiosité.

De cette école, on ne s'évadait pas, il fallait en être chassé. Ce n'était pas si simple. Et ce n'était pas faute de s'y être essayé. Mais, chaque fois, il en était quitte pour quelques jours de renvoi. Turbulent, parfois insolent, souvent distrait, l'écolier Michel pouvait être à l'occasion violent, lors des bagarres dans la cour de récréation. Un peu trop brutal, même, au goût des adultes, qui s'interposaient alors. Comme cette sœur qui avait reçu accidentellement son poing sur le sein et en avait fait toute une histoire ; pas assez cependant pour qu'il soit définitivement exclu. Michel semblait avoir plus que tout autre besoin de bouger pour reprendre forme après avoir été plié en deux. Plusieurs fois Albert Laporte a levé sur lui la « strappe », la lanière de cuir. Malgré tout, le directeur de discipline l'aimait bien ; il considérait que ce Pageau était un cas. Toujours prêt à démarrer au quart de tour si quelqu'un le provoquait. Physiquement puissant pour ses 12 ans, agile et très rapide. Mieux valait ne pas avoir à lui courir après, mais le prendre par surprise, sur le fait. Et pas la peine de le sermonner, il n'en avait cure, comme si tout ici l'indifférait. Il ne s'intéressait qu'à ses animaux, qui semaient le désordre en cours.

Éternel étranger dans un univers qui l'ennuyait et dont il pressentait que l'enseignement ne lui serait d'aucune utilité dans sa vie future, Michel était pourtant obstiné, parfois jusqu'à l'entêtement, et possédait une très bonne mémoire. Mais, en ce lieu, ces qualités ne lui servaient à rien. Souvent qualifié de rebelle et d'incapable à supporter la discipline, il intriguait. « Ce n'est pas de la mauvaise graine, mais une plante sauvage qui pousse au mauvais endroit », disait de lui Albert Laporte.

Ses « bébêtes », comme Michel les appelait tendrement, venaient cogner au carreau et pénétraient dans la salle de classe pour le rejoindre quand les fenêtres étaient ouvertes. Pénélope, sa corneille apprivoisée, et ses pigeons familiers, bien sûr, mais aussi des petits passereaux du voisinage à qui il distribuait de la mie de pain sur le chemin de l'école. Ses amis ailés lui rendaient visite si fréquemment que les enseignants ne les supportaient plus. Sans compter qu'il hébergeait toujours dans ses poches un compagnon inattendu : une couleuvre, une souris... ou un petit œuf de fauvette déniché en grimpant aux arbres et qu'il gardait précieusement pour l'étudier ; un œuf dont il s'était d'abord assuré qu'il ne portait pas de vie en l'examinant dans le faisceau d'une torche. Et sans oublier tous les animaux que lui apportaient ses camarades.

Ce jour-là, l'enfant avance en sautillant et balance son cartable, comme prêt à le jeter en l'air, ou dans une poubelle. Il n'est pas pressé, les contre-allées lui procurent un apaisement salutaire après les heures de cours. Il les arpente surtout au crépuscule, à la brunante, ce moment délicat de transition entre la lumière et l'obscurité. Ces ruelles deviennent alors grouillantes de vie, animaux diurnes et nocturnes s'entrecroisent. Dans un affairement bruyant, les uns annoncent leur réveil, les autres la fin de leurs activités. Michel savoure la tombée du jour et marche silencieusement pour tout observer. Il écoute attentivement. Glissement de soie d'une aile de chouette, trottinement léger d'un renard, cris d'oisillons qui incitent leurs parents à venir les nourrir au nid. Ce sont d'abord les bruits que font les animaux qui lui permettent de les repérer.

Soudain, un son différent retient son attention et le fait s'arrêter. Petits bruits, légers et cristallins, comme fait une fine couche de glace translucide qui craque et se fendille sous un poids. Ce sont les premiers jours de mai, la glace bientôt ne sera plus qu'un souvenir lointain à la surface des lacs. Les petits bruits montent du sol. L'enfant avance pas à pas, courbé, tend les oreilles, écarquille les yeux. Cela vient d'une grande caisse en bois posée dans la ruelle, derrière un couvoir. Curieux sons étouffés, plaintes timides aux notes presque argentines, comme si un pic délicat cognait légèrement sur du cristal... Dans la caisse fermée par un lourd couvercle en planches d'épinette, quelque chose est en train de se briser, mais avec délicatesse. L'enfant s'approche, soulève le couvercle et recule brusquement. Une bouffée d'air, chaude, épaisse, poisseuse, s'échappe de la caisse, tel un gaz fétide tenu sous pression. Des mouches s'envolent et l'assaillent. Une odeur repoussante, la puanteur lourde d'œufs en pleine putréfaction. Mais, hormis le bourdonnement caractéristique des mouches, la pourriture est plutôt silencieuse... D'où viennent alors les bruits ? Sa curiosité éveillée, l'enfant insiste : il cale le couvercle, d'une main se bouche le nez et penche la tête sur des centaines d'œufs entassés en vrac ; certains sont brisés et s'en écoule un liquide marron visqueux, d'autres sont entiers, beaux, roses et blancs mais putrides. La nuit approche, il n'a pas de torche ; ses pupilles se dilatent, son regard s'affûte sur la masse sombre, l'air fétide qu'elle dégage lui pique les yeux. Il la détaille patiemment, ne tournant la tête que quelques secondes pour respirer une bouffée d'air pur. Il distingue un œuf qui se fendille par petits coups répétés : un poussin veut sortir. Michel le prend dans sa main, le colle à son oreille, perçoit un mouvement, se relève pour l'examiner. Il retire adroitement un petit éclat de coquille que quelque chose pousse de l'intérieur, il découvre un petit bec, une première respiration, un souffle de vie. Il le met délicatement dans sa poche et replonge la main dans la caisse. Le visage éclairé de bonheur, il en ressort quatre œufs vivants. Tout en pressant le pas pour les emmener chez lui, il leur parle doucement. Émerveillé, il imagine déjà leur éclosion, installés au chaud sous une lampe.

L'année scolaire de sixième lui paraissait insupportable, à l'exception du cours de peinture. Il aurait bien aimé suivre celui d'écologie, mais il ne commençait qu'en huitième année. Le professeur y enseignait entre autres à empailler des animaux. « C'est pas grave, de toute façon je l'apprendrai autrement », se consolait-il, sûr de lui, en se rappelant ce hibou des marais naturalisé par un curé. Il l'avait payé une fortune : 7 piastres[1]. Mais il en valait la peine ! Après l'avoir minutieusement disséqué pour étudier la technique d'empaillage des oiseaux, il l'avait adroitement reconstitué. Cela avait fait naître en lui une passion qui ne l'avait plus quitté. Redonner par cet artifice une seconde vie aux

---

1. Langage familier pour « dollars ».

animaux tués, perpétuer leur beauté, le consolait sans doute un peu de leur mort.

Dans sa chambre à l'étage de la maison que louent ses parents sur la rue Principale d'Amos, Michel a disposé des cages à oiseaux là où d'autres rangent des livres. Il veut voir les oiseaux de très près, toucher du doigt le soyeux de leur plumage ; généralement, les gens les voient de loin et les étudient de près dans les livres. Pour satisfaire sa curiosité, il bricole avec du grillage à poulailler un piège de la taille et de la forme d'une petite cagette à salades. Il l'installe dans la courette, en pose une extrémité sur le sol et maintient soulevée l'autre par une badine. Il contrôle à distance son guet-apens par un fil attaché à la baguette de bois. Il empile des graines sur la terre sous le grillage et va s'abriter dans une petite cabane qui sert de remise ; il y aura un signal sonore, de toute façon. Les oiseaux sont des habitués de ce jardinet où les pigeons et les poules sont assez nourris pour laisser de copieux restes. En quelque sorte, ici, dans le petit jardin Pageau, pour la gent ailée c'est table ouverte à tout moment de la journée. Évidemment, les invités pique-assiette pourraient se méfier de cette grosse poignée de graines parfaitement intactes et bien disposées en tas. Mais non. Ils négligent aussi la menace de cette ombre grillagée au-dessus, s'engouffrent et picorent en se chamaillant, attirant inévitablement des congénères et l'attention de Michel. Alors la badine tombe, actionnée par le fil que tire l'enfant. Le piège se rabat et c'est la panique. Cris, piaillements, battements d'ailes, un brouhaha pour dire sans doute quelque chose comme : « Tabarnak, trop tard !... » C'est la nourriture – ce besoin de manger encore et encore s'il y a abondance, de se rassasier au cas où il n'y aurait plus rien demain – qui cause la perte de la plupart des animaux. Toutefois, cela ne suffit pas toujours, le trappeur en herbe le sait déjà, il faut souvent plus de finesse qu'une volée de graines ou de la pâtée pour attirer des animaux dans des pièges. Mais les oiseaux qui trouvent pitance en ville sont moins méfiants.

L'enfant a pris soin de découper une ouverture facile à actionner au milieu de son grillage. Il y glisse la main et saisit ses menues proies, puis il les installe dans les petites cages qui ornent les étagères de sa chambre. Pendant quelques jours, le temps qu'il faudrait à un lecteur assidu pour dévorer un livre, il observe ces compagnons d'infortune ; il les nourrit et ils le nourrissent, exactement comme un livre. Et quoi de plus beau qu'un livre vivant, piaillant, jacassant ? Combien de graines accepterait de manger un écrivain pour s'entendre dire que son livre est aussi vivant que le chant d'un oiseau ? Sa curiosité assouvie, Michel les relâche. Il n'est pas sûr qu'ils ne reviendront pas picorer dans sa cour. C'est son premier piège, le premier d'une longue liste.

L'été touche à sa fin. C'est le début de l'année scolaire, Michel entre en septième. Henri, son père, se prépare à partir rejoindre ses collègues de la voirie. Avant de refermer la porte de la maison il interpelle son fils cadet assis à table en train de finir sa « westerner », des œufs battus avec du lard et des petits pois :

– Michel, essaie de faire des efforts cette année. Sans doute pourrais-tu éviter de redoubler...

Michel hausse les épaules. Oui, il a redoublé une année. « Comme ça j'apprends mieux », s'est-il dit en rigolant et pour se consoler de tout ce temps passé qu'il juge avoir été si mal utilisé.

Sa septième année ne dure pas longtemps : il est définitivement expulsé de l'enseignement public un mois plus tard. L'inspecteur des études le convoque à son bureau :

– Pageau, pour toi c'est fini. On n'en peut plus d'endurer tes animaux et tes mauvais résultats. Tu ne feras pas ton avenir avec tes animaux. Mais comme il n'y a qu'eux qui t'intéressent, ne reviens pas ici.

– Oh, boy ! lâche-t-il simplement en entendant la sentence et en pensant à la réaction de ses parents.

Ses parents ne le chicanent pas. Assurément, ils ne sont pas surpris.

Il a 13 ans, aucun remords, aucune inquiétude pour son avenir. Il a appris à lire et à écrire, mais il n'aime ni lire ni écrire. Et maintenant il va pouvoir enfin se consacrer entièrement à suivre les cours et apprendre les leçons qu'il aime : celles de la vie inextricablement liées à celles de la nature.

Riches en espèces végétales et animales, les allées citadines bordées d'arbres, les champs qui caressent les dernières maisons d'Amos et les bois qui s'avancent jusqu'à frôler les rues de la petite ville offrent à Michel sa véritable première école. Même si la longueur de son trajet ne se compte qu'en minutes, il retrouve la lisière impassible à l'orée des trames de la ville, et son cœur reconnaît avant ses yeux l'endroit familier, la ligne à franchir pour s'évader.

Son école à lui, il la connaît bien et jamais ne s'en lasse. Il connaît ses limites : non pas des murs ni des clôtures, mais des espaces immenses dont l'horizon n'en finit pas de s'éloigner au fur et à mesure qu'il s'en approche ; il sait à quel point il doit être à l'écoute, observateur jusqu'au plus petit détail de tout ce qui l'entoure, s'il veut apprendre. Dans son école à lui, il peut rester immobile pendant des heures, respectueux de ses horaires changeants selon les saisons, appliqué à retenir ses enseignements. Il accepte les exigences, les privations, les leçons laborieuses, les remontrances, tant il y a de secrets à découvrir. Tout le contraire de cette école aux murs de briques où il se recroquevillait sur lui-même. Sa formation de base consiste à connaître et comprendre les animaux.

Il lui semble que ces derniers maîtrisent une langue universelle ; ils se comprennent même entre espèces différentes usant de langages divers. « Pourquoi l'humain ne peut-il aussi bien communiquer avec eux ? » s'étonne-t-il. Pour l'enfant, les leçons et les devoirs de son école, dont les portes se sont ouvertes par une inclination naturelle, le conduiront à développer cette intelligence qui permet la communication avec les animaux. À lui sans rechigner les longues marches aux premières ou aux dernières heures du jour, l'affût discret dans le bon sens du vent et l'immobilité parfaite, l'escalade des arbres jusqu'aux branches pliantes, la respiration retenue à en suffoquer pour qu'aucun souffle étranger n'alarme les animaux épiés. Cheminer dans le silence, à côté de leurs ombres, sans les toucher. Écouter, écouter et encore écouter pour entendre vraiment. Et fermer les yeux pour mieux distinguer chaque particularité des sons, parfaire sa sensibilité aux odeurs. Atteindre la sensation de devenir invisible, se fondre dans la nature, se mélanger à tous ses mystères, s'y retrouver entier, infiniment vivant, enfin commencer à comprendre... à en être infiniment heureux.

C'est ici que s'ouvre la longue piste, celle au goût voilé des choses libres, celle qui le conduira plus tard à travers les forêts, le long des rivières, des soleils levants aux nuits tombantes, des pièges en métal aux fourrures soyeuses, toujours plus loin en distance, toujours plus proche de son âme, comme au seuil de l'éternité.

2

La mire et la mitre

La religion chrétienne a forgé l'Abitibi des pionniers, le cri de l'abbé Caron n'est pas près de s'éteindre. Il retentit encore au-dessus des têtes des Amossois, comme les cloches de la cathédrale. En chacun sommeille un esprit de pionnier.

À Amos, la rivière Harricana murmure inlassablement dans ses eaux vives l'histoire de la famille Turcotte, débarquée de grands canoës, là, sur sa rive ouest. Deux jeunes couples, Joseph Turcotte et son épouse Bernadette, Ernest Turcotte et Albertine et leurs jeunes enfants : Armand, Rose, Aline, et Ivanhoe, âgé seulement de 9 mois. Partis le 25 septembre 1910 de Notre-Dame-du-Nord, en Témiscamingue, à plusieurs semaines de canotage d'Amos, ils emmenèrent avec eux deux tonnes de provisions. Leurs canoës étaient dangereusement pleins, mais malgré les vents, les pluies battantes, les longs portages entre deux rivières, ils arrivèrent sains et saufs le samedi 15 octobre à destination, soit un campement de travailleurs de la future voie ferrée du Transcontinental, près de l'endroit qui deviendra le centre d'Amos. Ils construisirent à la hâte deux maisons et échangèrent des provisions contre des couvertures aux Anishnabés qui vivaient là. L'hiver pouvait frapper à la porte, ils l'attendaient calmement. Deux ans plus tard, en juin 1912, descendirent du train l'abbé Caron et son contingent de vingt colons. C'est arrivé hier, mais pour les colons de l'Abitibi, ainsi s'écrivit la toute première page de leur histoire. Et ceux qui s'installèrent là sur les bords de l'Harricana et qui fondèrent Amos ne sont pas de lointains ancêtres, juste des parents très proches... Comme ceux dont Michel Pageau a gardé la mémoire.

Ce dimanche de mai 1955, Michel s'apprête à suivre la messe dans la cathédrale Sainte-Thérèse-d'Ávila dressée sur la colline d'Amos – son style byzantin la rend unique dans toute l'Amérique du Nord. Le dernier geste du gamin de 14 ans, avant de refermer la porte de sa maison, est de mettre la carabine 22 de sa mère en bandoulière. Dans l'entrée de la cathédrale, il dépose son arme et va s'asseoir sur le banc, sous le bon augure de la blanche colombe aux ailes déployées peinte au centre de la voûte au-dessus de sa tête. Pendant le sermon et entre deux génuflexions, il pense aux perdrix[1] qu'il chassera, après la messe. Ou aux pigeons qu'il ira cueillir la nuit dans leur sommeil, en grimpant par l'échelle en métal jusqu'au sommet du dôme recouvert de plaques de cuivre.

L'office terminé, Michel franchit rapidement les quelques rues qui séparent la cathédrale de son terrain de chasse que sont les champs et les bois à la limite de la ville. Il est accompagné des membres de sa « gang », sa bande de gamins de 12 à 15 ans, qui rejoignent leur domicile. Tanguant au rythme des pas de l'enfant, le fin canon de l'arme dépasse toutes les têtes de la troupe. « Natole », Yves Bisonnette, le plus petit et le plus

---

1. Au Québec, le terme « perdrix » englobe plusieurs oiseaux de la famille des tétraonidés.

timide, celui à qui il est facile de jouer des tours, lui murmure à l'oreille : « J'ai une lapine toute rousse pour toi » – Natole est fier de voler des lapins à sa grand-mère pour les offrir à Michel. « Pénélope » rigole et lui donne une claque sur l'épaule. « Pénélope », c'est Serge Savard, que Michel a gratifié du nom de sa corneille apprivoisée : quand Serge chausse des patins à glace, il patine plus souvent sur ses chevilles que sur les lames et son allure empruntée rappelle celle de la corneille apprivoisée quand elle marche. Personne n'imagine alors que le maladroit patineur deviendra une vedette internationale de hockey sur glace. Natole est un peu leur souffre-douleur ; en classe, il est l'élève dont on dit pudiquement qu'« il a des difficultés à apprendre » – il y met de la bonne volonté, mais cela ne donne aucun résultat. Plus tard, Natole deviendra pilote de ligne, déjouant toute spéculation sur son avenir de cancre, mais pour l'instant il tient sa place dans le groupe en prouvant par ses larcins qu'il est un dur... C'est du moins ce qu'il croit, car Michel l'aime simplement, et non pas pour les lapins qu'il lui donne. Les frères Jeanson, Michel, Denis et Simon, se chamaillent, et « Patate », le plus dodu de la bande, termine son sandwich au beurre d'arachide en traînant les pieds.

Ils échafaudent des plans pour leur fin de journée. Personne ne fait attention à la carabine de Michel, elle ne lui confère aucune autorité particulière dans le groupe, même si nul autre enfant ne porte d'arme en ville. Michel est connu pour être particulièrement doué pour les choses de la nature, dont la chasse est un aboutissement quasi fatal à cette époque ; la carabine fait partie de sa personnalité et aucun Amossois ne s'alarmerait de le croiser dans les ruelles avec son arme. Sans doute cet après-midi, quand il sera revenu de sa chasse et qu'il aura déposé sa 22 long rifle, rejoindra-t-il ses amis pour aller tendre du fil de corde à violon en travers d'une allée : ils la feront grincer sans répit, et quand les portes s'ouvriront sur des habitants furieux ils déguerpiront en riant. Ou bien récupéreront-ils du crottin de cheval pour le déposer sur des paillassons. Ou encore attacheront-ils un porte-monnaie au bout d'un fil à pêche, qu'ils tireront d'un coup sec quand quelqu'un se baissera pour le ramasser. L'appréhension troublante d'avoir pour victime l'homme « ment-pas » aux mains refermées dans le dos sur son journal des cotes boursières décuple leur excitation.

  Le plaisir de ces jeux vient d'abord des peurs qu'ils procurent. Surtout après le souper et la prière qui lave des péchés quotidiens et permet d'en commettre de nouveaux, l'âme pure. Tous les soirs, au même moment, les rues se vident. À 19 heures précises, dans chaque foyer, les radios s'allument. Alors, autour des appareils, en un seul élan mystique, les habitants s'agenouillent, qui dans le salon, qui dans la cuisine. Un chapelet entier est égrené à la radio. Dix « Je vous salue Marie » pour les petites perles, entrecoupés de cinq « Notre Père qui êtes aux cieux » pour les plus grosses, sans oublier une « Gloire au Père ». Les voix des âmes amossoises s'élèvent à l'unisson. Le dernier « Amen » expiré, les genoux essuyés d'un coup de main, les gamins se ruent dehors. La tombée du jour est grisante, les rues presque vides se chargent d'ombres inquiétantes, les silhouettes sombres des hommes en long manteau tanguent dans le vent, les plaintes du bois des trottoirs tambourinent sous leurs pas lourds, le froid s'insinue dans le cou, et la crainte de se faire talocher excite les gamins. Et quand, tout à coup, la cloche « Anne-Marie » déchire le silence de ses cinq coups tonitruants, c'est l'extase ; voici venue l'heure de l'horrible Bonhomme Sept Heures. Celui que tous les parents connaissent, mais qu'aucun gamin n'a jamais vu, sort des bois avec son grand sac vide sur l'épaule pour les attraper et les faire disparaître à jamais. Et ceux qui lui échappent, la police les ramassera pour avoir enfreint la loi du couvre-feu qui interdit aux enfants de moins de 14 ans de traîner dans les rues à partir de 21 heures sans être accompagnés d'un adulte. Leurs parents pesteront d'avoir à payer les 10 dollars d'amende ou se lamenteront durant les quinze jours qu'ils passeront en prison. De mémoire d'Amossois, cela n'est jamais arrivé, mais de toute façon ni Michel ni ses amis n'en ont cure, la police ne patrouille que dans les rues principales et cette coutume du couvre-feu n'influence guère les adultes. À cette époque, les dangers de se faire écraser, ou enlever, ou les problèmes de drogue n'existent pas. Sans doute « Anne-Marie » ne sonne-t-elle que pour consolider ce sentiment de sécurité que chacun porte profondément en lui.

« Anne-Marie de Nancy », la cloche de la caserne des pompiers, fière d'avoir été conçue en France, peut bien retentir dans les rues où chahutent les enfants, elle ne couvrira pas les lamentations du monstrueux Bonhomme Sept Heures.

Non loin de là, à Saint-Marc-de-Figuery, un monde d'enfants, si proche, si différent, s'installe. Dans cette région qui nourrit les espoirs d'un avenir meilleur de tant de colons, un pensionnat pour enfants autochtones, des Anishnabés et des Cris, vient d'ouvrir ses portes à une dizaine de kilomètres d'Amos.

Les missionnaires oblats se chargent de l'éducation des garçons et les filles sont confiées aux sœurs de

Saint-François-d'Assise. Ces enfants ont quitté la forêt familière où ils ont vécu toute leur vie pour être emmenés de force loin de chez eux, parfois conduits en hydravion, sous la surveillance d'un agent du gouvernement et de policiers. Leur premier contact physique avec cet environnement étranger, ce sont les ciseaux qui font tomber leurs longs cheveux noirs. Ils sont aussi dépouillés de leurs vêtements personnels, qui sont brûlés en autodafé dans la cour. La plupart d'entre eux, durant leurs six années d'études, seront privés de tout contact avec leurs parents. Ils connaîtront l'angoisse de la séparation, le traumatisme de l'apprentissage forcé d'une langue, d'une religion et d'une culture qui leur sont totalement étrangères, beaucoup subiront des sévices physiques et sexuels. On leur ordonnera de renier leur culture de « sauvages » pour leur en inculquer sauvagement une autre. Petit à petit, leur monde à eux, solide et sécurisant, celui de leurs ancêtres et de leurs rêves, ne sera plus qu'un souvenir auquel ils n'oseront penser, de crainte de se faire sévèrement réprimander. Alors, leur univers s'effritera, se dispersera aux quatre vents, sans trouver un coin de terre hospitalier pour se reconstruire. Quand les adolescents sortiront de ce purgatoire, ils ne parleront plus la langue de leurs parents, ne respecteront plus leurs valeurs, auront honte d'eux. Dans leurs habits de Blancs, ils se reprocheront d'être encore des Amérindiens. Il leur faudra fournir plus d'efforts pour réapprendre à s'aimer qu'ils n'auront dû en fournir pour oublier d'où ils venaient. Il leur restera à redécouvrir le pays du commencement de leur monde.

Les enfants déracinés, apeurés dans leurs dortoirs froids, se disent que le Bonhomme Sept Heures ferait mieux de rester caché dans les bois.

3

Noël, la moufette et la banque

La neige se colle aux vitres du wagon qui avance lentement. Dehors, les champs blancs défilent à allure régulière au rythme nonchalant des roues sur les rails. La gare de Belcourt, petit village à cheval entre les lacs Charpentier et Pradel, à une trentaine de kilomètres d'Amos, se devine à l'horizon, timide tache sombre comme une bavure d'encre sur une feuille de papier immaculé. Le temps des fêtes de fin d'année est arrivé, celui où les petites gares rurales sortent de leur torpeur, où leurs quais s'animent d'une foule bariolée et s'encombrent de bagages. Solange Pageau tient fermement sur ses genoux sa fameuse tarte au sirop d'érable, protégée de torchons blancs à carreaux.

Le secret de cette délicieuse pâtisserie coule du tronc d'un arbre magique dont les feuilles palmées déploient des éventails de couleurs incendiaires à l'automne. Cet arbre immense au bois franc aussi solide et aimé au Canada que l'altier chêne pédonculé en France, c'est l'érable *Acer saccharum*. Il est certain que les Amérindiens apprirent aux premiers colons à utiliser sa sève sucrée. Une légende Anishnabé raconte qu'en revenant de la chasse à la brunante un homme planta sa hache dans le tronc de l'érable. Il faisait très froid, il gelait. Mais le lendemain, quand le soleil réchauffa la terre et la sève des plantes, sa femme remarqua qu'un liquide coulait de la blessure. Plutôt que d'aller puiser de l'eau au lac, elle récolta ce suc dans un récipient et s'en servit pour préparer un ragoût. Son mari apprécia tellement le mets qu'il lui demanda d'où venait ce goût sucré différent de ceux qu'ils obtenaient des fruits. La femme lui indiqua du doigt l'entaille sur l'arbre. C'est ainsi que, selon l'histoire Anishnabé, le sirop d'érable entra dans la cuisine des hommes.

Dans son célèbre ouvrage *La Flore laurentienne*, paru en 1935, frère Marie-Victorin (1885-1944), botaniste réputé et directeur-fondateur de l'Institut botanique de l'Université de Montréal, affirme de son côté que les Amérindiens découvrirent le sirop d'érable grâce à l'écureuil roux qu'ils virent lécher la tire de l'arbre. Des larmes sucrées que pleure l'érable coulent de nombreuses légendes.

Henri Pageau, mari de Solange née Robitaille, est employé par le ministère des Transports en tant que conducteur d'engins et mécanicien. Un seul salaire suffit à peine à pourvoir aux besoins des quatre frères et sœurs : Jacques l'aîné, Michel le fils cadet, et leurs deux sœurs, Hélène et Marie-France. Aussi, comme la plupart des habitants de l'Abitibi, Henri cumule plusieurs emplois. Les fins de semaine, Solange et lui travaillent au restaurant du Café Royal, dont Ivano Thiffaut, l'oncle de Michel, est le gérant et le cuisinier.

Le Café Royal, une imposante bâtisse en briques de style victorien, s'élève à l'angle des rues Authier et 1re Ouest, en face de la petite gare. Il faut descendre au sous-sol pour arriver dans la cuisine et la salle de restaurant, qui fait aussi office de bar. C'est là que Michel vient donner un coup de main à ses parents en balayant le plancher. Il ne ramasse pas que la poussière, mais aussi les piécettes jaunes de 1 et 2 cents, rarement 5, tombées des poches ou des tables. Appliqué à n'en manquer aucune, il fait reluire le sol en rampant sous le comptoir à la recherche de cette menue monnaie abandonnée. Le rêve suspendu aux maigres récoltes dépasse largement leur valeur réelle. Ces quelques sous constituent son salaire, une cagnotte destinée à l'achat de poules. Les parents, quant à eux, gardent leur seconde paie pour acheter de quoi gâter leurs enfants aux anniversaires ou à Noël.

Chez les Pageau, les réveillons ont lieu dans la ferme du grand-père maternel, à Belcourt. Michel et sa fratrie y passent beaucoup de temps en toute saison. Leur père souvent loin sur les routes, Solange préfère rompre sa solitude en se réfugiant au siège du clan Robitaille dont elle est issue. Les enfants participent aux travaux de la ferme, de la fenaison à la traite du lait, libres après de courir les champs et les ruisseaux, sauf quand les loups rôdent. La ferme du grand-père Eugène Robitaille est une ferme « expérimentale », établie pour déterminer quelles activités sont les mieux adaptées en cette région encore mal connue des pionniers futurs agriculteurs. Eugène élève des vaches Holstein, de bonnes laitières à la robe noir et blanc, des poules Leghorn toutes blanches, des cochons, des chevaux de labour, et participe aux expériences gouvernementales de cultures céréalières. La terre est riche, il faut lui faire donner le meilleur d'elle-même si l'on veut développer la colonisation de l'Abitibi avec l'espoir que les colons prendront racine dans ce pays tout neuf.

Nombre d'habitants des grandes villes de l'est vinrent là chercher une vie meilleure lors de la terrible crise économique des années 1930. Le gouvernement, qui ne pouvait nourrir ces milliers de chômeurs, les invitait alors à coloniser la province lointaine en promettant sur ses prospectus cette vie meilleure qu'ils recherchaient, et les autorités demandèrent l'aide de l'Église pour encourager le mouvement. C'est ainsi que la colonisation se déploya en tant qu'œuvre patriotique et chrétienne. Du bureau du Laboratoire des sols à Montréal partirent des arpenteurs pour tracer les lots des futurs agriculteurs et des agronomes pour relever des échantillons du sous-sol abitibien. Tous ces gens qualifiés affirmèrent que la terre était prometteuse. Dès lors résonnèrent dans les villes des exhortations qui ressemblaient à des menaces : « Sortez des villes ou vous allez périr ! »

Certes, le pays solitaire, le froid extrême et l'immense forêt noire inconnue inquiétaient. Mais on exorcisait les craintes populaires en racontant que les castors avaient défriché les bois en taillant à coups de dents des clairières lumineuses ; elles n'attendaient plus que le soc de la charrue pour faire pousser des cultures mirifiques. Sans compter que, depuis la découverte du gisement Horne dans les années 1910, les prospecteurs miniers affluaient de partout dans le pays. En 1935, à une soixantaine de kilomètres de la ferme du grand-père de Michel, Bourlamaque, un vrai village, surgit du sous-sol aurifère. Comme pour donner un peu plus de consistance au mirage, le ministère de la Colonisation imprima des prospectus qui titraient en gros : « Un Royaume vous attend : l'Abitibi ! » Et l'argument de la misère fut encore plus convaincant : quand il n'y a plus rien à perdre, pourquoi ne pas aller se perdre dans les bois ?

Pas un groupe de colons qui n'ait eu à sa tête un missionnaire brûlant d'enthousiasme et guidé par une foi inébranlable, que les Esprits sauvages de la nature indomptée ne risquaient pas de faire vaciller. L'alliance de la croix et de la charrue promettait aux affamés des villes rien de moins qu'un paradis sur terre. Le mouvement de colonisation sporadique et volontaire devint une colonisation massive, magistralement orchestrée par l'Église et l'État. Le train, comme souvent lors de conquêtes de territoires, se fraya un passage étroit dans l'inextricable forêt noire, charria tout ce monde, et le déversa en plusieurs endroits, là où les castors n'étaient hélas pas encore passés.

En trois années, de 1939 à 1941, année de la naissance de Michel, la population de l'Abitibi bondit de 24 000 habitants à 68 000. Quelques graines prêtes à germer mais perdues dans les 45 434 km² de forêt et de lacs.

Depuis le début de sa colonisation, en 1912, l'Abitibi représente une lointaine terre d'espoir, mais le dynamisme et la bonne volonté des colons ne peuvent rien contre le climat et la solitude nordique. On vit en beauté, mais avec peu d'argent, au paradis terrestre.

La ferme du grand-père Eugène représente presque un aboutissement dans ce paradis. Elle comporte plusieurs grands bâtiments en planches, une étable, une écurie, un poulailler, d'autres hangars pour les engins, les réserves, le foin, le grain, et une grande maison sur deux niveaux, entourée d'un perron couvert. Plusieurs oncles et tantes de Michel cohabitent ici. En plein cœur de l'hiver, le grand poêle à huile ronronne dans la pièce principale, qui sent toujours bon la chaleur et les effluves des mets mijotant sur la cuisinière à bois. Au moment des assemblées familiales, tel le 24 décembre, l'entrain soulevé par un accordéon, un violon et un piano réchauffe les cœurs. Quand les musiciens font une pause, c'est au tour du piano mécanique d'égrener de ses rouleaux de papier des chants de Noël, et tandis que le « divin Enfant » va bientôt naître, dehors hurle le vent en déchargeant sa fureur sur les champs pétrifiés de glace.

Noël ! En ce joyeux réveillon 1954, Michel, le nez collé à la fenêtre dégoulinante de buée et opaque de cristaux de neige, élabore un plan pour rendre encore plus beau le Noël prochain. Dans celui de cette année s'est glissée une ombre qui le tourmente perfidement : avant de partir d'Amos, il a vu pleurer sa mère comptant leurs sous. Avec l'amertume d'une femme affligée de faillir à ses supposés devoirs maternels, elle se reprochait de ne pas avoir suffisamment économisé pour acheter les cadeaux qu'elle aurait voulu offrir à ses enfants. Ils ne manquaient de rien en temps normal, mais, la saison des fêtes venue, la maladie des « cadeaux à faire » frappait inexorablement les foyers modestes ; en Abitibi, il y a peu de remèdes à cette poisse douce-amère, enrubannée de rêves inabordables. La seule solution, selon l'enfant Michel, consiste à dévaliser la banque. La méthode qu'il envisage d'employer est typiquement locale, mais demande quelques préparatifs. D'abord, il faut capturer une moufette. L'animal que tout le monde redoute de croiser sur son chemin et que même les rares voitures évitent de heurter. Celui devant lequel fuient les chiens, ainsi que la plupart des prédateurs. Ce ne sont ni ses griffes acérées, ni sa fourrure noire rayée de blanc, ni ses dents pointues, ni son allure débonnaire d'invincible qui justifient son surnom d'« enfant du diable ». Pas plus que sa taille, qui ne dépasse pas celle d'un chat. Non, l'arme redoutable de la moufette se cache sous sa queue touffue, qu'elle soulève en grondant et en sifflant quand elle est menacée ; elle oriente alors son postérieur vers l'agresseur et envoie un jet de liquide nauséabond et odieusement tenace. À trois mètres, elle ne rate jamais sa cible. Cette odeur se distingue jusqu'à un kilomètre et aucune des recettes pour s'en défaire, de la sauce tomate au vinaigre, n'en vient complètement à bout. Sans compter les brûlures que cela occasionne. Pour Michel, la moufette représente l'arme infaillible, sûrement plus efficace qu'un fusil, objet aussi ordinaire qu'un couteau de cuisine dans ce pays. Il faut attraper l'enfant du diable avant qu'il ne rejoigne son terrier pour hiberner quand le thermomètre descendra en dessous de 0. Persuadée de son immunité, la moufette se laisse facilement approcher, et son incorrigible gourmandise peut lui être fatale. Il suffit d'un pot de confiture pour la piéger : elle déploie toute son agilité pour y enfiler la tête mais est ensuite incapable de la ressortir. Michel se représente la scène : il fait irruption dans la banque, sa moufette dans les bras sème inévitablement la panique ; sa fidèle corneille Pénélope se charge quant à elle de voler les sous dans les caisses ouvertes. En un tour de queue et un battement d'ailes, le problème de sa mère se trouve résolu. Mais Michel rêve. Ses parents, plus prosaïques, ont décidé que, puisqu'il n'ira plus à l'école, il va lui falloir trouver un emploi rémunérateur.

Emporté par son projet enfantin, Michel n'entend que vaguement le bruit du vent qui s'engouffre quand la porte s'ouvre. L'homme qui vient d'entrer provoque la surprise. Sortant sa montre à gousset, le grand-père Robitaille l'apostrophe ironiquement :

– 22 heures ! Les bois t'ont-ils fermé leurs portes ?

Le visiteur salue de la main. Il a mis son costume de fêtes, mais l'enfant le reconnaît d'un coup. Il paraît simplement plus mince que d'habitude. C'est Conrad Pépin, son oncle trappeur, qui lui lance :

– Ho, Michel, comment vont tes petites bêtes ? (Il veut bien sûr parler des poules, des lapins, de la corneille, des pigeons, mais aussi de tous les petits éclopés sauvages que les gens amènent régulièrement chez Michel pour qu'il les soigne.) Tiens, on m'a causé de toi l'autre jour. Paraît que tu te balades la nuit sur le dôme de la cathédrale. Et on t'a vu aussi escalader en haut de l'arche du pont en fer qui traverse l'Harricana. Tu veux décrocher la lune ?

– J'attrape des pigeons qui dorment. Les gens se plaignent tout le temps qu'il y en a trop, alors ça doit pas bien déranger ce que je fais.

– C'est bien dangereux, tu crois pas ?

– Surtout pour les pigeons ! L'autre soir, je grimpais avec mon chum[1] Jean-Pierre Campeau sur le dôme. En bas, y avait Ti Fonse qui attendait qu'on lui passe un pigeon. Jean-Pierre, il lui a dit : « Si tu le laisses filer, je te donne une raclée. » Ça lui a tellement foutu la trouille, à Ti Fonse, que quand il a pogné[2] et mit le pigeon dans sa veste il a serré si fort que le pigeon est mort.

Michel aime rendre visite à cet oncle, cultivateur mais aussi trappeur sur ses propres terres. Chez Conrad, dans une pièce sans chauffage faisant office de garde-manger, il y a toujours des peaux de castors qui sèchent à l'abri du soleil. Michel y passe de longs moments à écouter son oncle en respirant l'odeur des peaux, porteuse de ses rêves. Entre l'enfant et l'oncle trappeur il y a les bêtes et les histoires qu'elles font naître pour qu'on s'en délecte

---

1. Dans ce contexte, employé pour désigner un ami. Peut aussi signifier un(e) amoureux(euse).
2. Pogner : prendre ou attraper.

comme d'un bon repas. Et aussi les échanges d'expériences entre gens de même intelligence, avides d'en savoir toujours plus. En présence de Conrad, Michel s'enrichit des silences encadrés de sourires aux lèvres. Et des pointes de curiosité qui tendent ses muscles comme un frisson traverse le corps. Il suit les gestes de l'adulte dans lesquels naissent des paysages et s'éclaircissent les ombres. L'homme reconnaît en l'enfant un de ceux qui marchent debout en portant comme une seconde peau l'obsession des bêtes et de la nature. Cette passion en partage ne se laisse jamais distraire par leur écart d'âge. Michel observe dans les yeux de son oncle quelque chose qui ne se raconte pas, il veut y trouver une voie, une indication de passage, une trace à suivre, même légère et imparfaite comme celles qu'il suit les soirs enneigés. Des empreintes sauvages, aériennes et fugitives, que la poudreuse effleure avant de les ensevelir, comme des gouttelettes d'eau tombées des ailes d'un canard en vol.

Quelques jours plus tard, de retour à Amos, l'enfant fait le tour des ruelles et ramasse les sapins de Noël que les gens ont jetés. Il les ramène chez lui et les dresse dans son jardin pour faire surgir une forêt miniature. D'un doigt il trace des pistes imaginaires ; rassemblant de minuscules branches en tas, il construit de fidèles répliques de terriers. Il veut de la forêt plus que ses ombres, des percées de lumière plus que le ciel ne peut en donner, des odeurs animales plus qu'il ne peut sentir. Alors, accroupi sur le sol, par cette puissante magie propre aux enfants, il fait grandir les arbustes jusqu'au ciel ; enfin il avance seul au cœur de la grande forêt transpercée de scintillements d'étoiles, sur les traces des animaux sauvages.

4

Le camp de Waswanipi

Le vent s'en prend maintenant aux portes de la maison en rondins, s'acharne en mugissant comme s'il voulait absolument s'engouffrer à l'intérieur. En vain ; il parvient juste à souffler quelques flocons de neige dans les interstices des charnières. Le fracas des épinettes noires qui tombent sous les coups et les cris des hommes a fait place à la tumultueuse expression colérique de la tempête. Déchaînée, elle se contorsionne, serpente entre les troncs, les enroule, les fait craquer et remonte jusqu'aux cimes qu'elle agite frénétiquement.

En cette mi-décembre 1955, le soleil luisait depuis deux jours, l'air s'était radouci. Mais en ce début d'après-midi, c'est un grand débordement hivernal en rafales de neige. Présage infaillible, le grand duc (*Bubo virginianus*) a volé dans la journée en quête de nourriture – quand ce prédateur nocturne chasse de jour, il annonce toujours une tempête de neige. On ne distingue plus les flocons descendant du ciel de ceux qui s'envolent des conifères. Du sol s'élèvent des brassées de neige. Cette nuit, il a fait très froid, et quand la lumière du jour est tombée de grands éclats tonitruants comme des coups de feu tirés d'un fusil à répétition ont fait sursauter la forêt. Les arbres, en gelant après une période de radoucissement, ont craqué bruyamment. Hier encore il faisait – 15 °C, aujourd'hui le thermomètre affiche – 35. Rien là de bien surprenant : les changements extrêmes de température sont fréquents et peuvent se produire dans une même journée ; quand le vent s'en mêle, on peut encore soustraire cinq degrés à ce qu'affiche le thermomètre cloué au rebord d'une fenêtre.

Au camp de Waswanipi, les ronronnements du haut poêle à huile et de la généreuse cuisinière à bois n'arrivent pas à couvrir le vacarme extérieur. Ivano, l'oncle cuisinier de Michel, l'avertit :

– On voit plus rien dehors, les gars vont rentrer plus tôt. Va falloir préparer du café. Tu finiras la pluche après.

Sans un mot, l'adolescent pose son couteau sur le bord du chaudron à moitié rempli et se lève pour mettre l'eau à chauffer. Il finira d'éplucher les patates plus tard. Une centaine de bûcherons, des Québécois mais aussi des Polonais, recouverts de neige, le visage brûlé par le froid et les doigts engourdis, vont franchir la porte et rien ne leur semblera plus vital qu'une tasse de café noir fumant.

Après avoir été renvoyé de l'école, Michel occupe maintenant le poste de « cookie », aide-cuisinier de son oncle, pour une équipe de bûcherons près de Waswanipi, aux portes du Grand Nord, au-delà du 49e parallèle. Waswanipi : une large rivière et un point minuscule pour indiquer une agglomération perdue sur la carte vide de routes et de reliefs. En fait d'agglomération, il y a juste quelques tentes et cabanons d'autochtones installés sur la berge sud de celle qui veut dire « Lumière dans l'eau » en langue des Cris parce qu'ils y pratiquent la pêche au flambeau, quand elle n'est pas gelée. C'est dans cette province de la baie James que la population

Cri est la plus importante. Les Cris sont un peuple de chasseurs ; ils font le commerce des fourrures et observent avec une amertume silencieuse l'intrusion des forestiers empressés de faire des coupes à blanc sur leur territoire de chasse. Pour les autochtones, les bûcherons sont les ravageurs des forêts. Pires que les incendies ou les attaques d'insectes. Là où ils passent, plus aucune ombre, plus aucun arbre debout, pas même un tronc mort où pourrait loger l'écureuil ou l'oiseau. Derrière eux s'ouvre un immense espace blessé dans lequel semble s'être déroulée une bataille. Une déchirure, comme une grande salissure, remplace les palettes de dégradés de verts et de bruns, animés de scintillements. Quelque chose s'est éteint ; les percées de lumière qui jouaient de la cime des arbres jusqu'au sol ne sont plus. Au fur et à mesure qu'ils avancent, la forêt arrête de chanter. Ce n'est plus une forêt, mais une grande absence. Inutile de chercher des traces d'animaux : leurs habitats détruits, ils meurent ou s'en vont. Il n'y aura même plus le « toc-toc-toc » du pic-vert. Cela fait trois siècles que les Cris et les Blancs se côtoient dans la traite des fourrures. Mais cette longue période de rapprochements épisodiques n'a pas suffi pour qu'ils se comprennent.

Et voilà qu'en face du village Cri, sur la berge opposée, se dresse un campement forestier, à quelques mètres de la route 113. Le camp, c'est un ensemble de cabanes en rondins : il y a celles qui servent de dortoirs, meublées de lits en planches à deux étages, il y en a une pour l'écurie, une pour la réserve à foin et pour les outils, une autre enfin, plus grande, pour la salle à manger et la cuisine. Cette dernière fait aussi office de quartier général, de bar, de restaurant et de chambres (plutôt d'alcôves derrière des rideaux de toile épaisse) pour

Michel et son oncle. Cinq rangées de grossières tables en bois, longues de quinze mètres, un coin cuisine derrière un comptoir de planches, un coin bar séparé de la cuisine par une cloison. Un haut poêle à huile, une cuisinière à bois. Les gars entrent par le bar, s'y ébrouent du froid, quittent leurs gants et se frottent les mains en goûtant à la chaleur, puis ils traversent la cuisine en dégustant des yeux le menu, avant de dévorer leur repas dans la salle à manger.

Cela fait maintenant deux mois que Michel est dans le camp de bûcherons.

Son oncle était passé le prendre à 5 heures du matin le 6 octobre 1955. La veille, Michel avait préparé un baluchon de linge, sa Winchester 22 et des munitions, un sac avec un peu de matériel de taxidermie, ses raquettes, ses moufles, son bonnet, sa paire de bottes. Le camion immobile fumait en ronflant dans l'air glacé, le faisceau des phares repoussait la nuit jusqu'à la rivière Harricana. Les ombres donnaient à la petite ville un air de chrysalide qui n'attend que le jour pour se métamorphoser. Au volant, il y avait Daniel, un des fils d'Évangéliste Saint-Laurent, le « contracteur » qui avait obtenu le droit de coupe de cette forêt. Pour aller au camp de Waswanipi, il faut cinq heures de mauvaise route de graviers. Se hissant dans la cabine, entre son oncle et le conducteur, et calant son arme derrière eux, Michel se demandait surtout ce qu'il pourrait bien chasser là-haut.

– La crosse est bien marquée... Tes renards ou tes castors ont joué avec ? a remarqué son oncle.

– Ce sont mes chiens, a expliqué Michel. Quand je pars à la chasse, ils aiment m'apporter la carabine. Un mord le canon, l'autre la crosse.

– Tu fais même des affaires avec les chiens ? Je croyais que tu n'aimais que le sauvage, a plaisanté l'oncle.

– Les bûcherons arrivent quand ? a demandé Michel.

– Demain, a répondu Ivano.

– T'auras des Polonais dans l'équipe, a dit le fils d'Évangéliste. Des gars fraîchement débarqués en Abitibi, avec des rêves de Klondike dans la cervelle et juste quelques mots de français. Toute façon, pour venir ici, faut avoir envie d'être mineur ou bûcheur[1]. Ceux qu't'auras doivent préférer les bois. C'est peut-être plus comme chez eux... Les autres ce sont des fermiers d'un peu partout par ici, comme d'habitude. Le charroyeur il est de Cadillac, il a de bons chevaux. Il arrivera avec ses bêtes début décembre. Y a aussi des bûcherons qui amèneront leurs propres chevaux de leurs fermes. Cent cinquante hommes, je crois.

– La ferme ça paye pas ! C'est pas la terre qui fait vivre son homme, c'est l'homme qui fait vivre la terre. Y a deux récoltes sûres par an, la neige et les mouches. Faut un autre salaire. C'est comme ça que ça se passe ici. Encore heureux qu'il y ait ces épinettes. On a commencé par en abattre pour construire les fermes qui devaient nourrir les hommes et on retourne en couper pour avoir de quoi manger. L'homme ici, il sort pas des bois, a dit encore Ivano.

Le camion roulait tranquillement, bien chargé de provisions, de pétrole pour le poêle, d'outils, de linge, de vaisselle. Un voyage au cœur des bois pour une saison d'hiver. Un cœur de forêt palpitant, mais en sursis. Une saison de travail pour Michel, pas encore une saison de trappeur.

---

1. Bûcheron. Bûcher : couper du bois employé pour les bûcherons.

Chaque début d'hiver, vers le mois d'octobre, des équipes de bûcherons montent en forêt rejoindre le camp où ils resteront jusqu'à la fin des gelées, dans le courant du mois de mars. Chaque homme apporte son matériel de coupe, c'est-à-dire une bonne hache et une « bucksaw », l'indispensable scie constituée d'une lame de soixante et onze centimètres à dents profondes montée sur un cadre en bois taillé à la main. L'équipe est formée d'un contremaître, le « jobber », d'un responsable des écuries et un peu homme à tout faire, le « showboy », d'un ou plusieurs « skiddeux » – ceux qui conduisent les attelages de luges pour transporter les billots –, de presque deux cents abatteurs d'arbres, d'un cuisinier et de son assistant, souvent un gamin comme Michel. Les chevaux arrivent toujours plus tard, quand il a assez neigé pour tracer et damer des pistes glacées, ce qui est plus économique que d'aménager et d'entretenir des chemins de terre. Et quand il y a assez de bois abattu pour commencer à le haler.

Au camp, Michel se lève à 5 heures, s'habille, met le nez dehors pour observer les dernières étoiles et tâte le froid en filant dans la réserve, d'où il revient chargé de provisions pour le petit déjeuner. Il s'active à faire chauffer l'eau du café, sauter le bacon et rôtir les saucisses, à garnir les tartes et à les enfourner, à découper et faire griller le pain. Il attend l'arrivée des bûcherons à moitié endormis pour pocher les œufs. Tandis qu'ils mangent, il prépare les « lunchs » que les gars emporteront pour leur repas de midi (c'est rassurant de partir bûcher en pleine forêt avec un bon casse-croûte dans la besace et un thermos de boisson chaude). Le travail qui lui prend le plus de temps et qui est le plus monotone est l'épluchage quotidien des trente kilos de pommes de terre. Son oncle lui apprend à faire la cuisine : des « chops de lard », morceaux de porc taillés dans de la longe, des « pâtés chinois », un gratin de plusieurs couches de patates et de viande hachée intercalées, des « bines », les fèves au lard, des ragoûts de bœuf, des tartes aux raisins secs, au sucre. De la bonne cuisine qui tient au corps, rendue presque gastronomique grâce à des sursauts d'imagination surprenants pour un éventail d'ingrédients sommaire. Michel prend goût à mélanger des matières, à manipuler et à doser des épices, à découvrir des saveurs, il remarque ce qui plaît aux palais des hommes. Il ne s'en doute pas encore, mais son penchant pour la cuisine ne le quittera plus jamais et lui sera bien utile lorsqu'il préparera ses appâts. Les animaux paieront souvent de leur vie leur attrait pour les délices particuliers que Michel leur mitonnera dans le plus grand secret. Tout le conduit, d'une manière ou d'une autre, à son futur métier de trappeur. Cela lui fouette le sang comme on bat une mayonnaise pour la faire monter. Dès qu'il a quartier libre, Michel chausse ses raquettes, prend sa 22 et un collet, et file dans les bois éventrés, ou sur les berges de la rivière pour chasser les perdrix. Par grand froid, les perdrix blanches[1] s'enfouissent sous la neige épaisse et n'en ressortent qu'aux heures les plus chaudes de la journée pour se nourrir. Leur technique pour creuser leur abri est étonnante : elles tombent littéralement du ciel – plutôt d'un arbre – dans un plongeon de kamikaze sur la surface blanche qu'elles pénètrent avec un petit bruit sourd ; une fois dessous, elles aménagent un petit couloir et se protègent ainsi du froid, comme dans un igloo. C'est

---

1. Terme populaire pour désigner les lagopèdes.

une méthode remarquable, mais qui présente certains dangers mortels. Le plus naturel est qu'une couche de glace formée dans la nuit par une baisse extrême de température les empêche de ressortir et qu'elles meurent étouffées ; le second danger, c'est le chasseur soucieux d'économiser ses munitions, comme Michel. L'adolescent repère l'impact de leur chute, un petit trou dans la neige que le vent a presque recouvert, et tasse le sol autour avec sa raquette en donnant de petits coups assez légers pour coincer sa proie sans risquer de l'écraser, s'y reprenant à plusieurs fois jusqu'à ce qu'il sente remuer l'oiseau. Il ne lui reste plus alors qu'à la capturer avec la main ; ou encore, si la perdrix engourdie est perchée dans un arbre, il l'attrape par le cou avec un fin collet en laiton au bout d'une perche. Ni sa curiosité ni son instinct de chasseur ne se sont noyés dans une marmite. Il est le seul à avoir une arme à feu dans le camp. En effet, il est formellement interdit aux bûcherons de boire de l'alcool et d'avoir une arme à feu ; et s'ils n'ont ni fusil ni carabine, l'alcool circule quand même. Allez savoir pourquoi...

Retranché derrière le rideau de laine, dans son réduit qui lui sert de chambre et d'atelier, Michel restitue un semblant de vie aux perdrix en les empaillant. Au fur et à mesure qu'elles sont prêtes, les bûcherons les lui achètent. Les perdrix blanches sont les plus demandées. Ce petit commerce lui rapporte plus d'argent que son salaire d'une quinzaine de piastres par semaine. Michel fait l'apprentissage de la débrouillardise, qualité souvent vitale dans ce pays où avoir un métier ne remplit pas toujours l'assiette.

Si le labeur des bûcherons est rude, Michel constate rapidement que celui des chevaux, les « brûleurs à foin », l'est plus encore. En cette année 1955, ce sont encore eux qui charrient les troncs coupés. Dans ce camp, il y en a une quinzaine. De forts chevaux aux paturons touffus, au poitrail solide, au large chanfrein, traités comme des travailleurs de rang inférieur. Vaillants, indispensables, mais animaux.

Chaque matin, Michel les regarde partir la tête haute, le pied assuré sur le sol gelé. Les chaînes qu'ils portent cliquettent et résonnent dans le silence des bois, le sol tremble sous leurs sabots, ils vont en groupe, menés par leur palefrenier, sur la piste principale. Au fur et à mesure qu'ils avancent, ils se divisent à droite et à gauche, prenant des pistes qui s'enfoncent dans la forêt. Leur travail sera de tirer au bout des chaînes les troncs coupés et ébranchés jusqu'à la piste principale. Les pitounes[1] seront hissées sur les « roules », ces grands traîneaux attelés à deux chevaux. Le « skiddeux » mènera le lourd attelage près des cabanes où les pitounes seront empilées en tas immenses et bien agencés, en attendant qu'un camion vienne les charger. Dans les ornières glissantes, au milieu d'un labyrinthe de souches et d'amas de moignons de branches dangereusement brisées, les chevaux doivent se frayer un chemin en tirant leurs chaînes lestées de lourds troncs. Les insultes volent : « tabarnak ! » est la plus douce, les autres sont à faire tomber les saints du ciel ; parfois les coups de fouet pleuvent aussi, selon la nature de l'homme aux commandes. Tout cela pour les pousser à franchir les limites de leurs forces. À l'ouvrage, les chevaux suent, halètent, soufflent leur peine par les naseaux dans un nuage de brume douloureuse qui se mélange à celle de leurs corps aux muscles raidis par les efforts.

---

1. Billots de bois de un mètre vingt de long.

L'odeur de sueur se mêle en une même plainte à celle des conifères abattus. La vieille couverture qui recouvre leur dos donne à leur silhouette un semblant de confort, mais n'évite pas les blessures aux pattes, ni le froid qui se respire. Ils ne travaillent que dans un froid extrême, car le sol doit impérativement être gelé ; dès qu'il fait plus doux la terre des pistes se ramollit, les charges glissent moins bien et il devient impossible d'emprunter les chemins sans risquer de les détériorer. Ces animaux de peine et de courage suscitent la compassion de Michel. Parfois, l'un d'entre eux faiblit : surmené, il s'abandonne à l'épuisement, incapable de donner encore cet effort ultime que les humains, qui gesticulent autour de lui, l'exhortent à fournir. Il s'abat lourdement sur le sol, comme un de ces arbres qu'il a transportés, et, à bout de forces, lève encore une fois le cou, la tête, puis la repose sur les branches d'épinette mélangées à sa crinière, souffle une dernière fois et se soumet. Le froid intense ne lui laisse aucune chance, et dans la nuit, lorsque la forêt s'est vidée du vacarme des hommes, sa dépouille sert de nourriture aux loups.

Les dépouilles des chevaux attirent les loups, les coyotes, les corbeaux et une multitude de petits nettoyeurs de la forêt. Les hommes craignent le loup : une peur ancestrale directement importée d'Europe et qui coule dans le sang des descendants des premiers colons. Pourtant, de mémoire de bûcheron, aucun d'entre eux ne s'est jamais fait agresser. Mais les paysans qu'ils sont souvent voient en lui un compétiteur qui peut s'attaquer à leur bétail et aussi au gibier. Ils ne lui trouvent pas d'autre intérêt que la prime gouvernementale de 20 dollars qu'il rapporte. La loi prévoit une récompense pour toute personne qui rapporte au juge de paix les oreilles de ces canidés... et plus d'un chien disparaît énigmatiquement. Il faudra attendre 1961 pour que cette loi, qui datait du début du XXe siècle, soit modifiée ; et puis, comme le loup a un sérieux casier judiciaire (on lui reprochait de mieux réussir que l'homme à la chasse), sa tête sera de nouveau mise à prix et le système des primes reprendra de la vigueur entre 1967 et 1971.

– Daniel, va falloir tuer ces maudits loups. On les entend gueuler la nuit, c'est pas bon pour le moral. Ça rend nerveux de travailler en sachant que les loups sont là. Faut que tu fasses venir un chasseur.

Mais pas de fusil dans le campement, hormis la carabine du gamin Michel.

– OK, je vais prévenir les agents de la Faune qu'ils nous envoient un de leurs trappeurs. Mais c'est pas pour demain... Faut attendre qu'un camion passe, ou le retour de celui des provisions.

Michel s'en réjouit, cela va pimenter sa vie au camp. Et il va apprendre à tuer des loups.

Quelques jours plus tard, Jean-Louis Coté arrive, avec son tout-terrain et une petite remorque. C'est lui le trappeur gouvernemental, le second après Élie Bolduc à avoir été engagé par le ministère de la Chasse et des Pêcheries. Avant leur nomination, les gardes-chasse devaient eux-mêmes tuer les animaux qui dérangeaient trappeurs, mineurs et cultivateurs. La tâche était en complète contradiction avec leur rôle de protecteurs de la faune. Michel a aperçu Jean-Louis Coté plusieurs fois dans les bureaux du ministère d'Amos. Il a été impressionné. Le trappeur ressemble à un Indien, le visage flambé par le froid et le vent, l'air distant d'un habitué des grands espaces, aussi impénétrable qu'un bosquet d'épineux. Un gars qui « a bien des manières », c'est-à-dire qui connaît beaucoup des choses de la vie dans la nature, et de ses secrets sûrement. Une allure de sauvage. Jean-Louis Coté est réputé pour être le meilleur trappeur, un vrai, un dur. Un gars des bois, grand, sec, les traits burinés, silencieux par pudeur de ses émotions, aimable quand il le doit. Un personnage de la trempe des héros de Michel : David Crockett et Daniel Boone. Le jeune Pageau n'est pas non plus un inconnu pour Jean-Louis Coté, il en a déjà beaucoup entendu parler et l'a croisé plusieurs fois. « Quelqu'un de prometteur, se dit-il. Il vaut sans doute la peine qu'on lui enseigne quelques trucs du métier. »

C'est l'occasion, puisqu'il est là pour débarrasser les bûcherons des loups. Il faut faire vite, pas le temps de poser des pièges. D'ailleurs, c'est très difficile d'attraper des loups avec des pièges. Pourtant il sait y faire mieux que personne. Sauf peut-être Élie Bolduc, son mentor qui lui a enseigné les secrets. Il va donc utiliser la strychnine, le moyen le plus rapide et le plus efficace. Pas son préféré, mais il n'a pas le choix. Non, il n'aime pas ça, pour un tas de raisons. Ça tue tout, ce poison, pas que des loups. Plein de bêtes se font prendre par les appâts préparés pour les loups. Et même des chiens. Lui-même s'empoisonne avec cette cochonnerie : parfois il se met à saigner du nez, sans autre raison que d'avoir respiré trop souvent le poison.

Jean-Louis Coté montre à Michel les capsules remplies de poison qu'il a préparées avant de venir au camp. Il les tient précautionneusement dans une petite boîte en métal dont il soulève juste le couvercle.

– Quand tu retourneras à Amos je te montrerai comment les faire. Maintenant, allons-y avant qu'il fasse nuit. Tu sais où est le cheval ?

– Oui, les bûcherons me l'ont dit et j'y suis allé voir hier. Les loups ne doivent pas être très nombreux : il reste encore pas mal de viande, pourtant cela fait déjà quatre jours que le cheval est mort. Et puis les corbeaux vont nous guider, répond le jeune, ravi d'être interpellé par cet homme secret.

– Partons ! Il a neigé ces derniers jours : prenons nos raquettes, même si le passage des hommes a dû tracer bien des chemins.

Ensemble ils s'éloignent sur la piste et s'enfoncent sous le couvert des arbres pour atteindre l'endroit où le cheval est tombé. Les bûcherons ont tiré la carcasse dans une petite ravine et attendent qu'il n'y ait plus de loups pour continuer à travailler dans les parages. Les loups sont plutôt des animaux nocturnes, mais les hommes s'en méfient de jour comme de nuit. Ils ne sont que deux ou trois à bûcher par secteur. Leurs collègues ne sont jamais très loin, mais en cas d'attaque ils se disent qu'ils le seront forcément trop ; et avec le bruit qu'ils font, ils n'entendraient même pas les appels. Les loups sont un peu comme les Esprits de la forêt, qui se manifestent dans les bruits, le souffle du vent, le craquement d'une branche ; on ne les voit pas, mais on les entend et l'on sent leur présence. Avec la sensation que des loups guettent, les ombres se métamorphosent en créatures terrifiantes.

Quand Michel et le trappeur arrivent à la carcasse, ils constatent qu'elle est bien entamée, mais qu'il en reste assez pour que les loups ne l'abandonnent pas aux corbeaux et autres charognards. C'est sûr qu'ils vont revenir. Ce soir, peut-être demain soir. Cela dépendra de leur appétit. La chair est dure, complètement gelée ; avec son couteau, Jean-Louis Coté pratique plusieurs entailles et glisse les capsules létales dedans. Les loups aiment manger ce qu'ils tuent et se méfient souvent des appâts ; ils s'en approchent par curiosité. Mais, en plein cœur de l'hiver, ils sont moins regardants et le cheval mort sur place est une aubaine. Le trappeur fait attention à ne pas laisser trop d'odeurs humaines. Ils ne s'attardent pas, se retirent de la scène en marchant l'un derrière l'autre.

Deux jours plus tard, ils ramassent trois loups morts près de la carcasse. Ils entendent au loin des chants d'autres loups. Jean-Louis aperçoit des traces encore fraîches qui indiquent que certains fauves sont venus puis repartis. Ils suivent les traces, qui les mènent jusqu'au corps d'un autre loup. Michel et le trappeur font deux voyages pour ramener les dépouilles au camp. Puis le trappeur repart avec les cadavres jetés dans la petite remorque. Les loups, extrêmement prudents, ne reviendront pas de sitôt.

Michel n'aura pas appris grand-chose lors de ce court passage à l'action, mais Jean-Louis l'a invité à venir lui rendre visite à son retour à Amos.

5

Peaux de loups

Michel bouillonne d'impatience. Cela fait plus de deux mois qu'il est au camp de Waswanipi. Il se décide et demande à son oncle Ivano la permission de redescendre à Amos avec un des camions.

– Y aurait-il une raison particulière pour que tu sois si pressé de retourner à la civilisation ? T'as une blonde ? demande en souriant l'oncle, qui sait très bien que Michel ne prend pas le temps de s'intéresser aux filles.

– Non, mais je voudrais rendre visite au trappeur professionnel. Il a promis de m'apprendre des trucs. Je voudrais pas qu'il m'oublie au printemps. Et c'est qu'en hiver qu'il utilise le poison.

– T'as que ça dans la tête, hein ? Je crois que tes parents ont d'autres projets pour toi. Mais, à mon avis, tu sais ce qui te convient le mieux. Pas vrai ?

– Sûr que j'aime bien faire la cuisine, mais tu sais que je veux autre chose. Je vais juste faire l'aller-retour à Amos. Deux jours, pas plus. Le temps que le camion se remplisse.

– Ah, mais c'est que tu crois qu'il sait que tu viens, ton trappeur ? Ou qu'il t'attend ? Ce gars-là il est toujours quelque part sur une trail[1]. C'est son job. Prends

1. Piste.

donc une semaine. Tu trouveras bien un camion qui te remonte. T'auras plus de chance de coincer ton gars. Et encore, c'est même pas sûr...

L'oncle avait raison. Jean-Louis Coté est quelque part, mais pas chez lui. Au ministère, où Michel se rend aussitôt débarqué à Amos, on lui précise que sa mission l'a conduit du côté de Malartic, pour une durée indéterminée. Jean-Louis Coté chasse régulièrement dans les exploitations minières, or la municipalité de Malartic ne compte pas moins de sept mines.

L'histoire de cette ville, située à quelque soixante kilomètres au sud d'Amos, symbolise assez bien l'évolution de l'essor minier dans cette partie de l'Abitibi, région sur laquelle s'étend sur plus de cent kilomètres une partie de la faille minéralogique de Cadillac. Longue au total de trois cent soixante-dix kilomètres, cette fissure dans l'écorce terrestre court de l'Ontario à l'Abitibi, et 70 % des mines d'or, de zinc et de cuivre du Canada s'y trouvent. Malartic, jusqu'en 1937, n'était qu'un petit hameau érigé sur le terrain dont la Canadian Malartic Gold Mine Ltd. était propriétaire. La compagnie exploitant l'or interdisait à la plupart de ses employés de s'y installer et seuls quelques privilégiés pouvaient y résider. Ne restait alors aux travailleurs exclus qu'à occuper les terres adjacentes appartenant à la Couronne. Ainsi naquit Roc-d'Or, plutôt camp de mineurs que village, allusivement surnommé « Putainville » tant les maisons closes y prospérèrent dans le milieu des années 1930. Il était notoire que les camps de mineurs, tel Roc-d'Or, ne connaissaient aucun contrôle social et ne s'embarrassaient d'aucune loi autre que la plus universelle de toutes, celle du plus fort. Ces camps attiraient irrésistiblement les joueurs professionnels, les distillateurs clandestins, les aventuriers de tout acabit et, bien sûr, les femmes de petite vertu. Le gouvernement s'alarma de la tournure que prenaient la colonisation et le développement économique de son Ouest sauvage ! Il mit en place un système judiciaire et instaura une loi pour obliger les compagnies à aménager un habitat décent à proximité de leurs installations. Les lots nouvellement arpentés de Malartic se trouvaient dans des terrains argileux. Deux ans plus tard, en 1937, lorsque la loi entra en vigueur, les mineurs de Roc-d'Or, soudainement considérés comme des « squatters », furent expulsés de la petite agglomération pour être relogés en toute hâte à Malartic, sur des parcelles désagréablement boueuses. Suite à cette réorganisation urbaine et à l'afflux de nouveaux mineurs, la « boom-town » de Malartic, aux allures de ville de frontière, se mit à croître si vite qu'éclata en 1938 une crise du logement. À Roc-d'Or, les engins écrasèrent avec fracas les quelques maisons qui n'avaient pu être déplacées et la forêt repoussa silencieusement dessus.

Michel se dit que c'est précisément là-bas que doit se trouver Jean-Louis Coté, occupé à débarrasser les environs des mines des loups. Ne voyant pas revenir l'homme, il peste contre la lenteur du temps ; inversement, il voudrait bien le retenir, car il va lui falloir remonter au camp.

Son attente ne dure que trois jours. Le soir même du retour du trappeur, Michel frappe à sa porte. Jean-Louis n'est pas surpris de le voir.

– On m'a dit que t'étais à m'attendre, les nouvelles vont vite en ce pays. On m'a dit aussi qu'au camp on attend ton retour ; alors reviens demain m'aider à préparer des appâts. J'ai encore un job à faire vite. Tiens, passe à la pharmacie avant de revenir, dit-il en tendant à

Michel une autorisation pour acheter le matériel nécessaire à ses préparations.

Le lendemain, Michel doit patienter jusqu'à l'ouverture des magasins. Il se sent plein d'importance en remettant au pharmacien l'« ordonnance » que délivre le ministère pour s'approvisionner en capsules conçues pour le poison. Seuls les trappeurs assermentés par le gouvernement ont le droit de les acheter, mais le pharmacien connaît bien Michel Pageau et Jean-Louis Coté. Sur la liste que lui a remise le trappeur, il y a aussi des gants de chirurgien.

Jean-Louis et Michel s'installent dans sa cuisine. Le trappeur étale sur une table plusieurs doubles pages des *Échos*, la gazette d'Amos. Il met en garde Michel :
– Mets des gants en latex, faut pas que tu en aies sous les ongles. Et fais bien attention, ne mets pas tes doigts près de ton visage, évite de respirer trop fort ou d'éternuer.

L'opération, délicate et dangereuse, consiste à remplir les capsules de strychnine avec une petite cuillère et à bien les refermer. La strychnine a la consistance du sucre glace et le ministère la remet directement aux trappeurs assermentés. Le poison se trouve dans une boîte en métal que Jean-Louis a déposée sur la table. Les petites capsules gélatineuses ressemblent à celles de foie de morue qu'on donne aux enfants. La ressemblance s'arrête au contenant. L'animal qui ingère de la strychnine meurt dans des spasmes musculaires au bout de quinze à vingt minutes (cela dépend de sa résistance et de la quantité de poison qu'il a dans l'estomac). D'ailleurs, tandis que les capsules sont précautionneusement manipulées, il règne dans la cuisine un silence de mort.

— Continue seul, je vais préparer les boulettes, prévient Jean-Louis en se levant pour aller au frigidaire, d'où il sort un sac de viande hachée à l'aspect peu ragoûtant. Du premier choix. Y a que du bon : de l'orignal, du castor, peut-être même du loup. De la viande de braconniers saisie par le ministère. Tu veux goûter pour voir si c'est aussi bon que ta cuisine ?

Michel décline l'invitation :

— Ah non ! J'voudrais pas découvrir ta recette secrète.

— Oh, là, tout le secret, c'est dans l'épice que t'es en train de préparer.

Après avoir amoncelé sur la table une cinquantaine de boulettes de la taille de balles de ping-pong, ils incorporent soigneusement dedans les capsules empoisonnées. Ils terminent en plantant une plume de corbeau dans chaque boulette (sans doute des plumes de corbeaux eux-mêmes victimes du piège).

— Voilà, avec ça, ils les verront de loin. Ça te tentes-tu, des loups nuisibles ?

Michel opine de la tête.

— Tout à l'heure, en début d'après-midi, on ira les poser sur la route de Cadillac. Et demain on y retournera pour voir ce qu'on a pris.

Le trappeur range les boulettes dans une grande caisse fermée qu'il entrepose dehors. Il ne faudra que quelques heures pour qu'elles durcissent.

Sur la route 117 en direction de Cadillac, Michel, d'habitude silencieux, s'aventure à interroger le trappeur sur son métier. L'autre, guère plus bavard, ne montre toutefois aucune réticence à répondre. Il tente même de se justifier, pour le travail qu'ils font aujourd'hui.

– Tu sais, empoisonner, c'est pas ce que j'aime. Mais c'est un job rapide, et comme il y a trop de plaintes faut agir vite. On ira trapper ensemble un jour, c'est pas la même affaire. T'auras aussi des choses à m'apprendre... Il paraît que tu parles aux bêtes.

– J'essaie de bien les connaître et de communiquer avec. Je leur montre que j'ai de la patience, c'est tout. Les gens, ils comprennent pas bien ce que je fais, répond le jeune, embarrassé.

Jean-Louis sourit et engage son véhicule sur des chemins de traverse. Il se gare en bordure d'un champ isolé.

– C'est là qu'ils viennent en ce moment. Les fermiers d'ici ont déposé des plaintes, explique-t-il.

Ils chaussent leurs raquettes et avancent jusqu'au milieu du champ. Puis ils s'arrêtent, prennent les boulettes de viande gelée et en lancent une dizaine, le plus loin possible.

– Il fait beau, avant ce soir la viande aura peut-être un peu dégelé. Elle va sentir, et de toute façon la plume se repère de loin. Ça va éveiller la curiosité des animaux. Et pour nous c'est plus facile si on doit récupérer des boulettes. Viens, on va ailleurs.

– Et tu retrouves toujours les animaux tués ? s'inquiète Michel, qui pense aux fourrures.

– Non, y en a qui vont mourir loin, et s'il neige trop on ne voit plus les traces. On retrouve des carcasses au printemps.

Ils répètent l'opération chez plusieurs fermiers, jusqu'à ce qu'il ne reste plus aucune boulette.

Le jour suivant, dès 5 heures du matin, ils reviennent sur les lieux et ramassent cinq loups, quelques renards et les boulettes non utilisées. Au loin, ils entendent chanter d'autres loups ; ceux-là sont bien vivants. De retour à Amos, Jean-Louis dépose Michel à son domicile et lui confie les cadavres durcis qui ont gelé durant la nuit.

– Tiens, tu les porteras au ministère. J'ai pas le temps de m'en occuper. Tu me donneras les peaux après.

Le soir même, Michel les emporte au ministère, dont les portes sont fermées. Il frappe plusieurs coups, jusqu'à ce qu'Antoine Bourgelas, qu'il appelle P'tit Toine, le gardien de nuit, lui ouvre.

– Ce sont des loups de Jean-Louis Coté. Mais ils sont gelés, je peux pas les pleumer[1]. Il faudrait qu'ils passent la nuit au chaud, explique-t-il.

– OK. Mais repasse demain matin avant l'ouverture, c'est pas très légal que je garde tes loups. On va les déposer dans la pièce de la chaudière. Ça devrait suffire, une nuit.

Le lendemain, Michel récupère les cadavres et passe sa journée à les préparer. Il a déjà dépouillé plusieurs petits animaux, mais pas encore de loups. Ceux-là sont ses premiers, et en plus ils sont pour un trappeur professionnel. Il prend le risque de les écorcher « en fourreau », bien que ce soit la méthode la plus délicate. Il pratique une incision sur la face interne des membres postérieurs, jusqu'à l'anus, puis écorche l'animal comme on enlève un gant. Il fait bien attention à laisser les griffes et à ne pas abîmer la queue. Avec un couteau très émoussé, il termine par l'écharnage, commençant par la queue et remontant jusqu'à la tête, en veillant à ne laisser aucun morceau de chair ni de graisse sur le cuir. Son travail terminé, il emporte les peaux et les carcasses chez le trappeur.

1. Écorcher.

– T'as fait un bon job, reconnaît Jean-Louis en examinant le travail du jeune.

Pour le remercier, il lui offre la plus belle fourrure.

Michel se dépêche de découper une planchette pour enfiler dessus sa fourrure, poils à l'intérieur. Il la pend sous un appentis. Pour qu'elle sèche, deux à trois jours à l'air frais et à l'abri du soleil devraient suffire. Puis il faudra retirer la planchette et entreposer la peau jusqu'au moment de la vendre. Il demande à sa mère de s'en occuper, car il doit remonter au camp de Waswanipi.

6

Permis de chasse n° 294 376

Michel referme derrière lui la porte du magasin de L.-P. Cloutier, qui affiche : « Gros et Détail. Quincaillerie Sport » et aussi « Hommage aux Pionniers ». Le soleil matinal de juin lui fait plisser les yeux. Il regarde négligemment le petit bout de papier cartonné qu'il vient d'acheter pour 2,10 dollars. Une carte d'environ dix centimètres par dix, estampillée de l'emblème du Canada et qui porte le numéro 294 376. Il a 16 ans depuis hier et donc le droit d'acheter un permis de chasse au petit gibier. Il le range dans sa poche et, en se dirigeant vers sa maison sur la rue Principale, feuillette le livret de quatorze pages, dont la moitié est rédigée en anglais ; cela s'intitule *1957. Résumé des Lois de la Chasse*. Édité par le ministère de la Chasse et des Pêcheries, il est distribué à toute personne achetant un permis. Sans prendre le temps de le lire, ce qui lui demanderait trop d'efforts, Michel constate que le livret contient principalement tout ce qu'il est défendu de faire ; y sont recensées toutes les restrictions imposées par les lois sur la chasse. Il s'arrête page 5 sur le chapitre concernant les animaux à fourrure : « il est interdit de garder en captivité tout animal à fourrure sauvage ou tout gibier protégé par la loi, sans un permis spécial ». Avec ses renards, ses martres, ses hiboux et autres invités de passage qu'il soigne avant de les relâcher, il est un hors-la-loi. Il s'en doutait un peu, et, sans y prêter plus d'attention, envoie le fascicule rejoindre le permis dans sa poche. En fait, ce permis lui donne le droit de tuer... des perdrix et des lièvres. Tout comme il le faisait avant de l'avoir. Pour tuer un orignal, un chevreuil, il en faut un autre, qu'il achètera un peu plus tard, à l'automne, quand la saison ouvrira.

S'il ne bouleverse pas les habitudes du jeune chasseur, ce premier permis représente une étape vers sa vie d'adulte, un début d'apprentissage des lois – non pas les lois naturelles complexes, mais simplement humaines – qui gèrent les rapports entre les humains et les animaux. Pour avoir eu affaire à des agents de la Faune, et pour avoir entendu des histoires de braconniers, Michel les connaît déjà un peu. Les saisons, qui rythment les activités des hommes, les rappellent aussi. Dès la mi-septembre, quand on téléphone à un artisan tel le plombier, on peut s'attendre au dialogue suivant :

– Allô, madame Bouillete, j'aurais vite besoin de votre mari, j'ai une grosse fuite d'eau.

– Désolée, mon mari est parti ce matin au « campe[1] » chasser l'orignal. Vous savez ce que c'est... on peut pas savoir quand il va rentrer. Je vais essayer de vous trouver quelqu'un. Mais en cette saison...

Ainsi, quand vient la période de la chasse à l'orignal, l'automne, mieux vaut ne pas avoir besoin d'un dépannage urgent ; même chose pour la saison de la pêche en été, puis encore pour celle des ours au printemps. En fait, seul l'hiver profond garde paisiblement les hommes au logis et au travail.

1. Dans ce contexte, territoire de chasse avec une cabane en rondins.

Ce permis de chasse ne lui donne pas le droit de trapper, c'est-à-dire d'attraper des animaux avec des pièges. La loi sur la conservation et la mise en valeur de la faune définit ainsi l'action de chasser : « pourchasser un animal, le poursuivre, le harceler, le traquer, le mutiler, l'appeler, le suivre, être à son affût, le localiser, ou tenter de le faire, tout en étant en possession d'une arme, ou tirer cet animal, le tuer, le capturer, ou tenter de le faire, à l'exception de le piéger ». Les termes sont violents et le verbe « mutiler » irrite le jeune Pageau, même s'il reconnaît la justesse de la définition. En y réfléchissant, il se dit que cela vaudrait aussi pour la trappe. Mais, selon lui, il y a un monde entre le chasseur et le trappeur. Peut-être naît-on chasseur, du moins dans ces régions reculées où l'instinct de survie est encore lié à la nourriture prélevée dans le territoire sauvage, mais Michel est certain que l'on ne naît pas trappeur.

Chasser n'est qu'une activité ordinaire, ancrée dans l'esprit des pionniers sur une terre d'abondance à conquérir ; les humains d'ici ont tous pris goût à la viande sauvage depuis l'époque, pas si lointaine, où le gibier assurait leur subsistance. Si ce n'est plus une question de survie, cela reste pour beaucoup de gens un complément important de leur alimentation. À la fin des années 1950, la question des espèces menacées ne se pose pas. L'Abitibi, qui se veut région civilisée, est territoire sauvage ; la mémoire de la liberté résonne en lui. Les animaux et les humains forment la grande cohorte du vivant dans ce milieu où le cycle de la vie et de la mort implique l'immuable passage de la rencontre avec un prédateur. Qu'il soit humain ou non. On parle à peine de « gestion des ressources faunistiques » ; cela semble se faire naturellement, comme les Amérindiens le font depuis qu'ils tirent leur subsistance de ce territoire. Les ressources paraissent alors inépuisables, même si elles fluctuent régulièrement. Si durant une année il y a une baisse de population d'une espèce et augmentation d'une autre, la cause est forcément naturelle : climat trop extrême, épidémie cyclique... Quand les cervidés abondent, c'est qu'un feu de forêt a engendré des clairières herbues parsemées d'arbrisseaux. Tout le monde sait que, quand il n'y a plus de lièvres (les populations de lièvres suivent un cycle d'une dizaine d'années avant de s'effondrer), les lynx disparaissent, eux qui se nourrissent principalement de lièvres. Inimaginable alors de mettre en cause les activités humaines, qui paraissent si aléatoires, si dérisoires. La chasse est le reliquat d'une activité légitime car vitale, devenue une passion ; presque tout le monde chasse en Abitibi.

La trappe, c'est autre chose. On ne devient pas trappeur du jour au lendemain en achetant un permis ; être trappeur demande d'être capable de résoudre de grandes intrigues. Aucune école ne prépare encore à ce métier, il faut donc l'apprendre tout seul. Pour Michel, cela passe par la chasse, grâce à laquelle il exerce son instinct de prédateur et affine ses connaissances du pistage des animaux.

Il est encore tout à ses réflexions quand son ami Jean-Pierre Campeau le retrouve chez le « dépanneur[1] » Lemire, à l'angle de la 3e Rue et de la 4e Avenue Est. Michel vient d'y acheter un paquet de tabac pour sa pipe. Leur copain Jules Jeanson, l'employé de l'épicerie, entre avec un pesant quartier de bœuf sur l'épaule et

---

1. Épicerie ouverte plus tard que les autres.

une grosse scie à découper à la main. Il se dirige vers l'arrière de la boutique, ouvre le rideau qui sépare les deux pièces pour entreposer son morceau dans la chambre froide. À travers l'opacité de la fumée de cigarettes, Michel distingue dans la petite pièce quelques hommes qu'il reconnaît. Ils discutent, assis sur des caisses en bois, tout en buvant des bières Lablat 50. L'arrière des épiceries sert souvent de lieu de rencontre aux hommes après le travail. Les femmes y sont pratiquement interdites. Les deux jeunes sourient en sortant de la boutique.

– Tu fais quoi aujourd'hui ? interroge Jean-Pierre.

– Je vais aller dans les bois. Tu m'accompagnes ? répond Michel en bourrant sa pipe.

– Non, pas aujourd'hui. T'as acheté ton permis ?

– Oui, mais je vais pas chasser, juste me promener dans le canton[1] Figuery. Voir si je rencontre des animaux.

Michel brigue en fait ce territoire. Il l'a repéré sur la carte des lots de trappe au ministère.

– C'est drôle, tu aimes autant chasser qu'observer les bêtes. Je me demande ce que tu préfères.

– Les deux, lâche-t-il spontanément. D'ailleurs, demain je dois aller poser des collets ; un fermier se plaint des renards.

Michel ne tue pas pour se vanter auprès de ses camarades, et il met un point d'honneur à ne pas manquer, ni surtout blesser, sa proie. Il chasse parce qu'il veut devenir trappeur, le seul métier qui, à ses yeux, réunit les choses essentielles dont il aspire à remplir sa vie. La nature, les animaux, la liberté, et pas de « boss ». Michel n'a pas l'ambition de devenir bûcheron ni

---

1. Un canton est un peu l'équivalent d'une municipalité en France.

mineur, les deux activités, ou plutôt les deux piliers, qui font tenir debout l'économie de la région. Il ne veut pas non plus devenir cultivateur, ni employé dans un bureau – ce qui lui est de toute façon impossible vu son niveau d'études. Sans aucun doute, être trappeur ne rend pas riche et n'apporte pas la sécurité financière. Mais que faire d'autre pour satisfaire ses envies, pour être libre ? Il sent intuitivement ce que vivre libre représente, c'est là comme une évidence, comme une marque de naissance bien visible et dont il s'accommode sans fierté, mais avec conviction.

Quand il est dans la peau du chasseur, Michel n'est plus l'inoffensif observateur assidu qu'il est habituellement. Entre les deux registres la frontière est floue. À cela s'ajoutent ses activités de sauveteur d'animaux blessés ; et quand il les relâche en bonne santé, il espère que ses balles ou ses collets les épargneront. Passant sans transition du prédateur au soigneur, avec la nonchalance de l'adolescence, une vague pointe de contradiction le chatouille parfois. Quelle que soit la situation, il aime les animaux ou, plus précisément, tout ce qu'ils représentent. Il endosse à tour de rôle deux personnalités différentes sans que cela lui semble paradoxal. L'une se mue en le prolongement de l'autre, il les croit indissociables. Il panse ou observe les animaux aussi bien qu'il les tue, tout dépend du contexte. Et, malgré la mort qu'il donne, l'intimité entre lui et les animaux demeure. C'est redoutable, à bien des points de vue. Un jour, il le sent déjà, ces deux personnalités s'opposeront. Mais il a un long chemin à parcourir avant de devenir trappeur professionnel. D'ici là, il ne peut laisser le doute altérer ses facultés, ni freiner son apprentissage.

Son amour des animaux, indéniable malgré ces ambiguïtés, structure les règles de son code de trappeur. Ainsi, sa compassion mêlée d'admiration pour ceux qui se sont battus pour survivre à l'hiver le conduit à éviter de chasser en début de printemps. Cette saison symbolise tant le renouveau de la vie dans le monde animal qu'il serait cruel de l'interrompre. Les oiseaux l'émeuvent particulièrement. Durant l'hiver, il observe ceux qui ne migrent pas, les plumes gonflées pour retenir la chaleur, souvent piteux sur une branche gelée, affamés et assoiffés. Plus la température baisse, plus ils doivent dépenser d'énergie – qu'ils ont en faible quantité – pour trouver leur subsistance enfouie sous la neige, au risque de tomber sous la griffe ou la dent d'un prédateur. Les entendre chanter frénétiquement au printemps tient du miracle. Et, les yeux fermés, Michel se dit qu'on pourrait presque sentir les saisons dans le chant des oiseaux.

– Tiens, écoute, tu entends ? demande-t-il à Jean-Pierre.

Son ami s'arrête et tend l'oreille avant de répondre fièrement :

– Ça, c'est le chant du quiscale bronzé.

– Tu le vois ?

Jean-Pierre cherche des yeux le passereau aux plumes noires irisées de couleurs arc-en-ciel. Il ne le voit pas et pourtant il a la taille d'un merle.

– Écoute encore, l'encourage Michel.

– Ah non ! C'est plutôt le trille d'un pic chevelu.

Mais pas de crête rouge, facile à repérer sur un tronc d'arbre.

Michel rigole en pointant du doigt le responsable de la confusion de son ami.

– Pantoute[1]. C'est un sansonnet. Tu vois pourquoi j'ai bien besoin d'observer.

Imitateur parfait, ce « sans son » en a tant à son répertoire qu'il peut confondre n'importe quel expert en chant d'oiseaux. Pour Michel, chaque oiseau est un phénomène, il croit même que certains sont des artistes qui savent improviser.

Dans les bois, Michel consacre de longues heures à observer la beauté de cette nature et à en percer les mystères. Il se prépare à ces retrouvailles toujours avec la même impatience. Il voit les bois avant qu'ils apparaissent à ses yeux, il sent les odeurs avant qu'elles lui parviennent.

Il pénètre dans les bois comme on écarte de la main un rideau qui calfeutre une porte. La lumière et la chaleur d'une pièce bien chauffée ne lui sautent pas au visage, mais le silence et l'obscurité le prennent dans leurs bras. Le miracle opère. Il se laisse porter, se parle en lui-même : « Seuls mes yeux doivent pouvoir me donner de la lumière, aucune autre voix que celle du vent ne saura me guider. Un orignal lève la tête et hume l'air alors que mes narines repèrent son odeur. Un lièvre dresse les oreilles en même temps que j'ouvre les miennes. » Le craquement d'une branche sous les pattes d'un animal fait battre son cœur et il retient son souffle, prêt à être surpris. Il contemple une feuille couverte de rosée et s'y reflète tout entier aussi nettement que dans un miroir. Le vol d'un corbeau détourne son regard et il s'élève dans le ciel comme s'il était devenu une plume noire. Sans doute est-ce cette insatiable soif de communion qui le fait si souvent voler dans ses rêves nocturnes…

1. Pas du tout.

Oui, dans les bois il y a des miracles, aussi fugitifs qu'un battement de cils. Ils ne s'expliquent pas, il faut apprendre à les rencontrer. La nature déborde d'imagination, plus qu'aucun livre n'en contiendra jamais. Michel ne cherche qu'à s'en imprégner pour y développer la sienne, sous forme d'intuition.

Sans intuition, sans humilité, sans vigilance, il ne peut rien découvrir. Alors il se transforme pour être de plus en plus proche de ce qui l'entoure, non pas pour se camoufler comme le caméléon, mais pour se fondre corps et âme dans l'environnement. Faire résonner son intérieur au rythme de l'extérieur. Au fond de lui, dans son cœur, il sourit. Il est un adolescent qui sait où se trouve son trésor, et il engrange des secrets qu'il se jure bien de ne jamais révéler à d'autres chasseurs. Un jour enfin il comprendra parfaitement les voix de la forêt, celles des animaux à plumes et à poils. Il sera trappeur professionnel. Un très bon trappeur.

7

Sus aux intrus !

Depuis la fin de sa scolarité, de ses 13 ans jusqu'à ses 17 ans, toute l'année et même en hiver quand il ne monte pas au camp de bûcherons, Michel fait plusieurs petits boulots, de journalier à la voirie à livreur chez l'épicier René Crépeau. Celui-là, comme Barnabé Charest, c'est un sacré numéro. Lui aussi il aime ses sous. Un vrai pingre ! Même quand il fume il récupère la fumée qui sort de son nez en la happant par la bouche avec un drôle de bruit ; il ressemble alors à un crapaud en train de gober une mouche. C'est un petit gros, avec un drôle de caractère très changeant ; difficile de savoir quelle est son humeur du moment. Michel le trouve « aiguisable », une lame de couteau bien affûtée ! Pour lui, il livre les commandes que passent les gens par téléphone. En été, avec la bicyclette de l'épicier, équipée d'un panier près du guidon, l'hiver, avec une « traîne sauvage », une grande luge que Michel tire dans les rues glissantes.

Ce jour d'août 1958, quand il pousse la porte pour prendre son service, une femme s'apprête à sortir de la boutique, un sac de provisions au bras. Elle se retourne et demande :

– Dis, René, j'ai oublié. Il te reste un peigne de poche ?

– Attends voir... répond le marchand en farfouillant dans les boîtes en carton sur son comptoir. Non, j'en ai plus, mais il me reste un peigne à pelotes, si tu veux.

La femme s'esclaffe, un peu gênée. Les pelotes, ce sont les testicules. Michel suppose que son boss est de bonne humeur ; bien joyeux, il peut même se mettre à jouer du violon, puis cinq minutes après, sans transition, crier des ordres à Michel. L'épicier a sûrement de la sensibilité dans son âme, mais il la cache bien. Le jeune livreur s'autorise parfois à lui chiper une « winner » ; cette saucisse à hot-dog dérobée au boss le console du maigre salaire de 8 dollars qu'il reçoit par semaine pour des journées qui commencent à 8 heures et s'achèvent à 15.

Alors qu'il vient de ranger dans son panier les derniers colis à livrer et se prépare à partir, René l'interpelle :

– Michel, attends, ne pars pas si vite. On vient de me téléphoner, y a du travail pour toi. À côté de chez Mme Lantagne où tu vas livrer, le voisin se plaint qu'il y a une moufette chez eux. Profites-en, ta journée est bientôt finie et le voisin Perrier est aussi client ici. Prends une cage et fais-y un saut. Mais attention, hein, tu livres d'abord. On sait jamais !

– OK, je passe chez moi et je file. Et vous en faites pas, avec moi elles n'envoient jamais leur puanteur !

Évidemment, l'épicier le sait. C'est pourquoi on appelle Michel à la rescousse. Avec lui, pas de crainte que la maison soit infestée.

Cela fait longtemps que Michel ne rêve plus de dévaliser une banque avec sa moufette. Mais il garde pour l'animal redouté un sentiment de tendresse. N'a-t-elle pas été dans ses rêves enfantins une alliée précieuse ? Et puis, hormis les fois où elle commet l'erreur de s'introduire dans les maisons, il se sent vraiment en affinité avec sa « sauvagerie ».

Michel connaît bien les habitudes des moufettes. Elles n'ont peur de rien. Contrairement aux autres animaux sauvages, elles s'accommodent facilement de la présence des humains. Les défrichements leur conviennent car elles se plaisent près des zones découvertes, des prairies bordées de forêt. Pour assouvir leur curiosité et leur gourmandise, elles s'aventurent dans les agglomérations et profitent d'une porte entrouverte pour se glisser à l'intérieur d'une maison ou d'une grange. Les gens n'osent plus entrer chez eux tant que la bête puante y est. Pour libérer la maison, ils font appel à Michel. Parfois, il leur faut attendre des heures avant de mettre la main sur leur sauveur, parti en vadrouille dans les bois. Mais ça en vaut la peine. Il est tellement adroit avec les bêtes que les gens racontent qu'il leur parle et qu'elles lui obéissent sans problème. D'autres supputent même qu'il communique par télépathie avec elles, comme saint François d'Assise, d'autres encore qu'il entend leurs Esprits comme les autochtones rapportent qu'ils le font. Michel ne nie rien, mais ne cherche pas à donner des explications sur ses relations particulières avec les animaux. Il se passe des choses difficilement explicables et qui sont incompréhensibles pour la plupart des gens à l'esprit cartésien. Ici, dans ce pays de grande ferveur religieuse, un miracle venu du ciel serait beaucoup plus rationnel à leurs yeux. D'ailleurs on ne lui demande pas comment il s'y prend. On est trop content qu'il sache bien le faire et personne ne veut risquer de se faire asperger.

Michel est un spécialiste de la capture de moufettes, il les attrape et se fait très rarement atteindre. Elles sont tellement nombreuses que la mairie offre une prime de

30 cents par animal capturé. Il les met en cage et les emmène loin dans les bois, pour les relâcher. Il apprend à opérer ces jolis mustélidés pour ôter leurs deux glandes à musc, situées de chaque côté de l'anus. Les pharmaciens d'Amos savent ce que Michel va faire quand il vient acheter du chloroforme et des bistouris. Ainsi opérées, les moufettes inoffensives peuvent devenir aussi familières que des chats.

En chemin, parmi les quelques voitures motorisées, il croise le laitier qui termine sa tournée. Le cheval tire la remorque métallique peinte en blanc et avance tête haute, pressé de rejoindre son écurie. Michel connaît parfaitement son circuit de livraison. Gamin, il guettait les jours de gel pour chaparder la crème figée dans les bouteilles déposées devant les portes des maisons. L'hiver, le laitier installe un petit poêle à bois dans la remorque pour que le lait ne gèle pas durant son trajet ; ce que le liquide fait en quelques minutes dehors sur les perrons. Pour éviter que le verre n'éclate sous la pression (ce qui se produirait immanquablement si la bouteille était fermée hermétiquement), le couvercle n'est qu'un petit carton, à peine enfoncé d'un centimètre dans le goulot de la bouteille. Il était facile d'en tirer la languette et de plonger ses doigts dans la crème poussée en haut du goulot.

Après avoir délivré son colis à Mme Lantagne, Michel se rend chez le voisin. L'intruse est bien descendue par l'escalier qui mène au sous-sol. Elle se promène dans l'obscurité au milieu des cartons qu'elle a renversés. Michel pose sa cage et l'ouvre, installe une petite planche pour que la bête puisse se hisser. Il s'approche d'elle en lui parlant et la pousse doucement jusqu'à la planche, que la moufette emprunte sans rechigner. Il referme le couvercle, remonte les marches et salue le voisin, qui recule et se tient à distance. Michel emmène sa captive hors de la ville et la relâche dans un pré. Plus tard, le voisin dira qu'il a entendu Michel communiquer avec la bête, qu'il s'exprimait dans une langue étrange. Comme s'il psalmodiait des mots incohérents. Un joual des animaux, peut-être ?

Michel ne peut nier que ceux-ci ont parfois des attitudes surprenantes à son égard. Pourquoi, par exemple, cet ourson évadé du petit parc zoologique du frère Simon, de l'autre côté de la voie ferrée, est-il venu se réfugier chez lui ? Et ce renardeau arrivé de nulle part, pourquoi s'est-il retrouvé dans le jardin de Michel, en pleine ville ? Pourquoi sa maison plutôt qu'une autre ? Oui, il se passe des choses…

Il reconnaît d'ailleurs au fond de lui qu'il a parfois le sentiment d'en savoir plus sur eux que la plupart des humains qu'il côtoie. De partager avec eux une sorte de connivence. « Au fond, se dit-il, c'est le résultat de mon acharnement à bien les étudier. » Il a même acheté quelques livres sur les animaux, surtout pour les descriptions imagées, mais aussi pour apprendre leurs noms – preuve irréfutable de son application, pour le cancre qu'il fut en classe. Son érudition lui permet de satisfaire la curiosité des gens, qui lui demandent fréquemment d'identifier les spécimens qu'ils recueillent ou qu'ils tuent. Il ne pourrait compter les heures qu'il consacre à étudier leurs habitudes, selon la saison, selon la situation. Il met toute son attention à reconnaître leurs cris, leurs postures, leurs regards, pour y lire l'insouciance (rare), la peur (très fréquente), la gaîté (quand ils jouent), la colère (si leur territoire ou leur progéniture sont menacés). Oui, qu'il se passe des choses, c'est la récompense pour un très bon élève qui ne laisse rien au hasard – même si la chance fait partie de la science des animaux.

Sa journée de travail finie, il se dépêche de rentrer pour préparer celle de demain. Depuis deux ans, il piège ou chasse à la carabine le renard sur les terres du fermier Blouin, à une dizaine de kilomètres de chez lui. Chemin faisant, il se souvient de ce premier sésame vers son métier de trappeur. Le fermier avait griffonné sur un bout de papier, une page arrachée à un vieil agenda : « Je donne la permission à Michel Pageau de trapper sur mes lots. Roger Blouin 30 août 1956-57. » Grâce à ce mot, il avait pu obtenir son premier permis de trappe. Il n'était pas peu fier de se mélanger aux trappeurs dans les bureaux du ministère où il avait déposé sa demande.

Alors qu'il a presque atteint sa nouvelle maison, celle que son père vient d'acheter dans la 2e Avenue Est, il se fait arrêter par une bande de gamins de 5 à 11 ans. Assis sur le trottoir, ils guettaient son retour.

– Michel, Michel, on peut venir avec toi voir tes bêtes ? crient-ils en chœur en se bousculant pour l'approcher.

C'est bien connu, les gamins d'Amos se retrouvent tous chez Michel – quand ce ne sont pas des adultes.

– Vous êtes trop nombreux, quatre seulement.

Cela l'amuse de les voir se chamailler pour savoir qui le suivra. Comme ils en arrivent presque à se battre, Michel fait la sélection. Et renvoie gentiment les malchanceux :

– Revenez demain, vous autres. C'est promis, c'est vous que je prendrai.

Accompagné des heureux élus qui lui posent mille questions, il rejoint sa maison et les emmène dans la cour. Il ouvre les cages, appelle les animaux, raconte des anecdotes, fait passer des secrets en les chuchotant aux enfants qui le regardent avec les yeux écarquillés et s'attardent jusqu'à ce qu'il les pousse sur le trottoir.

Le fermier Blouin l'a appelé hier parce que des renards rôdent autour de son poulailler. En cette saison, les fourrures étant de mauvaise qualité, on ne pose pas de pièges. On se sert d'un fusil et on vend le renard pour la prime aux nuisibles. Michel sait les attirer sans même avoir besoin de les appâter. Il les appelle en imitant le cri d'une proie blessée, lièvre, oiseau ou petit rongeur. Le renard a une excellente ouïe, et Michel est très fier de pouvoir le duper : « C'est moins d'ouvrage que de poser des pièges ! Et pas la peine d'attendre des heures son passage. »

Les renards, cela fait des années qu'il les trappe, avant même d'avoir un permis. Ses pièges préférés sont les Victor n° 2. Son premier piège lui fut offert par son père Henri, c'était son cadeau d'anniversaire pour ses 14 ans. Certains trappeurs utilisent des Victor n° 3, mais Michel les trouve trop puissants : en se refermant, les mâchoires risquent de sectionner la patte, et le renard amputé s'enfuira, souffrant plusieurs jours avant de devenir la proie d'un coyote ou d'un loup. Le n° 2 retient bien l'animal deux à trois jours, au cas où le trappeur serait dans l'impossibilité de le relever le lendemain. « C'est triste, mais cela arrive, convient Michel. Un bon trappeur doit visiter ses pièges régulièrement. Sinon, les animaux peuvent souffrir du stress, du froid, de la gangrène, et sont à la merci des prédateurs. Sans compter que, dans un froid cinglant, l'animal sent moins la douleur et peut s'amputer lui-même pour s'échapper. »

Demain, il prendra le vieux pick-up Ford 41 de son père pour se rendre à la ferme. Il repense aux premières fois où il a relevé ses pièges, dans un bois à six kilomètres du domicile familial. C'était avant qu'il ait son permis de conduire, et même avant qu'il conduise sans permis. Son père, Henri, l'accompagnait quelquefois, les soirs de grand froid. Il le déposait sur la route et restait plusieurs heures à attendre son retour dans le camion. Il suivait des yeux la fragile silhouette du gamin, raquettes aux pieds et fusil à la main, jusqu'à ce qu'elle disparaisse entre les arbres, que l'obscurité tombante rendait plus imposants. Ses parents lui faisaient confiance, mais ils connaissaient les dangers de la forêt, ou du moins les imaginaient sans peine, et Solange mesurait en tremblant toute l'inexpérience et l'intrépidité de son jeune fils. S'il se blessait, aurait-il seulement la force de revenir en raquettes jusqu'à la maison ? Par contre, elle ne montrait pas d'inquiétude quand il partait seul au lever du jour, pour poser ses pièges. Il faisait pourtant exactement le même parcours et risquait de rencontrer les mêmes embûches, qu'il ne qualifiait d'ailleurs pas de dangers. C'est ainsi qu'il a appris que, de nuit, la forêt se fait plus menaçante pour la plupart des gens et que l'obscurité devient alors noirceur d'enfer.

8

Le magasin général

Chaque piste qui sillonne la ligne de trappe commence au magasin général. Ici, la petite ville aux allures de « boom-town » endormie prend des couleurs de mystère d'où émane, dans le chaos le plus total, l'esprit du trappeur.

Le magasin général d'Amos, c'est une boutique d'exploration. Au 224 de la 1re Avenue, entre la papeterie et la laverie, une bâtisse carrée en briques et en planches, avec, sous un large auvent, une devanture blanche à deux grandes baies vitrées. Dressée au-dessus du porche, une grande enseigne annonce : « B. Charest Magasin Général. Marchandise neuve et usagée. » Dessous, cloutée à droite de la porte d'entrée, une peinture sur un contreplaqué représente un ours, un loup et un castor entre deux bouleaux sur fond de pins sombres dressés sur le ciel bleu ; elle proclame : « Nous achetons les fourrures brutes. »

Toujours dehors, accrochées à gauche de la porte, une énorme tête d'orignal empaillé dont les yeux mi-clos lui donnent l'air d'être en train de digérer nonchalamment son dernier repas, à droite, celle d'un beau cerf qui paraît presque chétif si on compare ses bois au lourd panache de l'élan. Des chapelets de pièges en acier cliquettent dans le vent au bout de long fils de fer fixés au plafond du porche.

L'embrasure est encadrée de peaux de castors étirées sur leurs cerceaux de bois de saule, et la porte ouverte sur la pénombre laisse deviner un amoncellement désordonné de marchandises. Repoussant de la main l'achalandage mobile, on pénètre à l'intérieur, où se distingue, au fond à droite, un escalier de marches en bois. Elles mènent à une mezzanine, une guérite vitrée derrière laquelle règne Barnabé Charest, le patron des lieux, qui ne perd pas un seul mouvement de ses clients. Il chantonne tout le temps, mais surtout son refrain préféré : « c'est pas cher » et « le monde est bien innocent ». Au rez-de-chaussée, pendus à des crochets au plafond ou accrochés sur les murs à de vulgaires clous, des toises de tabac noir, des mocassins fumés ou tannés à l'huile, des raquettes de bois clair et de cordages en nerfs brillants, des pelisses usagées en peaux de castors, de vieilles bottes de l'armée, le tout emmêlé dans les ombres des étagères. Au milieu de la partie droite de la salle, un grand comptoir vitré rempli de babioles : des vieilles montres, des bijoux de pacotille, et parmi ces parures à deux sous des bocaux pleins de dentiers dont les anciens propriétaires se sont débarrassés d'une façon ou d'une autre.

Michel entre avec quelques peaux de renards sur l'épaule. Il apporte fièrement ses fourrures de trappeur débutant. Cinq renards pris aux collets. Barnabé sort la tête de sa guérite en hauteur et l'appelle :

– Ho, Petit Pageau, viens donc me voir !

Michel, qui est un beau gaillard élancé de 16 ans, plus grand que celui qui l'interpelle, fait grincer les quelques marches en bois et pénètre dans le bureau. Le marchand examine, en fronçant les sourcils, les peaux que le jeune trappeur jette sur le plancher. Il enfonce ses doigts, caresse à rebrousse-poil les fourrures, souffle dessus. Sans lever son regard vers Michel, il annonce :

– J't'en donne 3 dollars chacune.

– Mais elles valent plus ! Elles sont belles ! J'en voudrais bien un peu plus, c'est juste un dollar de plus que la prime du gouvernement, proteste le jeune, dont les yeux bleus s'allument de colère.

– C'est que, tu vois, mon p'tit Pageau, à moi ça coûte aussi, toutes ces peaux. Il faut d'abord que je paye les royautés[1], puis que je les envoie en ville. Tu te rends compte des dépenses avant que je sente le moindre argent ! Et tiens, regarde, dit-il avec une satisfaction cynique, cette queue-là, elle est abîmée.

Michel connaît la chanson, chaque fois c'est le même refrain. C'est le point faible, les queues, quand on écorche un renard. Il faut dégager chaque petit os à la pointe du couteau et tirer doucement sur la peau, contrairement au reste du corps qui se dépouille plus facilement. Elle a du mal à coulisser en se détachant des os et de la chair, comme quand on enlève un gant trop serré. Parfois la queue entière reste dans la main, parfois de petits bouts. Aussi difficile à pleumer que de faire lâcher des sous à cet homme ! Les royautés se montent à 5 cents pour les renards, néanmoins le marchand tirera bien autour de 10 à 15 dollars pour chacune. Mais bon, c'est plus simple que d'envoyer les peaux à Ottawa ou Montréal dans une compagnie de pelleterie (il faut payer la poste et attendre qu'elles soient vendues lors des enchères avant de toucher trois sous). Et plus rapide que d'attendre le passage d'un « voyageur », un de ces hommes qui viennent dans les régions reculées acheter les fourrures pour le compte

---

1. Taxes sur les fourrures.

d'une compagnie. Michel examine l'antre du marchand. Son regard se promène sur les étagères derrière le bureau où reposent les munitions, dont les chiffres et les noms inscrits sur les boîtes le fascinent : 40 × 44 Winchester, 30 × 30 Winchester, 12 Remington, 41 Remington, et les deux Winchester qu'il utilise déjà. Chaque inscription appelle un rêve, tels les chiffres d'une grille de Loto. Et en bas, dans le magasin, le rêve continue. Au milieu du capharnaüm, Michel ne voit que les objets de son désir, les autres articles n'existent pas. Il n'a d'yeux que pour les pièges, les mâchoires d'acier, les câbles pour les collets et les cordes. Aux formes se mêlent les odeurs évocatrices. Celle du feu de camp accrochée aux peaux, celle de la forêt dans les manches en bois d'épinette, celle du printemps dans les cornets en aubier de bouleau, récolté en avril quand monte la sève, dont le chasseur se sert pour appeler l'orignal. Dans les herbes médicinales celle des sous-bois, la grande solitude dans les peaux séchées et pas encore tannées, la douceur d'une halte dans les sacs de grains de café, les boîtes de mélasse et les barils de lard en saumure. Respirer ces odeurs déclenche en lui l'irrésistible envie d'aller courir les bois.

Parmi tous ces trésors, son premier choix se porterait sur une paire de bottes blanches de parachutiste en caoutchouc et toile. Avec leurs talonnettes, qui se coincent bien dans l'œil de l'attache, elles sont idéales pour chausser les raquettes.

Soudain, quelque chose détourne son attention. Quatre Indiens viennent de franchir la porte. Ils sont bien chargés, de peaux roulées comme un parchemin, accrochées au sommet de leurs sacs à dos.

Barnabé leur fait un signe de la main et descend l'escalier. Michel le suit. Le marchand salue les nouveaux arrivés. Il les connaît, ce sont des Cris qui vivent dans les bois. Ils sont probablement partis de leur camp très tôt hier en canoës, ont remonté l'Harricana jusqu'au lac Obalski, puis ont pris la route 109 et fait du stop jusqu'à Amos. Michel les détaille : ils ont vraiment l'allure d'hommes des bois. De grands hommes aux silhouettes imposantes dans leur tenue particulière : le torse enserré sous plusieurs couches de vestes et manteaux usagés, les jambes prises dans des pantalons de toile épaisse au bas desquels de hautes chaussettes de laine font office de guêtres sur des mocassins ou de vieilles chaussures de l'armée. Des vêtements acquis sans doute chez Barnabé. Seul l'un d'entre eux s'exprime en québécois ; les autres parlent cri ou anglais.

– Bonjour, Victor. Vous venez de loin ?
– Près de Matagami.
– La famille va bien ? La chasse a été bonne ?
– Moyen. Les forestiers ont encore fait des coupes sur nos territoires de chasse. C'est très mauvais pour le gibier.

Barnabé n'insiste pas. Comme tout le monde, il est au courant des problèmes entre les Amérindiens et les forestiers. Les Amérindiens disent qu'on leur vole leurs territoires de chasse, les forestiers répliquent avec mauvaise foi qu'ils n'en font rien de toute façon, qu'ils ne savent rien faire d'autre que chasser et pêcher et que, de surcroît, ils ont des droits de chasse et de pêche plus étendus que les Québécois ! Les Algonquins argumentent qu'ils sont quand même chez eux, que la pêche et la chasse cela ne se pratique pas n'importe quand, et qu'ils ont toujours vécu de ces deux activités. Et qu'en plus ils ont signé des traités. Lors de la promulgation de nouvelles lois sur la chasse dans les années 1940, les Indiens ont essayé de protester. Dans les réserves

Algonquines et Cris, cela donna lieu à de nombreux conseils. Lors de ces réunions, les aînés se montraient particulièrement outragés ; ainsi que le disait l'un d'entre eux, qui avait chassé toute sa vie sans autres restrictions que celles que la nature et la préservation de ses ressources vitales pour les humains dictaient : « Qu'est-ce que les Québécois diraient si j'allais tuer leurs poules ? » – pour les autochtones, les perdrix, le gibier sauvage étaient l'équivalent des animaux de ferme des Blancs. « Les histoires de traités passés entre les Blancs et les Indiens sont loin d'être simples », se dit simplement Barnabé, sans chercher à pousser plus loin la réflexion qui le conduirait, lui le descendant de colons, à une impasse. Il n'est pas indien, et pour lui, comme pour la majorité de ses concitoyens, ce sont des « sauvages ». Il sait qu'ils tirent depuis toujours leur subsistance de la chasse. « Ils se plaignent, mais sûrement que c'est un camion de forestiers qui les a conduits jusqu'à Amos », argumente-t-il en lui-même. Ce qui l'intéresse, c'est que son affaire marche. Et les Indiens lui apportent régulièrement de belles peaux. Comme ce lot-là, qu'ils déroulent sur le sol. Il les examine une à une et ses interlocuteurs l'observent sans bouger, ni prononcer un mot. Barnabé va vite, il connaît la valeur des peaux et sait les estimer très rapidement. Toujours à son avantage.

– Vous voulez quoi ?
– Un fusil et des munitions.

« Tant mieux, se dit le commerçant. Pas besoin de discuter. »

– Quel fusil tu veux ? Viens là-haut, on va choisir.

Victor le suit dans sa guérite. Ils en redescendent avec une arme d'occasion. Le groupe s'installe dans un coin que dégage à la hâte le commerçant. Alors Barnabé pose le fusil droit, crosse sur le plancher, canon en l'air, et les Indiens commencent à empiler méticuleusement leurs fourrures à côté. Dans l'ensemble, ce sont de belles peaux, soigneusement tendues et séchées, comme savent le faire les « sauvages ». Des castors, des rats musqués, des visons, des martres, les uns sur les autres jusqu'à ce que la pile atteigne le haut du canon. C'est la coutume établie par la Compagnie de la baie d'Hudson, qui la pratique dans ses postes de traite. Cela n'a rien d'officiel, mais tout le monde s'y plie. Il est rare que les Indiens ressortent avec de l'argent. Un bon nombre de fourrures de valeurs différentes contre un fusil assez moyen. C'est la règle de ce marché. Un marché de dupes... Parfois ils troquent contre des dentiers, des pièges, du tissu, des bricoles. Et là, il faut immanquablement discuter les prix.

– Dis, Victor, t'aurais pas du doré[1] fumé ? interroge Barnabé.

Victor se tourne vers un de ses compagnons et lui dit quelques mots. L'homme fouille dans son sac et en ressort un paquet roulé dans une toile. Il le tend à Victor qui le présente au commerçant. Victor sait que ce dernier aime la chair délicate de ce poisson fumé selon la méthode Cri.

Les Cris qui vivent dans le territoire de la baie James sont répartis en plusieurs petites communautés. Comme tous les autochtones, ils sont trappeurs, chasseurs et pêcheurs. Les poissons – doré, omble de fontaine, grand corégone, grand brochet, touladi – sont disponibles en toute saison, quand vient à manquer le gibier à poils et à plumes. L'hiver, tous les pêcheurs pratiquent la pêche blanche, c'est-à-dire en creusant un trou dans la glace

---

1. Le doré est appelé « sandre » en Europe.

des lacs ou des rivières. Après le lait maternel, le poisson est le premier aliment que les Cris donnent aux bébés. Les femmes l'écrasent pour en tirer le jus – quand il n'y avait pas de biberon, elles utilisaient un contenant fait d'un estomac de grand brochet, et une plume d'oie taillée à l'extrémité remplaçait la tétine. À cette époque, on ne parle pas encore de mercure dans leur chair – ou plutôt du méthylmercure, produit par des déchets industriels et qui rend les poissons toxiques, en particulier pour les femmes enceintes et les nourrissons.

Quelques peaux supplémentaires pour les munitions et les Cris repartent comme ils sont venus, sous les regards curieux ou méfiants des passants. Barnabé entrepose ses fourrures dans la remise derrière sa boutique. Il les envoie deux fois par an en Ontario ou à Montréal, où elles sont vendues aux encans qu'organisent les compagnies de pelleterie, celles de la baie d'Hudson ou de la North Bay.

Michel peste contre le marchand. Ses renards ne lui rapportent pas assez d'argent. Mais il se console, car ils lui ont procuré de la satisfaction quand même. Ces pauvres renards sont considérés comme des nuisibles, à l'instar des loups et des ours. Ils sont mis à mort toute l'année, et sans restrictions. Ils ne sont même pas classés dans la catégorie « gibier à fourrure », comme les martres, les visons, les castors, les rats musqués, les lynx. Ce sont juste des nuisibles. Pour le trappeur qui les prend au piège, ils ont de la valeur selon les saisons si leur pelage est dru. Pour les chasseurs, ils ont de la valeur n'importe quand puisque le gouvernement offre une prime d'abattage, comme pour les loups.

9

Une « blonde » nommée Louise

Michel ne pense pas aux filles. Il a pourtant 18 ans, un âge tout à fait propice pour s'initier aux joies et aux déboires que le sexe opposé procure. Ses copains, eux, s'y intéressent, flirtent, dessinent un avenir à deux, mais cela ne le concerne pas, il écoute d'une oreille distraite leurs histoires, hausse les épaules si on lui demande son avis. Lui, le fin observateur, ne remarque jamais les œillades qui lui sont lancées. Sans doute est-il aussi trop timide. C'est un beau garçon, d'un mètre quatre-vingts, athlétique et élancé, aux cheveux noirs et aux yeux bleus. Il jouit d'un prestige certain auprès des jeunes et des adultes, qui reconnaissent en lui un spécialiste de la faune et le perçoivent aussi comme un « sauvage ». Cela le touche, mais ne l'enorgueillit pas. Une aura de mystère l'entoure ; les histoires de ses captures, de ses chasses, de son expertise, de sa maîtrise de la taxidermie (objets de décoration très prisés dans cette région où les artistes n'abondent pas) circulent à Amos et dans les environs. Il a des atouts pour séduire, mais ne cherche pas à plaire. Michel n'est simplement pas préparé à une rencontre autre qu'avec des animaux. Observer et comprendre leurs comportements, s'initier à leur univers l'absorbe corps et cœur, éveille et comble ses désirs ; il mûrit avec eux, comme un artiste avec son art, et n'imagine pas un seul instant qu'une femme puisse partager cette passion qui le rongerait s'il ne pouvait l'assouvir.

Et pourtant…

Louise Beaulieu est née en 1944, à la Colonie Boulé, près de Saint-Mathieu, fille d'Arthur Beaulieu et de Gracia Plante. Arthur, qui venait de Québec, débarqua du Transcontinental sur le petit quai de gare d'Amos en automne 1938. Sa destination finale se trouvait à une vingtaine de kilomètres de là, près de Saint-Mathieu, minuscule hameau perdu dans les bois. Il avait pour tout bagages un chaudron, quelques vêtements, un cheval, une vache et la bénédiction du gouvernement, qui l'avait envoyé là-bas avec une dizaine d'autres jeunes tout frais sortis, comme lui, d'une école d'agriculture. Des institutions scolaires, de niveau secondaire, appelées « Écoles moyennes et régionales d'agriculture », avaient vu le jour au Québec en 1926. Elles donnaient aux futurs agriculteurs les connaissances qui leur permettraient d'exercer leur métier dans le contexte du développement des territoires ruraux. Lorsque Arthur sortit de son école en 1938, la Grande Dépression (1929-1939) frappait impitoyablement toutes les villes d'Amérique du Nord. Plusieurs programmes de colonisation des territoires peu exploités, dont l'Abitibi, se succédèrent pour apporter une solution au chômage endémique des villes. Il y eut le plan Gordon (1932-1934), le plan Vautrin (1934-1937), le plan Rogers-Auger (1937-1939), puis le plan Begin (décennie 1940). La sœur aînée d'Arthur avait pris en charge la famille après la disparition prématurée de leur père. Le jeune homme n'était pas du genre à se faire entretenir, surtout par une femme, fût-elle sa sœur. Mais, dans les villes, un homme sur trois en âge de travailler était au chômage. Il n'hésita donc pas à répondre aux exhortations du gouvernement pour s'en aller tenter sa chance dans les terres du Grand Nord, comme des milliers d'autres l'avaient fait. Ces élans de colonisation étaient dirigés par Ottawa et Québec et fortement encouragés par l'Église. Aucune autre région du Québec ne fut aussi fortement transformée par ce mouvement de retour à la terre que l'Abitibi. Ainsi, Arthur Beaulieu, âgé de 18 ans, allait pouvoir acquérir un lot de terre, soit quarante hectares, pour la somme de 28 piastres remboursable en vingt ans, et aussi une vache et un cheval pour défricher la terre ; en échange, il recevrait un billet de concession l'obligeant à se soumettre à certaines conditions avant d'obtenir le titre de propriété définitif. Outre le paiement régulier de ses versements (quelque chose comme 2 piastres par an), le colon ou des membres de sa famille devraient y résider en permanence pendant au moins deux ans. L'acquéreur devait de plus défricher quatre hectares de terre dans les quatre années suivant son établissement et il s'engageait à construire une maison de cinq mètres par six. Le lot d'Arthur se trouvait à huit kilomètres de Saint-Mathieu, au bout d'un rang[1], perdu au milieu des bois, sans voisins, sans route pavée, sans électricité bien entendu. Il passa son premier automne et son premier hiver à couper des arbres et à défricher son terrain, habitant sous une tente dans la neige et le froid, avec cinq jeunes compagnons. Le printemps suivant, ils bâtirent une maison commune pour vivre dans de meilleures conditions. Ce premier ouvrage communautaire achevé, le groupe construisit une autre maison, puis encore une autre, et ainsi de suite jusqu'à ce que chacun ait son propre logement et

---

1. Chemin rural qui suit perpendiculairement les lots de terre.

puisse défricher pour rendre arable son lot. Les petites maisons étaient toutes en bardeaux de cèdre.

Au bout de deux ans, s'étant acquitté des conditions de son billet de concession, Arthur put demander ses lettres patentes (son titre de propriété définitif) et se marier. Louise dit de son père qu'il s'est inventé sa ferme. Quand elle y naquit, il avait cinq vaches, un cheval, quelques cochons, des poules. Pour l'enfant, ce petit coin de pionnier était un paradis chargé de mystères. Au cours de cette période prodigue en bonheurs et en dangers, tant imaginaires que réels, apparut dans les nuits de Louise un rêve qui devint récurrent : elle court, elle court, toute petite fille aux pieds nus, sa jolie robe bouffante vole autour d'elle. Elle écorche ses pieds nus car elle ne fait pas attention où elle les pose. Des ours, deux, trois gros ours noirs, la poursuivent. Ils sont sortis de la forêt qui effleure les champs de la ferme. Elle crie, elle crie, mais personne ne l'entend, le champ est vide. Ses parents sont partis dans l'horizon où pointent sur le ciel bleu les cimes sombres des conifères. Elle court plus vite, et plus vite, et pleure des ruisseaux de larmes qui descendent le long de ses joues, et que le vent conduit sur ses oreilles, puis dépose sur les herbes que ses petits pieds viennent de fouler. Le gros nœud papillon tombe de ses cheveux noirs et les libère. Elle ne veut pas se retourner, elle entend les grognements des ours qui se rapprochent. Devant elle, la charrette à foin est là, tranquille, haute sur ses deux roues en bois. La petite fille l'escalade par le moyeu cerclé de fer et prend alors le temps de tourner la tête pour regarder en arrière. Mais les trois ours sont presque arrivés à la charrette. Alors elle rassemble ses forces, court vers l'autre bout de la charrette dont les planches en bois grincent à peine sous son poids léger, et arrivée au bord, prête à tomber, elle ouvre les bras en un dernier cri de terreur ; alors le vent gonfle sa robe, la soulève et l'emmène avec lui dans la brise chaude de cette journée d'été. Les ours s'arrêtent, se dressent sur leurs pattes postérieures, pattes antérieures tendues, écartent leurs doigts, comme pour l'attraper, en faisant des grimaces, les babines couvertes de bave. Mais maintenant elle est dans les airs, plus haut que leurs griffes acérées. Elle vole, vole en riant au milieu des papillons...

En 1951, quand elle eut 7 ans et sept frères et sœurs, la famille décida de s'installer à Amos, sur la rive ouest de l'Harricana. L'isolement géographique de la ferme à la Colonie Boulé, le manque de confort, l'absence de voisins autres que les animaux sauvages, de chemin praticable en hiver, d'électricité ne convenaient plus au clan, dont la majorité des membres allaient être en âge d'aller à l'école. Arthur changea de métier, devint bûcheron et ferblantier. La famille s'agrandit encore. Louise énonce les noms de ses frères et sœurs dans leur ordre de naissance en comptant avec ses doigts : « Lucie, Louise, Yvette, Rosanne, Michelle, Marie-Paule, Daniel, Ji-Pi c'est Jean-Pierre, Roby c'est Robert, Monique, Cri-Cri pour Christiane, et Andrée. Il y a eu aussi Francine et Carole, mais elles sont mortes bébés. » En silence, mais toujours avec les doigts, elle vérifie qu'elle n'en a pas oublié et qu'elle ne s'est pas trompée dans l'ordre.

Louise voit Michel pour la première fois au Centre de loisirs. Elle a 15 ans et demi. Quoique capitale régionale, Amos est une bourgade qui n'offre guère de distractions. Le Centre de loisirs, tenu par la paroisse, se réduit à un grand bâtiment avec à l'étage une salle de gym, des billards et un baby-foot. Le sous-sol s'anime d'un bowling, avec un petit coin restaurant garni de tables en formica et un bar où l'on ne sert pas d'alcool. Les seuls lieux de rencontre pour les jeunes se résument donc à l'église, au bowling ou à la patinoire. L'été est une saison un peu morte pour Michel : on ne pose pas de pièges en été. Il travaille à la voirie en tant que journalier, tantôt arpenteur, tantôt poseur de panneaux de signalisation sur les routes qui vont être goudronnées ; il effectue de multiples autres travaux, participant à sa manière et bien involontairement à la modernisation de la région. Son père l'y a fait entrer, espérant, sans trop y croire, que son fils ferait carrière comme lui. Michel ne pense en fait qu'à trapper. En cette période d'inactivité pour les trappeurs, il garde la main en capturant vivants les animaux sauvages qui se hasardent en ville. Il y a aussi les renards dont se plaignent les fermiers. Et des ours, qui dérangent. Sans oublier la taxidermie, qui lui rapporte des sous. Mais tout cela ne suffit pas pour gagner sa vie, alors il a accepté cet emploi sans états d'âme. Par chance, ce travail à la voirie l'emmène loin de la ville sur des routes en terre, au milieu de la forêt.

Comme c'est un dimanche de désœuvrement, Michel a suivi ses copains au bowling et se tient dans la salle d'à côté où sont servis des repas et des boissons, non alcoolisées donc. C'est là que Louise l'aperçoit, assis sur le radiateur éteint. Yvette, sa sœur cadette mais plus effrontée, remarque l'insistance de Louise et la pousse du coude :

– Ce Pageau, c'est pas un jaseux. Plein de filles lui courent après. Faut que tu lui parles, toi. Viens donc, je vais te présenter.

– Qu'est-ce tu crois ? J'peux l'faire toute seule ! lance l'aînée, piquée au vif.

Louise hésite. C'est pas l'envie qui lui manque, mais ce Pageau est un peu intimidant quand même. Il a une sacrée réputation, dont celle d'excellent chasseur. Lors des concours de tir, il gagne toujours ; même que sur les stands de tir à la carabine où l'on peut gagner des bricoles, le forain ne veut plus de lui pour client. Oh, et puis après tout, n'est-elle pas une fille téméraire et obstinée ? Têtue, même ! Oui, elle l'est ! Fille de fermier pionnier et fière de l'être ! Elle a de grands yeux qui n'ont pas peur, un petit nez retroussé plein de hardiesse, des éclats de rire au bord des lèvres entrouvertes par un sourire mutin. Elle est petite, presque frêle, mais vive et bien faite. Une frimousse encadrée de cheveux noirs ondulés, coupés à la garçonne. Sur un long cou fin, la tête toujours relevée, comme en signe de défi. Un chemisier blanc sagement échancré, un gilet sans manches noir avec un décolleté arrondi, bien moulant près du corps, qui marque la taille serrée d'une jupe ample faite par sa mère dans un tissu à carreaux verts et bruns. La jupe descend juste au-dessous des genoux. En cette fin des années 1950, la mode est *rockabilly fifties*, sans excès. L'Église veille sur les bonnes mœurs, condamne facilement, tient son carcan autour de la taille des jeunes filles et des jeunes gens, fustige en accusant d'incitation à la débauche les chansons un peu « niaiseuses » qui osent parler de s'embrasser en public, comme le tube *Sur l'perron* de Dominique Michel (Dodo pour les fans).

Louise, qui porte en plus des amples jupes carreautées[1] des pantalons fuseaux noirs, préfère Elvis Presley et Félix Leclerc, célèbre en France avant de l'être dans son Québec natal.

1. Tissu à carreaux.

> *Notre sentier près du ruisseau est déchiré par les labours*
> *Si tu venais, fixe le jour, je t'attendrais sous le bouleau*
> *J'ai réparé un nid d'oiseau, je l'ai cousu de feuilles mortes*
> *Mais si tu vois sur tous les clos les rendez-vous de noirs corbeaux*
> *Vas-tu jeter en flaques d'eau tes souvenirs et tes sabots*[1] *?*

Elle ne sait pas si Michel l'attendra sous les bouleaux, par contre il est capable de réparer un nid d'oiseau. Il a une démarche assurée et agile, il saute à pieds joints et atterrit en douceur sur les capots des voitures, une mèche de cheveux rebelle caresse son front. Une sauvagerie tranquille qui fait bondir le cœur de l'adolescente et frémir sa chair, avec en plus un petit quelque chose de ce jeune Américain, James Dean. Elle le regarde en coin tout en discutant avec sa sœur. Il a de beaux yeux et elle décide de les voir de plus près. Ce gars-là lui plaît ; le défi de le séduire aussi. Elle se demande comment s'y prendre avec lui qui ne lève pas un sourcil en direction des filles. À un moment, il sort son briquet de sa poche pour allumer sa cigarette ; elle se précipite pour l'aborder :

– Tu me prêtes ton briquet ?

Elle allume sa cigarette tandis qu'il l'observe. C'est la première fois que leurs regards se croisent. Elle joue avec le briquet en forme de petit chien…

---

1. *Notre sentier* (1934), première chanson de Félix Leclerc.

Quand ils se revoient, c'est parce qu'elle le guette et va à sa rencontre. Il n'a pas l'air d'en faire grand cas. Elle insiste, lui parle des animaux, demande à les voir. Il l'emmène dans son jardin, lui fait petit à petit découvrir ses pensionnaires. Un ourson, un renard qui, malgré un trou dans le fin grillage de sa niche, ne s'échappe pas. Elle sait que la police rend souvent visite aux Pageau, parce que la loi interdit la détention d'animaux sauvages. Surtout des ours. Mais Michel bénéficie d'une bienveillance certaine de la part des autorités. Louise installe sa présence à ses côtés, discrètement, mais avec obstination et patience. Voulant apprivoiser d'abord la mère (« une sainte ! » dit d'elle Michel), elle passe des heures sur le perron, à ne rien faire si ce n'est observer à quelques mètres d'elle Michel qui l'ignore complètement pour discuter assis près de Solange. Solange apprécie la retenue de Louise et pense déjà qu'elle ferait une bonne compagne pour son sauvage de fils. Enfin, un jour, c'est lui qui l'aborde :

– Ma chienne épagneule a eu des petits. Tu veux les voir ?

Ce jour-là, la maison est fermée. Les parents, pensant que leur fils est parti chasser pour la journée, ont fermé la maison à clef derrière eux. Michel soulève le carreau de la fenêtre à deux battants horizontaux de la cuisine et la fait entrer comme une voleuse. Il la conduit dans sa chambre, où il a installé la chienne et ses petits. Dans tous les coins, sur tous les meubles, reposent des animaux que Michel a empaillés et qui ont l'air bien vivants. Louise découvre aussi les étagères remplies de cages : des oiseaux, des écureuils, des souris, un petit monde vivant, chantant, gigotant. L'ambiance, sonore et olfactive, lui rappelle la ferme de la Colonie Boulé. Tout le monde le sait, ce gars-là c'est une graine de trappeur, un homme des bois qui sait piéger les animaux parce qu'il connaît leurs secrets. Elle, la fille de fermier, saura bien l'attraper. Elle en est certaine, ce fauve-là est pour elle. Elle le veut.

Cela mettra du temps, mais elle finit par l'avoir. Michel tombe en amour pour la jeune fille. Quand elle va à l'église, elle écoute, songeuse, les sermons du curé. Ils ne varient guère, parlent de péchés, de devoirs, d'amour pur et d'ardeur au travail. Elle prête une oreille attentive à ceux qui maintenant la concernent de plus près. Le péché la guette. Le curé insiste, comme s'il s'adressait directement à elle au milieu de la foule des fidèles : pas de rapports charnels sans être mariés. On ne fait pas l'amour, on fait des enfants ! Aujourd'hui encore, au début des années 1960, une femme qui n'enrichit pas l'Abitibi d'au moins quatre descendants de colons est une femme indigne ; avoir des relations sexuelles avec son mari sans devenir enceinte tient de la luxure. Une tante de Louise n'a-t-elle pas d'ailleurs été excommuniée pour n'avoir eu que trois enfants !

Le 6 février 1962, jour de son anniversaire, Michel lui téléphone pour lui annoncer qu'il ne peut pas la rejoindre à Val-d'Or, où la jeune fille vit avec ses parents qui y ont déménagé. Michel vient d'obtenir un contrat avec la voirie d'Amos : de journalier, il devient fonctionnaire. La sécurité d'emploi, enfin, mais pour un salaire de 35 dollars canadiens par semaine. Son travail commence le jour même, il doit partir vers Matagami, au-delà du 49e parallèle, à deux cents kilomètres d'Amos.

– Tu m'avais pourtant promis...
– Tu sais que je n'ai pas le choix. Ce contrat, c'est bien pour nous deux. Ne m'en veux pas.

– Évidemment je ne t'en veux pas. Tu reviendras quand ?

– Sans doute dans une semaine. On dort au miléage[1] 98 dans un camp de baraques.

Louise est un peu inquiète, cette route de gravier qui traverse une région sauvage inhabitée est surnommée « la route de la mort ». Michel lui a raconté les nombreux accidents de camions de bois qui se renversent sur les côtés et comment il a dû en sortir des conducteurs en hiver, creusant d'abord à la pelle autour de la cabine pour que les gars n'étouffent pas dans la neige. Le danger guette aussi ceux qui travaillent dans le brouillard au risque de se faire littéralement happés au passage des monstrueux poids lourds. Louise se demande comment faire pour être avec son amour, qui sera souvent parti sur toutes les routes de la région. Il vit à Amos chez ses parents et elle à Val-d'Or où elle est réceptionniste à l'hôpital. Mais un emploi ferme, même avec un maigre salaire, assure une bonne base pour construire une vie à deux. Elle sait qu'il emporte toujours avec lui ses pièges et que, tout en travaillant dans la journée, il pourra continuer à trapper dans les parages de son chantier. Cela fera plus de sous pour leur futur ménage. Car elle n'imagine pas vivre sans Michel, pas un instant elle ne doute de leur mariage.

Il a lieu à Val-d'Or, le 20 juin 1964. Le jeune couple s'installe à Amos dans la maison des parents de Michel, au 172 de la 2e Avenue Est.

Louise voudrait bien qu'ils aient leur propre habitation, même si la cohabitation avec les parents Pageau se déroule harmonieusement. Mais le couple n'a pas

---

1. Ancienne mesure de longueur en mile (1 mile = 1,6 km).

assez de moyens pour louer un logement indépendant. Au cœur de l'hiver, le 8 décembre 1965, naît Nathalie. Le besoin d'avoir leur « chez-eux » se fait plus pressant. Nathalie a 6 mois quand la solution se présente : c'est une petite caravane toute neuve mais dépourvue de tout confort, qu'ils achètent et installent à l'arrière de la maison parentale. L'été, c'est une fournaise appréciée des moustiques, et en hiver, malgré le chauffage au propane, il y fait « fret[1] » à tel point que Michel doit dégeler la porte pour l'ouvrir le matin. L'humidité dégouline des fenêtres. Louise, qui craint que leur bébé ne tombe malade, dort toutes les nuits avec Nathalie serrée contre elle. Quand elle est à nouveau enceinte, en 1967, leur situation s'annonce intenable et le jeune couple décide de chercher un logement plus convenable. Michel a une paie modeste mais régulière et c'est un excellent trappeur. Son habileté à la trappe et à l'exercice de la taxidermie rapporte plus d'argent que le salaire de la voirie ; mais la trappe hélas n'est que saisonnière. Leur rêve se trouve à cinq kilomètres d'Amos sur le rang 1. C'est une modeste maison de planches recouvertes de bardeaux en asbestos[2] peints en rose. Idéalement isolée en pleine nature, avec juste une ferme pour voisinage. Bien éloignée de la pollution lumineuse d'Amos, pour voir scintiller les étoiles et danser les aurores boréales. Presque confortable : avec électricité et eau, mais pas de salle de bains. Et un étage où Michel pourra installer son atelier de taxidermie. Il y a du terrain autour, leurs nombreux animaux y seront à l'aise. Louise projette de lui

1. Ce terme s'utilise quand il fait particulièrement froid.
2. Composé de ciment et d'amiante utilisé pour le revêtement des parois extérieures.

donner l'allure d'une petite ferme, un peu comme celle de sa jeunesse à la Colonie Boulé. Louise et Michel l'achètent en vendant leur caravane et en empruntant de l'argent à leurs parents. En novembre, leur seconde fille, Anne-Marie, y voit le jour.

10

Quand le lac parle

Du Grand Mystère, vint une grande force unificatrice qui coula à travers toutes choses – les fleurs de la prairie, les vents, les pierres, les oiseaux, les autres animaux, l'eau – et c'était la même force qui fut soufflée dans le premier homme. Nous sommes tous apparentés !

Luther Standing Bear (1905-1939),
chef des Oglalas

La camionnette de Michel longe la rive ouest de l'Harricana. Trois kilomètres après Amos, elle bifurque à gauche pour entrer dans la réserve[1] Pikogan des Anishnabés. Tout au plus quatre-vingt-dix hectares de forêt, mais surtout un modeste village fait de maisons de planches, comme celles des Blancs. En ce printemps 1969, rien dans l'architecture ne laisse deviner qu'il s'agit d'une communauté indienne, si ce n'est la nouvelle église bâtie en forme de tipi avec des matériaux modernes. Dès que la camionnette a dépassé les premières habitations, toutes construites sur le même modèle par

---

1. Les réserves sont des terres appartenant à la Couronne et gérées par le gouvernement. Elles sont mises de côté à l'usage et au profit d'une « bande » amérindienne.

le gouvernement en 1958, des femmes en sortent et se précipitent vers Michel. Chacune espère obtenir la dépouille de l'ours qu'il transporte, car, en échange de la peau apprêtée, il donne la viande.

Quelques années plus tôt, en 1964, quand se dressèrent les premières maisons de Pikogan, les Anishnabés furent vivement encouragés à venir y habiter, en quittant les rives de l'Harricana où leur vie nomade les ramenait saisonnièrement. Désormais, les shamans qui prédisaient l'avenir ne pratiqueraient plus leur cérémonie de la tente tremblante : personne ne les verrait plus ériger la petite hutte conique, ni ne les y entendrait parler avec les Esprits si intensément que leurs dialogues animés faisaient trembler la structure. Une jolie église, de forme également conique, éclipsera le culte traditionnel. Les autochtones, relégués dans des réserves, disparaîtront du paysage et n'auront plus qu'à se faire oublier. L'aboutissement d'un processus entamé depuis presque un siècle…

Lorsque le gouvernement du Canada instaura sa première loi sur les Indiens, en 1876, les nations et les tribus furent placées sous la tutelle du gouvernement fédéral sous le prétexte qu'il fallait assurer leur protection. Une fois les réserves établies, le gouvernement leur fit miroiter des privilèges que n'avaient pas les Blancs, comme l'exemption de taxes, d'impôt sur le revenu (à condition que le travail soit effectué sur la réserve), des mesures spéciales en matière d'éducation, de santé et de logement. Par contre, les autochtones furent privés d'un des droits les plus essentiels, pourtant reconnu dans le Pacte international relatif aux droits civils et politiques de l'ONU et ratifié par le Canada : le droit à la propriété. Ni les petites maisons proprettes ni les terrains sur lesquels elles étaient construites n'appartenaient à ceux qui les occupaient. Ils avaient un droit *limité* de possession et d'occupation. Ils ne pouvaient léguer ce bien, qui de toute façon ne leur appartenait pas, à la personne de leur choix. Il était d'ailleurs bien stipulé que les biens d'un Indien ou d'une bande situés à l'intérieur d'une réserve ne pouvaient faire l'objet d'un privilège, d'un nantissement, d'une hypothèque ou d'une saisie[1].

L'adaptation à ce nouveau mode de vie, régi par des lois complexes, bouleversa plus d'un Anishnabé. Les contradictions entre leurs valeurs et modes de vie traditionnels, qu'ils refusaient d'abandonner, et les nouveaux auxquels ils devaient se plier, furent lourdes de conséquences et engendrèrent un sentiment d'incompréhension et d'impuissance dramatique parmi les membres des communautés autochtones. Pour certains, dont André Mowatt, qui dès son plus jeune âge eut envie de connaître les fonctionnements de ces deux mondes, il devenait urgent de réagir.

– Papa, j'aimerais bien aller au pensionnat, chuchote presque André Mowatt en suivant son père, dont les raquettes crissent sur la neige.

– Nous sommes dans les bois. Nous allons relever nos pièges. Pense à la forêt qui nous nourrit, répond posément son père, qui ne laisse rien paraître de sa surprise.

André voudrait aller au pensionnat ! Un comble pour le père Anishnabé. Il a entendu tant de familles se

1. Source : « Mythes et réalités sur les peuples autochtones », de Pierre Lepage, pour la Commission des droits de la personne et de la jeunesse, Québec, 2005.

plaindre du départ forcé de leurs enfants... Bien sûr, Tcimi, son fils aîné, en fait partie, et sans doute que les histoires qu'il raconte à son cadet l'influencent. Les Mowatt ont de la chance, ils voient de temps en temps leur fils pensionnaire. Mais trop rarement. Cela n'est pas normal. Et maintenant André...

– Voilà un lièvre pris au collet. Ramasse-le et remercions-le, indique le père d'André.

– *Migweetch*, disent ensemble le père et son jeune fils.

– Tu sais que remercier les animaux qui nous nourrissent est une façon de leur montrer notre respect pour leur sacrifice. Sans eux, il n'y aurait aucun humain ici.

Oui, André le sait bien. Autour de leur camp il y a plein d'ossements d'animaux accrochés aux branches. C'est l'œuvre de sa mère Emma, elle dit qu'ainsi les âmes des animaux continuent à vivre près d'eux. Quand son père tue un ours, il dépose dans sa bouche un peu de tabac. Pour le remercier. Oui, André sait bien qu'il faut montrer du respect aux frères sacrifiés. Il aime la forêt et la rivière et les lacs et tout ce qui y vit, mais n'empêche que son frère a de la chance. Lui, il apprend plein de choses étranges qui viennent d'un autre monde. André, qui est très curieux, se dit que cela devient utile, avec tous les Blancs installés partout. Il ignore à peu près tout d'eux. Comme eux ignorent qui sont les Anishnabés, qu'ils appellent des « sauvages » ou des « autochtones », terme approprié quoique chargé parfois d'une connotation péjorative. Il faudra bien que cela change un jour.

Quand finalement, en 1962, André est envoyé au pensionnat de Saint-Marc-de-Figuery, il a 7 ans. Il découvre que la douleur des autres peut être contagieuse. La nuit, au milieu des enfants qui pleurent dans le dortoir, il échoue à retenir ses larmes. Pourtant, ses parents lui ont souvent répété qu'il ne faut pas pleurer. Il se sent pris dans un monde de contradictions. Mais il n'est pas au bout de ses surprises : dans les manuels d'histoire, il est écrit que les Indiens massacraient les familles de Blancs. Lui n'en a jamais entendu parler. En Abitibi, il n'y a jamais eu de conflit armé entre les autochtones et les allochtones. Cette révélation le met mal à l'aise : doit-il croire tout ce qu'il lit et qu'on le somme d'apprendre par cœur ?

Quatre années passent. Ses parents, supportant mal de vivre séparés de leurs enfants, prennent une grave décision : ils vont s'installer au milieu des Blancs, à Amos, là où il y a des écoles. Ils pourront y inscrire leurs enfants, au risque que ces derniers aient des difficultés à s'intégrer, car ce ne sont pas des établissements réservés aux Amérindiens. Eux-mêmes appréhendent ce changement radical de vie dans un environnement qu'ils savent hostile. Mais il n'y a pas d'alternative, aussi emménagent-ils dans une maison située dans la partie est de la ville, à proximité d'une école. André et sa sœur pourront y aller et rentreront tous les jours. Lorsque les cours reprennent, en septembre 1966, André s'y rend, timidement suivi d'Annie, sa petite sœur de 9 ans, qui n'ose s'éloigner de son ombre. Leur arrivée dans la cour de récréation fait sensation. Dans un silence aussi soudain qu'inquiétant, toutes les têtes se tournent vers eux. La petite s'accroche en tremblant à la manche de son grand frère. Ils constatent vite qu'ils sont les deux seuls Amérindiens de l'école.

Dès les premiers jours, chaque fois que des écoliers s'aventurent à lui adresser la parole, André subit invariablement le même interrogatoire : « C'est vrai que vous nous massacriez, que vous tuiez tous les Blancs, même les enfants ? » « Tiens, eux aussi, cela les dérange », pense-t-il en se remémorant les leçons d'histoire. Embarrassé, il répond que non ; mais il sent bien que sa réponse elliptique ne convainc pas. D'ailleurs, pour avoir bien retenu ce qui était écrit dans les manuels scolaires, en est-il lui-même convaincu ?

– Il paraît que vous, les Indiens, vous êtes tous plus costauds que nous. On veut voir, lui annoncent des gamins de son âge en faisant cercle autour de lui.

Les enfants ont en tête le portrait de l'Amérindien typique décrit dans *L'Histoire du Canada* des frères Farley et Lamarche. Cet ouvrage, publié en 1934 et réédité dix ans plus tard, fit autorité dans toutes les écoles, pour autochtones et pour Blancs, jusque dans les années 1960. Les auteurs inculquent aux élèves que « le sauvage américain était d'ordinaire fortement constitué au physique. Sa taille était élevée, ses muscles vigoureux, ses sens doués d'une grande acuité. Malgré la dureté de ses traits et l'aspect osseux de sa figure, il présentait souvent, dans l'ensemble, une belle apparence... Au moral, le sauvage possédait certaines qualités peu profondes qui le firent cependant apprécier des Blancs... Mais ces qualités ne pouvaient faire oublier les défauts les plus graves. Le sauvage avait en effet un orgueil sans bornes. Il se croyait supérieur aux Blancs et cette disposition d'esprit l'empêchait souvent d'accepter la civilisation et l'Évangile. » Ce qui pour le jeune Anishnabé est une description incongrue dans laquelle il ne se reconnaît pas est plutôt un témoignage irréfutable pour les enfants qui l'entourent avec l'intention évidente de ne pas rater l'occasion de le vérifier.

Elle se présente un jour, après les classes, dans la cour de récréation. La méthode choisie par ses camarades qui veulent en avoir enfin le cœur net s'avère directe.

En faisant des signes de la main, ils se mettent à crier le nom d'un garçon que ne connaît pas André. Un grand gars, plus âgé et plus fort que lui, les rejoint et le défie crânement d'un air menaçant. André saisit vite la situation et se dit qu'il va passer un mauvais quart d'heure. Son intuition se précise quand un coup de poing l'atteint. Il riposte, la mêlée est violente, mais de courte durée. André se retrouve étalé sur le sol, dans la poussière. Les jeunes spectateurs sont contents, et soulagés.

– Bon, finalement, l'Indien, il est pas le plus costaud, notent-ils, sincèrement étonnés.

À partir de ce rassurant revirement de situation, les écoliers Mowatt s'intègrent à l'école des Blancs et se font de bons camarades.

S'ils sont fiers des bons résultats scolaires d'André dans l'établissement des Blancs, les parents Mowatt n'abandonnent pas leurs prérogatives concernant l'éducation de leur fils. Ils tiennent à ce que leurs enfants gardent un contact étroit avec les choses importantes de leur vie d'Anishnabés. Ils ne savent pas si cela leur sera d'une quelconque utilité dans le monde de demain, mais ils l'espèrent. Dès qu'une circonstance s'y prête, de façon subtile, sans se montrer pressants, ils leur transmettent un peu de ce savoir qui jusqu'alors était essentiel. Comme leur langue, que beaucoup d'enfants oublient au pensionnat. Un jour, alors qu'ils campent dans les bois à Wakotik, « Là où serpente la rivière », la mère d'André lui demande de l'accompagner au lac Kaminitikowak, « Le lac des deux îles ».

– Mon fils, viens avec moi. On va écouter le lac.

– Écouter un lac ? Tu veux écouter un lac ? demande André, ébahi.

– Oui, oui, tu vas l'entendre aussi. Allons, viens.

Déconcerté, André la suit jusqu'aux berges. C'est une belle soirée paisible, un petit vent éloigne les moustiques. Hormis le clapotis de l'eau dans les roseaux et le souffle de la brise, André n'entend rien. Sa mère se tait. Il a beau prêter toute son attention, le lac ne dit rien. Cela dure un moment, puis sa mère se met à parler, tout doucement. De tout et de rien. De sujets graves et de sujets anodins. Ses paroles pénètrent le jeune garçon comme… comme quand on boit de l'eau. Alors, oui, il entend le lac. Le lac porte les paroles de sa mère, et la voix de sa mère est celle du lac.

Depuis ce jour, André, qui maintenant vit et travaille au sein de la communauté à Pikogan, entend parler les lacs.

Ignorant les empressements des femmes, Michel engage son véhicule dans le chemin qui conduit à la maison des Polson. De vieilles connaissances, ceux-là. Michel se souvient que, bien avant l'installation de la réserve, ils prenaient leurs quartiers d'été en plein cœur d'Amos. Autrefois, Hector Polson, sa femme Dorothy et leurs enfants quittaient la forêt à Miskomin kisis[1] et remontaient l'Harricana jusqu'au bourg. Leur canoë était lourd des fourrures des animaux qu'ils avaient pris durant l'hiver sur leur terrain de trappe, plus au nord. Leurs quartiers d'été se trouvaient sur la rive est, à la hauteur du pont de fer du train, au cœur donc de la ville qui s'étale sur les deux rives de l'Harricana. Les ancêtres d'Hector l'occupaient déjà bien avant l'inauguration du pont couvert, érigé en 1919, avant le pont flottant ou le bac passeur, avant la moindre trace d'homme blanc sur les berges de la rivière, avant que ses eaux soient

---

1. « Le mois des framboises » : juillet.

cachées et polluées par des millions de billots de bois flottant. Puis cet endroit appartint à des Blancs, la famille d'Hector Authier, premier maire d'Amos (de 1914 à 1918) et dont l'imposante maison trônait sur la colline au-dessus des Polson. Leur « maison » à eux, c'était une petite cabane en planches, entourée de quelques tentes. Quoiqu'ils habitassent en plein centre-ville, peu de gens les remarquaient. Jusque dans les années 1960, bars, restaurants et hôtels furent interdits aux Amérindiens ; quant aux marchandises derrière les vitrines des boutiques, leurs prix prohibitifs et l'attitude des passants les retenaient d'avoir envie de faire du magasinage[1]. Quand ils se montraient dans les rues d'Amos, ils avaient tellement l'impression de déranger qu'ils évitaient d'y flâner. Ils savaient qu'ils inspiraient la crainte ; s'ils ne pouvaient se l'expliquer, ils le constataient dans les yeux des gens qu'ils croisaient et dans leurs mouvements d'écart. Ils ne pouvaient pas se sentir les bienvenus en ville. Sur leur propre terre, ils étaient au mieux devenus un peuple invisible.

Le jeune Pageau connaissait très bien l'adresse de la famille Polson. Il descendait volontiers jusqu'aux berges, là où deux canoës reposaient à l'envers, pour admirer les fourrures de castors tendues sur des cerceaux. Il détectait souvent leur odeur bien avant de les voir. Elles séchaient au vent, contre le côté ouest de la maisonnette, et chaque fin d'après-midi, juste avant que le soleil ne les frappât, Dorothy les recouvrait de couvertures. Michel la regardait s'activer à gratter soigneusement les lambeaux de chair et de graisse restés accrochés sur la face intérieure des peaux.

1. Magasiner : faire les magasins.

Chaque été, quand les autochtones revenaient s'installer sur les berges de l'Harricana, Henri et Solange Pageau y emmenaient leurs enfants. Visiter les « sauvages » faisait partie des rares attractions qu'offrait Amos dans ce milieu des années 1950. Les promeneurs les observaient à distance, prenaient des photos sans oser s'en approcher, un peu comme s'il s'agissait de curiosités exotiques. Certains s'apitoyaient sur leurs conditions de vie, dans le dénuement le plus total, d'autres les critiquaient, comme s'ils avaient quelque chose à leur reprocher. Michel préférait se les représenter dans les bois. Tous étaient des trappeurs et, par corrélation, ils étaient pauvres ; mais ils suivaient le rythme des saisons, n'avaient pas de boss, fabriquaient eux-mêmes les ustensiles utiles pour la trappe comme les raquettes et les canoës, connaissaient des secrets sur les animaux ; et les femmes, comme Dorothy, savaient tanner les peaux mieux que personne.

Dans son enfance, Dorothy et ses parents passaient la saison chaude sur la berge ouest de la rivière, un peu en aval de son nouveau domicile, dans un endroit qui s'appelait Kaokik Kachi, c'est-à-dire « L'endroit où il y a beaucoup de cyprès ». Partout où s'installait une famille algonquine, elle baptisait l'endroit, en signe de respect pour la portion de rivière qui désormais faisait partie de sa vie. Les Blancs occultèrent puis oublièrent tous ces noms.

La rivière Harricana, qui berça les rêves des enfants Anishnabés, prend vie dans les lacs Blouin, De Montigny, Lemoine et Mourier, près de Val-d'Or. Elle s'élance vers le nord, parcourt cinq cents kilomètres en traversant des couverts forestiers dominés par l'épinette noire, caresse des aulnaies et des tourbières avant de se mélanger enfin aux eaux de la baie James. Avant qu'elle ne devienne route du commerce de la pelleterie, chemin de drave[1], réseau d'exploitations minières, elle était l'artère vitale qui reliait entre eux les différents groupes autochtones et faisait battre au même rythme le cœur des hommes et celui de leur territoire.

Michel s'arrête devant la maison de Dorothy Polson pour lui remettre l'ours. Il l'a tué la veille près de Saint-Maurice, à cinq kilomètres d'Amos, dans la direction opposée à Pikogan. Jean-Paul Lambert, un des habitants du canton, l'avait appelé quelques jours plus tôt :

– Michel, je voudrais bien que tu me débarrasses d'un ours qui a pris la mauvaise habitude de venir sur mon perron.

– Il faut d'abord appeler les agents de la Faune, avait répondu Michel comme il le faisait invariablement à chaque demande de cette nature.

– Ils m'ont dit qu'ils n'avaient pas le temps et que je devais m'arranger pour qu'il ne revienne plus. Mais ça fait une semaine qu'on essaie et il est toujours là. Ma femme n'ose plus sortir. Tu peux pas m'arranger ?

– Ce n'est pas une ourse ? Elle n'a pas de bébés ?

Michel n'aime pas chasser l'ours en juin. La peau ne vaut rien, c'est la saison de la mue. Et surtout la femelle commence à emmener ses petits plus loin de leur ouache[2]. Il a toujours évité de tuer une mère ourse.

– Non, on n'a pas vu de bébés. Depuis le temps que cette bête rôde par ici, on les aurait aperçus.

C'est ainsi que Michel s'est retrouvé avec l'ours dans sa camionnette...

1. Le bois était acheminé par flottage sur les rivières jusqu'aux usines de transformation.
2. Tanière où s'installent les ours pour hiberner.

L'affaire ne fut pas si simple qu'il l'avait imaginé. Il essaya d'abord de le tuer au fusil en restant à l'affût plusieurs soirs d'affilée. Mais cet ours avait de la malice, une certaine connaissance des humains, et il ne se montra jamais. Ne restait donc plus qu'à poser un piège. Ce n'est jamais facile de piéger un ours et c'est toujours dangereux. L'ours a une pogne comme celle d'un homme, mais, en dépit de l'expression « aussi fort qu'un ours », aucun homme ne l'égale en force. Il est donc impératif de choisir un piège adapté et de l'actionner avec infiniment de prudence et de dextérité : si le piège se referme sur la main du piégeur, elle sera broyée et le blessé sera incapable de se libérer tout seul. Ensuite, il faut repérer le trajet de l'animal, grâce aux excréments, aux traces de pas sur le sol, aux marques de griffes laissées sur les arbres, à un ou deux mètres de hauteur. L'intrus qui sévissait régulièrement aux alentours de la maison de Jean-Paul Lambert avait laissé des traces bien visibles. Michel entama donc la construction d'une « cabane » pour installer son guet-apens. Le trappeur ramassa des billes de bois mort longues de deux à trois mètres et érigea un goulet en forme de V, haut de un mètre. À coups de hache, il coupa un tronc de pin gris d'à peu près quinze centimètres de diamètre sur une longueur de cinq mètres. Puis il y passa l'anneau de la chaîne longue de trois mètres qui retenait le piège, en prenant soin d'enfoncer de gros clous dans le billot pour éviter qu'elle ne glisse. Ce tronc doit être assez lourd et encombrant pour que l'ours pris au piège se fatigue vite à le traîner dans la forêt où il va immanquablement chercher refuge. Michel jeta une panse de bœuf au fond de la cabane, déposa et actionna son piège, un Victor n° 15, au centre et termina l'opération en posant le tronc avec la chaîne en travers de l'ouverture – pour atteindre l'appât, l'ours doit enjamber l'obstacle et reposer son pied sur la mâchoire métallique, qui se referme alors d'un coup sec. Tout était bien en place, le Victor n° 15 recouvert de feuilles et de brindilles était invisible, la panse sentait fort. Le lendemain, Michel retrouva son piège fermé et vide. Il avait donc affaire à un ours « fin ». Le plantigrade s'était assis précautionneusement en posant son derrière arrondi sur le piège, qui s'était refermé sans prise ; l'ours était reparti avec la panse. Avec ce type d'animal, que connaissait bien Michel, il n'y avait qu'une solution : placer le piège à l'extérieur, devant la bille de bois qui barre l'entrée de la cabane. La nuit suivante, le piège fonctionna et Michel acheva son ours « fin » d'un coup de fusil. C'est ainsi que, après avoir chargé la dépouille dans la camionnette prêtée par son ami Gaston Bouchard, il prit la direction de Pikogan, où Dorothy Polson allait pleumer sa prise.

Deuxième partie

1

« Dret dans le mille ! »

Au Club des archers d'Amos, en ce mois de mai 1970, c'est le branle-bas de combat. Sans jeu de mots. Les chasseurs au fusil se sont moqués des tireurs de flèches et ceux-ci veulent leur en faire voir.

– Vos arcs, là, c'est pas du sérieux. Vous pourrez jamais abattre un ours avec ça ! Même pas un chevreuil ! lance Caron en rigolant.

– Et comment qu'on peut tuer un ours ! Aussi bien qu'avec ta carabine. Faut juste être plus adroit. D'ailleurs, l'arc c'est une arme pour gens adroits, répond Yvon Cossette.

Leur lancer un défi et le gagner est à la portée de leur dextérité, se disent les archers, et il n'y a qu'une cible qui puisse faire taire pour toujours les sarcasmes des tireurs aux armes à feu, c'est l'ours. S'ils réussissent ce coup royal, ils passeront à la postérité. Pour mettre toutes les chances de leur côté, les archers s'assurent la participation de l'un des plus adroits, Michel, celui qu'on appelle Robin des Bois. Et puis les ours, il connaît, cela en fait bien soixante-dix que l'homme de 29 ans a piégés ou abattus au fusil et à l'arc. Il ne va quand même pas rater celui du défi. Michel, qui rentre d'une journée sur les routes, est aussitôt contacté.

– Ho, Michel, tu crois que c'est vraiment faisable d'abattre un ours à l'arc ?

– Hum, oui, ça dépend. Moi, je sais que je peux le faire. Sûr que c'est pas le plus facile. J'ai entendu parler de votre défi. Ça me va. Je vais demander à mon chum de participer.

Il veut parler de son ami Claude Beaumier, le mari d'Yvette, la sœur cadette de Louise. Claude est toujours partant pour accompagner Michel, que ce soit à la trappe ou à la chasse. Quant à Yvette, contrairement à Louise, elle aime chasser et Michel pense que si elle n'avait pas été une femme, elle aurait eu toutes les dispositions pour faire un bon trappeur.

La première urgence est de capturer un ours vivant. Il n'en manque pas par ici, il se trouve toujours quelqu'un pour déplorer qu'un ours dérange sur son terrain. Justement, des bûcherons se sont plaints de la présence insistante et menaçante d'un ours dans leur camp, au miléage 43 sur la route 109 Nord, celle qui file en ligne presque droite jusqu'à Matagami, dans la baie James. M. Fortin, un des boss des bûcherons, apporte une cage à barreaux que lui ont prêtée les agents de la Faune. M. Wheelhouse, le garde-chasse du district, a donné son accord pour cette chasse à l'arc jamais pratiquée encore ici ; la curiosité l'aiguise autant que les antagonistes. L'ours incriminé a pris l'habitude à la brunante de fouiller les ordures jetées en tas près des baraques de bûcherons. Il suffira de quelques jours de patience et de guet pour qu'une nourriture appétissante le convainque d'entrer dans la grande cage, dont un mécanisme referme la porte automatiquement. Dès le lendemain, l'animal capturé est transporté à Amos. C'est un mâle de 115 kilos qui doit avoir entre 3 et

4 ans. Sans être un monstre, il est assez costaud pour s'énerver et devenir dangereux si les flèches le blessent sans le tuer. Bien que sorti de son hibernation depuis un bon mois, il a encore le caractère irritable.

L'endroit du lâchage est choisi : dans les bois à cinq kilomètres d'Amos, par la route qui mène à l'aéroport, dont les pistes ne conviennent guère qu'à des Cessna. L'ours en cage est transporté en terrain découvert, près d'un gros banc de gravier à l'orée des bois, d'où il ne lui faudra que quelques minutes pour atteindre les arbres et se fondre dans l'obscurité. La journée est presque finie et les parieurs le laissent seul dans sa cage. Il est nerveux, inquiet, mord les barreaux, grogne. Son odorat et son ouïe très fins, qui compensent une mauvaise vue, interrogent les odeurs de ces bois inconnus. Au petit matin, l'humidité du sol frileux s'élève en une brume épaisse, on entend croasser de grands corbeaux qui ont certainement installé leur nichée d'avril sur un arbre proche et que la cage doit inquiéter. Grives, goglus, parulines entonnent en jubilant leurs chants de pariade, étonnamment puissants pour de si petits volatiles. Près des lacs, huards à collier et bernaches cachent leurs nids dans les hautes herbes. Le harfang des neiges apporte à manger à sa compagne, qui couve déjà. La forêt boréale, qui abrite près de 5 milliards d'oiseaux terrestres, est en amour et promet la vie. Les nuées d'insectes se réveillent et les nourriront abondamment. La plupart des oiseaux repartiront dans le Sud dès que les lacs et rivières commenceront à geler. L'ours ira alors s'endormir dans sa ouache. Mais, derrière ses barreaux, il en doute. Alors que des rayons de soleil s'insinuent dans la cage, l'ours reconnaît des bruits redoutablement familiers. Le peuple ailé se tait. Les humains arrivent. Il pressent que ce qui se passe n'est désormais plus de son monde.

Une foule de curieux s'est déplacée et s'installe à distance respectueuse du lieu de lâchage. Six archers sont là. Caron tient son fusil à la main, par prudence, au cas où l'animal se retournerait vers les hommes. L'ours n'a qu'une très faible chance de s'en sortir. Michel prend son arc à contre-courbe, un Bear 40 livres (tension de dix-huit kilos), une arme simple, traditionnelle, fiable, mais sans poulie pour décupler la puissance du tir. Ses compagnons ont le même type d'arme. Les archers d'Amos ne sont pas assez riches pour acheter des arcs sophistiqués. Pour Michel, cette chasse ne demande d'autre habileté que de décocher sa flèche avec la puissance maximale. Un ours a la peau dure, sa zone vitale n'est pas très grande : c'est le cœur, le foie et les poumons. « Le mieux, se dit Michel, est de viser le cœur. » La veille, il a soigneusement rendue tranchante sa pointe de flèche. Il se demande quand même si la vigueur de son tir sera suffisante. C'est la puissance de pénétration de la flèche qui abat l'animal, car il n'y a pas de choc comme avec une balle de fusil. Caron, célèbre chasseur d'orignal, met genou à terre et épaule son fusil, prêt à tirer si l'ours s'échappe. Ce qu'il espère sournoisement. La cage s'ouvre. L'ours reste tapi sur lui-même. Il se méfie de tous ces humains dont les odeurs l'inquiètent. Puis il se décide. L'animal sort la tête, renifle l'air en levant le nez. La foule recule. Et soudain il propulse sa masse sombre mais agile et court vers le banc de gravier qui lui bloque l'accès à la forêt. Il grimpe à toute allure, espère se cacher de l'autre côté. Michel est calme, campé droit sur ses jambes légèrement écartées, de profil. Sa flèche est en position, en un geste rapide et sûr il lève et bande son arc. L'ours est à plus de trente mètres, il est presque arrivé au sommet du monticule. C'est la dernière seconde du chasseur. Michel décoche sa flèche en hauteur. Claude aussi. Les flèches des autres archers volent sans atteindre leur cible. Celle de Michel pénètre dans l'ours par le flanc, traverse le cœur et ressort pour se ficher dans la terre. Celle de Claude s'arrête dans la gorge. L'ours sursaute, fait encore une vingtaine de mètres et s'écroule d'un coup en se vidant de son sang. On dirait presque qu'il n'a pas eu le temps de sentir que la mort l'empêcherait de rejoindre la forêt. Michel, qui retenait sa respiration, reprend son souffle. Il entend vaguement les hourras. Il vient encore de tuer un ours, le soixante et onzième. Il a eu peur de rater le coup et d'entendre le cri, comme cet autre…

Il se souvient de cet autre ours, un des premiers qu'il ait tué, après l'avoir blessé. L'animal pleurait comme… difficile de décrire un pareil cri de douleur. Quelque chose qui fit souffrir le jeune chasseur. Il avait 17 ans, et son arme était un vieux Winchester 30 × 30 au canon endommagé. Acheté 15 dollars au surplus de l'armée. La balle était déviée par les rayures usées à l'intérieur du canon et Michel n'arrivait pas encore bien à la diriger vers sa cible. Un fermier l'avait appelé parce qu'un ours noir rôdait autour de ses terres et qu'il craignait que ses veaux nouveau-nés ne complètent son régime, plutôt végétarien à cette époque de l'année. Au printemps, les ours consomment beaucoup d'herbe pour se purger au sortir de leur longue diète hivernale ; mais, comme ce sont avant tout de grands opportunistes, le fermier se méfiait. Et s'il prenait goût à cet endroit, il serait encore là en automne et dévasterait les champs d'avoine, dont les ours sont très friands. Michel guettait sa proie depuis plusieurs soirs. Il avait fini par connaître son parcours et son horaire. Le jeune chasseur avait choisi de se poster dans une clairière d'ancienne coupe de bois, un terrain assez découvert pour que son tir soit facile. Il entendit chanter la grive. Quand, à la tombée du jour, la discrète grive solitaire siffle mélodieusement, c'est que c'est l'heure où sortent les ours. Et celui de Michel entra au crépuscule dans la clairière, d'un pas tranquille, fouillant du nez le sol spongieux de printemps, sans doute à la recherche d'un bulbe appétissant. Le garçon accroupi derrière un buisson, bien sous le vent d'ouest qui éloignait son odeur des narines de l'animal, se redressa lentement, ajusta, tira et fut certain d'avoir fait mouche ; le plantigrade poussa un grognement et trébucha comme s'il avait heurté un obstacle. Mais il se releva aussitôt pour disparaître à vive allure dans les bois dont il venait de sortir. Michel poussa un juron et, sautant par-dessus les souches et les arbrisseaux qui freinaient son élan, courut derrière lui, fusil en main. Il pestait et se reprochait d'avoir tiré trop tôt. L'ours avait de l'avance et connaissait les passages ; la nuit repoussant fermement le jour, il finit par s'évanouir dans la noirceur opaque des bois. Michel s'arrêta, mit un genou à terre pour vérifier si son ours perdait du sang. Il tâta de la main une petite tache brillante sur des herbes écrasées et reconnut la texture et l'odeur, mais il faisait désormais trop sombre pour bien distinguer et suivre la traînée légère. Il se fia donc aux traces de piétinement, interrogea le sillon frais et les branches cassées. Il ignorait à quel point il l'avait blessé, mais il refusait de l'abandonner malgré l'heure tardive, sachant pourtant que même les ombres perdent leur transparence quand s'étend la nuit. Son obstination était guidée par la pitié, et parce qu'un bon chasseur doit absolument retrouver l'animal blessé et abréger ses souffrances. Cette règle, il ne voulait pas y déroger. Sa poursuite à tâtons ne dura pas longtemps, il finit par entendre pleurer.

Puis gémir. Un autre pleur, une longue plainte qui déchira l'épaisseur des bois comme un couteau s'enfonce dans une chair encore palpitante. Cela venait de très près, à une ou deux minutes de distance. Puis cela s'arrêta. Michel se demanda si l'ours, l'ayant senti approcher, se retenait de geindre. Il avança, fébrilement attentif, et finit par découvrir une masse sombre nichée au pied d'un grand conifère noir dont les branches frôlaient délicatement le sol. Prudemment, le sang martelant ses tempes, prêt à faire feu, il s'approcha de l'animal qu'il espéra mort. Mais il croisa le scintillement encore vivant du regard de l'ours. Il crut entendre battre le cœur de sa victime, mais ce n'était que le sien. Il ajusta et appuya sur la gâchette ; cette détonation-là lui retourna douloureusement les tripes. Les yeux grands ouverts, il rabaissa l'arme, toucha prudemment, du bout du canon, le cadavre. Lentement, il s'accroupit à côté, s'appuya le dos contre le tronc, posa son fusil sur ses cuisses, passa ses mains dans ses cheveux et ferma les yeux. S'insinuait et résonnait dans sa tête la longue plainte. Il attendit que le tambourinement dans sa poitrine se calme. Il se releva, mit le fusil en bandoulière sur son torse et se rebaissa pour installer l'ours sur ses épaules. Il le cala bien en équilibre en tenant d'une main une patte avant et de l'autre une patte arrière, puis s'en retourna d'où il était venu. L'animal pesait dans les 80 kilos. Le jeune chasseur ne plia pas sous le poids, il sentait seulement la fourrure lui caresser le cou tandis que le sang tachait de rouge sa chemise ouverte, trempée de sueur.

– À quoi tu penses ? demande Louise en le tirant par la manche.

Elle s'est approchée de son homme, qui ne bouge pas. Elle n'aime vraiment pas cette tuerie, et elle se reproche cette pointe de fierté qui la chatouille.

– Oh, à rien de spécial, répond Michel en lui prenant la main.

– Dret dans le mille ! lui hurle son ami Claude, qui est près de l'ours abattu qu'entoure la foule bruyante de commentaires.

Michel lève la main et sourit. Oui, un beau coup. Demain on en parlera dans tout Amos et les environs.

L'ours est déposé sur le toit d'un pick-up et transporté en ville. Le photographe de *L'Écho*, la gazette locale, immortalise l'exploit. Michel pose en souriant, il tient la tête de l'animal sur une jambe, entouré de ses amis archers, Yvon Cossette et Claude Beaumier. Quelques semaines plus tard, un terrain de tir à l'arc sera ouvert à Amos.

L'ours fait partie de la vie de Michel. Il est considéré, injustement pense le trappeur, comme un animal nuisible. Tout comme le sont le renard et le loup. Michel se dit que ce sont les hommes qui les rendent nuisibles. Ici, en Abitibi, quand on cueille les fruits sauvages dans les bois, on peut craindre de rencontrer un ours noir plus souvent qu'un autre promeneur. Pourtant, l'ours noir est un discret, nonchalant et craintif. Mais il inspire la peur. Il est vrai qu'il peut peser jusqu'à 270 kilos pour 1,90 mètre de long et pousser une pointe à 50 kilomètres/heure. Pas la peine de se dire qu'on peut le distancer à la course s'il lui prend la triste idée d'attaquer. Ce qu'il fait très rarement. Contrairement à ses deux cousins d'Amérique du Nord, l'ours brun (*Ursus arctos*), appelé grizzli dans les Rocheuses et kodiak en Alaska, et l'ours polaire blanc

(*Ursus maritimus*), l'ours noir (*Ursus americanus*) a tendance à fuir devant les humains. Mais, comme leurs cousins, les ours noirs ont une personnalité qui empêche de généraliser leurs comportements. Leurs réactions dépendent de tant de facteurs, dont les expériences qu'ils ont eues avec des humains, qu'elles sont imprévisibles. Les recommandations en cas de rencontre avec les ours donnent la chair de poule. Elles font sourire Michel, surtout quand quelqu'un lui demande conseil, comme c'est souvent le cas.

– Dis, Michel, si je rencontre un ours et qu'il charge, j'ai lu quelque part que je dois vite grimper dans un arbre.

– Pour sûr, c'est le mieux. Mais bon, l'ours est un très bon grimpeur. Faut choisir le bon arbre.

– Te crois-tu que j'aurai ben le temps de choisir mon arbre ?

– Pas sûr, et si tu grimpes fais attention que des oursons se trouvent pas dans un arbre voisin. Leur mère va s'énerver. C'est irritable, une maman ours. Et imagine s'ils sont dans le même arbre que le tien et que tu ne les as pas vus ! Évidemment ça serait vraiment dommage pour ta blonde !

– Je fais le mort alors ?

– Oui, c'est ça. Mais ça risque de plaire à ton ours, qui va rigoler s'il est un prédateur. Ça se peut qu'il préfère la viande avariée... Comme t'es encore jeune, alors tu as une chance, précise Michel en riant.

– Et si j'emmène un chien ?

– Ça dépend du chien. S'il repère l'ours de loin et te prévient, alors c'est tout bon. Mais il y a des chiens peureux qui gueulent et se précipitent entre tes jambes pour se protéger. Et comme ils ont énervé l'ours, il les coursera. Tu vois ?

– Criss ! Donc les mères sont dangereuses et les chiens rabattent les ours sur moi ! Je suppose qu'un ours blessé ou un ours en période d'accouplement est aussi dangereux.

– Oui. Tout ça c'est rien que normal. C'est la nature, termine Michel avec un flegme qui désarçonne son interlocuteur.

Et, comme pour rassurer, il ajoute :

– Moi, les ours, ça me fait rien. J'en ai rencontré des tas et je suis toujours là. Y a moins de danger qu'avec des orignaux qui traversent devant ton char[1].

Michel a déjà entendu les conseils que donnent les experts en ursidés : ne pas regarder l'animal dans les yeux, car il prendrait cela pour une menace, mais ne pas le quitter des yeux pour anticiper ses mouvements et surveiller ses oreilles (bien près de ses yeux quand même) : plus elles sont couchées sur le crâne, plus il est dérangé par la présence de l'humain. Il y a un stade – l'ours est surpris et se montre agressif, mais il n'attaque pas – où il faut paraître le moins menaçant possible, voire lui parler gentiment, et un autre – il fonce sur l'intrus – où il faut être très menaçant, faire du bruit, lui faire face, agiter les bras, sauter sur place, pour avoir l'air plus grand. Et si la confrontation ne peut être évitée, essayer de se protéger derrière un arbre, ou sinon donner du poing, frapper avec une branche, une hache, des pierres. Tout ce à quoi ne pense jamais Michel quand il marche dans les bois. Pour lui, c'est d'abord une question de bon sens et de connaissance du milieu sauvage dans lequel l'homme se déplace. Sûr que les ours en savent plus long sur la forêt que qui que ce soit ! Et ils ont appris à se méfier des humains, qui sont

---

1. Voiture.

leurs seuls prédateurs. Avant d'être dangereux pour eux, ils en sont d'abord les victimes. Dans le cas du fermier ou des bûcherons, les ours s'étaient approchés, sans mauvaises intentions, parce qu'ils les avaient attirés avec leurs déchets. Les forestiers jettent leurs ordures à proximité de leurs camps, les fermiers tuent des animaux et jettent les abats près de leurs bâtiments ; les récoltes d'avoine sont juste mûres quand il n'y a plus de baies dans la forêt. Les ours sont comme les gens : on les invite à se mettre à table, ils s'y mettent ! D'ailleurs, le plus imposant que Michel dut tuer sortait de la cookerie[1] d'un baraquement de travailleurs sur la route de Matagami, dont il commençait à devenir un habitué indésirable. Michel était alors en mission d'arpentage à quelques kilomètres de là. Cet ours, qu'il abattit d'un coup de fusil, pesait 140 kilos, et il ne fallut pas moins de sept personnes pour le monter dans une remorque. L'ours fut emmené et déposé chez Michel à Amos. Devant la surprise de Louise, un des gars lui dit :

– C'est sûr qu'il est gros ! Ton chum, il est pas pissou[2].

– Il est pas pissou, il est fou, répondit Louise, qui ajouta : Un jour, il se fera tuer par un ours, et le pire c'est que cela lui plairait bien comme fin.

Michel, qui rentra de son travail après le départ des hommes, dut hisser tout seul la dépouille dans son véhicule pour l'emmener dans la réserve Pikogan. La frêle Louise essaya bien de l'aider, mais sans trop d'efficacité. La peau, qu'il vendit plus tard à Pierre Blais, mesurait deux mètres de long ; elle lui rapporta une petite fortune, 50 dollars ! Mais il la regretta toujours.

1. La cuisine.
2. « Ton homme, il est pas peureux. »

Michel tue chaque année entre dix et quinze ours. Presque toujours des ours « qui dérangent ». Tout jeune, il avait pris l'habitude d'emmener du sable lorsqu'il partait en repérage. Généralement, ces ours empruntent toujours le même chemin, et à heures régulières, pour se rendre là où se trouve la nourriture « offerte » par les humains, que ce soit des champs d'avoine ou des dépotoirs. Pour éviter de passer des heures à les guetter, et à se faire manger par les moustiques, Michel essayait de déterminer leurs horaires. Pour cela, il commençait par trouver des traces d'ours, puis il les effaçait de la main avant de jeter à leurs emplacements une poignée de sable, recouverte de brindilles. Plusieurs fois par jour, il allait examiner son travail : quand les brindilles étaient cassées, il savait que l'ours était passé ; quant à l'empreinte de la patte de l'ours laissée dans le sable, elle lui indiquait la taille de l'animal. Il se rendit vite compte que les ours respectent bien leurs horaires de sortie, généralement entre 19 heures et 21 h 30. Il ne lui restait plus qu'à aller se poster au bon endroit et à la bonne heure.

2

La chasse à l'honneur

L'homme a vraiment de la chance qu'il n'y ait pas sur terre des êtres plus puissants que lui, pour juger ses actes et les punir, en le consommant par exemple, comme nourriture habituelle, ou en portant sa peau...
Francis Dickie, naturaliste canadien

Hier, veille de ce dernier samedi de septembre 1967, la pluie tombait si dru que les arbres, au feuillage jauni, courbaient la tête vers le sol où ruisselaient des rigoles d'eau vive aux mille détours. Après avoir tambouriné sur le toit de la maison une bonne partie de la nuit, l'averse s'est calmée. Maintenant, une aurore paisible se lève dans les chants d'oiseaux tandis que Michel se prépare à aller à la chasse. Il termine de ranger ses affaires quand il entend la voiture de ses compagnons, son frère Jacques et leur ami Pierre Deschatelets.

Dehors, Boss, le labrador sable doré, se précipite en hurlant vers le véhicule garé sur le chemin de la maison rose. Michel sort pour le rappeler à ses pieds d'une voix ferme, puis il empoigne son paquetage, le jette sur son épaule, saisit sa 308 Norma Magnum et referme doucement derrière lui la porte sur le silence et l'odeur de café fort.

– Ton chien, il est bien méchant, constate Pierre.

– Faut lui montrer ton fusil et il se calme. L'autre jour, quand Claude Beaumier est venu, Boss a failli le mordre. Claude a sorti sa 12 et lui a montrée en lui disant : « Tu vois, c'est pour les canards. » Boss s'est calmé et l'a laissé entrer. Dès que tu lui montres un fusil et que tu lui dis qu'on va à la chasse, ça le calme. Mais alors il risque de sauter dans le char, et c'est plus difficile si tu veux l'en faire sortir. Boss, il adore aller en forêt, il aime trop chasser et il a peur de rien, pas même des ours, explique Michel.

Les trois hommes partent pour une journée de chasse vers le lac Cooper, près de Louvicourt, à deux heures de la maison rose, par la route 117 qui mène au parc de la Vérendrye. Le lac où ils comptent se rendre est proche du territoire Forsythe. Non loin de là, vécut dans les années 1930 Archibald Stansfeld Belaney (1888-1938), plus connu grâce à ses nombreux écrits (dont *Un homme et des bêtes* en 1934, *Récits de la cabane abandonnée*, en 1936) et au cinéma, sous le nom de Grey Owl. Né en Angleterre à Hastings, de parents anglais (la légende, qu'il ne démentit jamais, le présentait comme un métis, fils d'une mère apache et d'un père écossais guide de l'armée dans le Wyoming), il arriva au Canada en 1906, avec ses rêves de nature sauvage et d'« hommes rouges ». Très vite il adopta la tenue des Indiens de l'imagerie populaire, laissa pousser ses cheveux et les tressa. En 1925, rendant visite à sa première épouse indienne, Angèle Egwuna, une Ojibwa dont il eut deux filles, il fit la connaissance de Gertrude Bernard (1906-1986), une jeune Mohawk. Gertrude tomba en amour et ils entretinrent une correspondance qui dura jusqu'à ce qu'elle le rejoigne dans les bois, près de Forsythe. Il donna à sa nouvelle compagne un nom indien, Anahareo, et, sous son influence, le trappeur Grey Owl devint un environnementaliste convaincu. Une fille baptisée Dawn naquit de leurs amours dans les bois, mais le couple se sépara en 1936. Anahareo retourna vivre en Ontario, où elle écrivit sa biographie publiée à Toronto en 1972, *Devil in Deerskins*. Quand Grey Owl et Anahareo quittèrent les environs de Forsythe, la forêt les oublia, tout comme le firent les habitants de la région. Pourtant, cet ancien trappeur devenu protecteur des animaux aurait pu intéresser plus d'un Abitibien, dont Michel Pageau en particulier, mais celui qui se faisait passer pour un Indien ne devint célèbre que dans les villes, très loin des bois. Sans doute que dans les bois on se méfie de ceux qui endossent une autre peau que la leur.

La voiture remorque un grand canoë et longe plusieurs lacs. La pluie de la veille, la chaleur des mois passés dont se sont gavées les plantes, les lacs et la terre s'évaporent en un rideau épais et des bancs de brume entraînent en volutes les derniers moments de l'été. C'est près d'une modeste rivière aux eaux vives que le véhicule s'arrête.

Tandis que les hommes préparent le canoë et leurs affaires, l'air leur offre un parfum d'automne si prégnant qu'il bouscule les pensées de Michel. Dans quelques jours, il commencera sa saison de trappe en marchant sur un tapis de feuilles craquantes, encore parées de couleurs incendiaires. Aujourd'hui, il accompagne ses amis à la chasse à l'orignal. La période de la chasse à l'orignal dure cinq semaines et s'achève début octobre.

– Allez, on y va. C'est un méchant job que de remonter la rivière pour arriver au lac, avertit Michel.

– Dis-moi, Michel, ça vaut la peine que j'emporte le cornet ? demande Pierre.

– Laisse ça. Tu sais ce que j'en pense, répond-il à son ami, déçu d'avoir à laisser dans la voiture cet objet en forme de grand entonnoir qu'il vient d'acheter.

Michel n'utilise jamais cet appeau. Confectionné avec de l'aubier de bouleau ramassé en avril, le cornet sert à appeler les orignaux. Les chasseurs s'en servent souvent, mais lui trouve le procédé trop traître. Le son qui s'échappe du cornet dans lequel souffle le chasseur imite parfaitement le cri rauque de la femelle en chaleur. Ce cri distinctif facilite la tâche du mâle, qui la rejoint aussitôt dans un galop effréné... et se retrouve parfois pantois devant un canon de fusil pointé sur lui.

Pour atteindre le lac Cooper, il faut pagayer à contre-courant plusieurs heures, franchir en portage plusieurs barrages de castors et quelques rapides. Enfin ils arrivent et abandonnent leur embarcation près d'un buisson de quenouilles.

Leur journée de chasse est fructueuse, ils tuent deux orignaux. Un mâle et une femelle. C'est bien ainsi, car la saison touche à sa fin. Tandis qu'ils savourent, assis près de leurs deux victimes, un café tenu bien au chaud dans des thermos, Pierre s'adresse à Jacques :

– Tu dois avoir du travail en ce moment, c'est pas les braconniers qui manquent.

– Oui, mais je profite de mes jours de congé, car la saison ne s'arrête que dimanche prochain. C'est lundi d'après que je vais avoir du job, répond Jacques, qui est agent de la Faune depuis 1958.

Jusqu'en 1960, il était interdit aux agents de la Faune d'aller à la chasse.

– Qu'est-ce que tu feras de spécial ce lundi-là ?

– On patrouillera sur les chemins pour vérifier que personne ne sort avec un orignal après que la chasse est fermée.

– Mais si les gars n'ont pu sortir leur orignal tué le dimanche, par exemple ?

– Y peuvent pas nous rouler : on vérifie avec un thermomètre à viande. Avec cet appareil on peut savoir précisément depuis quand l'animal est mort d'après la température de son corps.

Les trois chasseurs doivent maintenant regagner la route principale avant la nuit. Leurs deux orignaux encombrent dangereusement le canoë.

– On est en surcharge. Comment on va faire dans les rapides ? interroge Pierre.

– On prend de l'élan, on pagaie dur, et hop, on saute par-dessus, répond Jacques tranquillement.

– Et pour les barrages à castors ? Je les ai comptés, il y en a sept !

– On peut aussi essayer comme ça, sinon on fera du portage. Allons-y ! Comme les colons !

Ils arrivent sains et saufs, fatigués et trempés jusqu'aux os, mais la soirée est douce. Ils portent les deux orignaux à l'arrière du pick-up. Les robes des cervidés luisent dans la dernière lumière du jour, le mâle a un beau panache.

– Ce sont de belles bêtes, constate Michel, satisfait, en les admirant.

– Dommage qu'il n'y ait plus de concours de panaches, remarque Pierre.

– Ah non ! C'est fini, je crois bien. Trop de gens se sont plaints, surtout les étrangers. Et tant mieux, ç'avait pas de bon sens. La dernière fois, le juge, c'était Tom Rankin, le chef de Pikogan, répond Michel.

– Les Rankin, ils vivaient pas à Amos près de chez Louise ?

– Oui, elle était amie avec les enfants, jusqu'à leur départ pour la réserve. Mais c'est sûr que Louise elle aimait pas ça, le concours de panache. Ça la pogne au ventre chaque fois qu'elle voit une tête sur un capot. Elle dit que c'est un manque de respect.

– Elle a un peu raison, approuve Pierre.

– C'est surtout dans sa façon de parler des bêtes qu'on sait si l'homme les respecte ou pas. Avec moi, la tête d'orignal, elle avait plus la langue, j'aime trop la manger. C'est vraiment du gaspillage de la laisser, termine Michel se reprochant d'avoir parfois cédé à ce rituel.

Lui revient à l'esprit l'image odieuse de ce pick-up circulant avec la tête d'une femelle sur le capot et, accrochées de chaque côté, celles de ses deux bébés. Peut-être est-ce après cela, et parce que Louise le désapprouvait, qu'il a abandonné la tradition. Il s'est senti mieux et cela l'a choqué de voir que d'autres continuaient à la suivre. En cela, il a rejoint les autochtones, qui considéraient que c'était une insulte envers les animaux ; ils se demandaient ce que les Blancs diraient s'ils circulaient avec des têtes de vaches sur leurs voitures !

Le concours de panaches dans les rues, c'était l'apothéose, la consécration de la « chasse à l'honneur ». Cela se déroulait partout en Abitibi, où se tuaient chaque année plusieurs milliers d'orignaux. Amos l'organisait sur toute la longueur de la 1re Rue, de chaque côté de la large voie commerçante du centre-ville. En regardant la scène à distance, du pont de l'Harricana, trois cents mètres plus haut, on ne distinguait plus les devantures des boutiques, mais deux rangs serrés de véhicules parqués côte à côte et ornés des restes de belles bêtes sinistrement décapitées. Triste récolte d'une fin de saison de chasse que commentait une foule de curieux et de connaisseurs, sans états d'âme pour les victimes. C'était à qui aurait le plus beau panache, que mesurait soigneusement Tom Rankin aidé d'un assistant. L'orignal est le plus grand des cervidés, un mâle peut peser plus de 550 kilos et son panache peut atteindre 2 mètres d'envergure. Pendant plusieurs jours avant et après l'événement, les chasseurs paradaient en ville, s'arrêtaient devant les bars et les restaurants, avec leurs trophées de têtes sanguinolentes, à la langue pendante et aux yeux vitreux. Les chasseurs transformaient un décor naturel planté d'animaux superbes en un décor humain avec des parties d'animaux fixées sur de la tôle. Avec un excès propre aux hommes, ils annihilaient toute la beauté de cette nature qu'en d'autres occasions ils aimaient profondément. L'événement n'avait rien d'un rituel archaïque visant à honorer l'animal et la terre, mais représentait un divertissement barbare érigé en distraction civilisée. Les orignaux n'avaient pas le triste apanage de cette morbide coutume : les ours en faisaient aussi les frais, avec parfois une dépouille entière étalée sur un capot. Mais eux n'avaient pas droit à un concours ; la chasse à l'ours, animal nuisible, n'était pas une « chasse à l'honneur ».

C'est aux alentours du même lac Cooper qu'en automne 1975 Michel, son ami Jean-Pierre Campeau et un troisième homme partent à la chasse à l'orignal.

À peine débarqués du canoë, ils longent la rivière et se frayent un chemin jusqu'à une tourbière. Au loin, à moitié cachée par les hautes herbes jaunies, ils aperçoivent une petite tente de toile gris-vert comme celle des prospecteurs.

– Y a du monde, sûrement d'autres chasseurs, dit Jean-Pierre avec une pointe de déception en ressentant dans ses bras les efforts fournis à pagayer à contre-courant.

– C'est drôle, tous ces vidangeurs au-dessus de la tente, observe Michel.

Effectivement, une ronde de corbeaux survole l'emplacement vers lequel se dirigent rapidement, et un peu inquiets, les trois hommes. Lorsqu'ils arrivent près de la tente, ils butent sur plusieurs douzaines de bouteilles de bière vides, tandis qu'au-dessus de leurs têtes les oiseaux noirs poussent des cris de mécontentement. Mais aucun homme à l'horizon.

C'est alors qu'ils aperçoivent la forme immobile allongée à terre à quelques mètres de la tente. Ils reconnaissent la robe fauve d'un orignal. En l'approchant, ils constatent que c'est un « buck », un gros mâle doté d'un beau panache. Mais ce n'est pas tout : juste devant lui repose le cadavre d'un cheval. Un cheval blanc tacheté de gris, harnaché. L'orignal est encore attaché au cheval.

– Shit ! C'est quoi c'te patente ? souffle Jean-Pierre.

– Où sont donc passés les chasseurs ? questionne M. Allard en tournant la tête de tous côtés.

Michel s'agenouille près des dépouilles et les examine. Les yeux le fascinent toujours. L'orignal meurt rarement sur le coup. Quand il abat un orignal et qu'il s'approche de lui, il a l'impression de voir passer toute la vie de l'animal dans son dernier regard. Il sait qu'il y a encore une vie dans son œil après que son cœur a cessé de battre. C'est dans les yeux qu'il lit la mort de la plupart des bêtes qu'il tue. Il se demande chaque fois si c'est l'âme ou l'esprit qui s'y attarde, avant d'accepter de s'en aller. Un étrange sentiment mêlé de tristesse et de compassion l'oppresse alors.

– Ça doit faire au moins deux jours qu'ils sont là. Peut-être que les gars ont été chercher de l'aide et que la pluie d'hier les a empêchés de revenir. S'ils rappliquent pas vite, la viande sera maganée[1], ou mangée par des ours.

– Et le cheval ? interroge Jean-Pierre.

– Je sais pas. Mais sûr qu'ils voulaient ramener l'orignal avec. Pis il est mort. Peut-être que ça lui a fait un coup d'avoir à tirer l'orignal mort. Louise me racontait que quand elle était petite, à la ferme de son père, elle voyait souvent des orignaux près des chevaux dans les prés. Les chevaux et les orignaux sont assez proches. Va savoir... répond Michel, perplexe.

– Qu'est-ce qu'on fait ? dit Jean-Pierre. Ils l'ont pas marqué, ajoute-t-il en constatant que les oreilles ne portent aucune étiquette.

– Ils n'y auront pas pensé, avance Michel sans vouloir porter de jugement hâtif sur le comportement des chasseurs.

– Ou c'est des méchants croches, répond Jean-Pierre, suggérant qu'ils comptaient peut-être « oublier » de déclarer leur prise aux autorités.

Quand un chasseur tue un orignal ou un ours, il est tenu de percer l'oreille de la bête pour y accrocher une petite étiquette en carton, numérotée. Il garde sur lui l'autre moitié de l'étiquette, qu'il doit présenter aux agents de la Faune. Ainsi, ces derniers peuvent contrôler le nombre d'orignaux tués par rapport aux permis délivrés. Cette année-là, chaque chasseur n'a droit qu'à un seul orignal.

Les trois hommes fouillent dans la tente et autour, mais ne trouvent aucune indication sur les chasseurs. Ils s'assoient pour réfléchir.

– S'ils veulent manger de la viande d'orignal, ils ne devraient pas tarder. Il est même pas préparé, celui-là,

---

1. Abîmée.

dit Michel en levant la tête vers le ciel où le soleil commence à réchauffer l'air.

Un bon chasseur se dépêche de préparer son orignal en le découpant en quartiers, pour le transporter. S'il ne peut le ramener entier d'un coup, il pend ce qu'il laisse haut dans les arbres, pour éviter que des animaux ne s'en repaissent avant son retour. Selon la température, la viande peut rester dehors sept à dix jours.

Ils ont à peine fini leurs cigarettes qu'arrivent deux hommes tirant un petit traîneau. Deux gars du pays et non pas des chasseurs des villes. Leurs explications confirment les suppositions de Michel.

– Vous n'êtes que deux, comment allez-vous ramener toute cette viande ? leur demande Jean-Pierre.

– On va le découper, et le cheval on le laisse aux ours et aux loups. C'était un bon cheval, répond un des chasseurs.

Pour Michel et ses amis, la journée est finie. Ils en profitent pour marcher et chercher des traces, en prévision d'une autre partie de chasse.

– C'est pas demain que Louise pourra me faire des moufles, conclut Michel en pensant au manteau à franges, en peau d'orignal, que sa femme lui a confectionné l'hiver dernier.

Le trappeur en Michel doit attendre patiemment la fin de la chasse à l'orignal. Les chasseurs sur son terrain de trappe dérangent tous les animaux. Il en connaît de tout genre : les « corrects » respectent l'environnement et sortent des bois dès qu'ils ont arrangé leur viande proprement, les « saboteurs » tirent sur les cabanes à castors gênant leur passage, et les « brigands » lui volent ses pièges avec leurs prises. C'est pourquoi les trappeurs entrent sur leur terrain quand tous les autres en sortent.

3

Les préparatifs du trappeur

Les trappeurs ne sont pas cruels, c'est leur métier qui l'est.

Kenneth Conibear

Un léger engourdissement saisit la forêt nourrie de soleil tandis que les journées s'écourtent. La sève tirée vers le haut par la lumière s'essouffle et ne monte plus au faîte des arbres. La forêt boréale se prépare activement au long hiver et invite les animaux à suivre son rythme. Les fruits des arbustes (sorbier, sureau, aubépine) dont ils se nourrissent sont mûrs à point. Graines et rhizomes se dispersent pour ensemencer la terre qui portera leurs espoirs jusqu'au printemps ; les houppiers des arbres à feuilles caduques s'enflamment en apothéose avant de recouvrir ces promesses de vie d'une couverture odorante que dévorent avidement vers et autres insectes. Les résineux, emmitouflés dans leurs panaches verts, gardent la tête haute et continueront à répercuter la voix du vent. Bientôt, du nord au sud, le ciel se noircira de voiliers de bernaches et d'autres oiseaux migrateurs. Ils trompetteront leur au revoir au-dessus des lacs scintillants, des battures jaunissantes et de la canopée vert émeraude.

Les préparatifs de la saison d'hiver du trappeur commencent, comme pour la plupart des animaux qu'il va piéger, dès la fin du mois d'août. Tandis que les uns parcourent fébrilement leur territoire en accumulant des provisions et choisissent ou consolident leurs abris hivernaux, les autres, les trappeurs, sortent leurs pièges, vont et viennent sur leur ligne de trappe, font des repérages, tracent des chemins à la hache, débroussaillent les anciens sentiers. Une dernière mue, et les corps des animaux se parent d'une riche toison dense qui les isolera du froid mais que convoitera le trappeur. Ce dernier laisse repousser sa barbe pour se protéger de la réverbération du soleil sur la neige. La compétition va bientôt débuter entre le climat, les animaux et les hommes ; l'enjeu est la vie ou la mort.

L'été pour le trappeur, c'est l'époque où « autant en emporte le vent » dans la tiédeur des soirées ou la chaleur accablante des journées. Michel est « malheureux de la chaleur », il a l'impression qu'elle égale en intensité le froid, pourtant à Amos les températures extrêmes sont de – 52,8 °C en hiver et 37,2 en été. Les saisons de Michel, ce sont l'automne et l'hiver. En été, les trappeurs troquent leurs pelisses en peaux de loups contre des habits d'employés de la municipalité, de manœuvres dans les usines à bois, de mineurs, de chauffeurs de poids lourds. Les cols à carreaux rouges et blancs deviennent des cols bleus. Il n'existe pas de trappeurs en été, ni ici en Abitibi ni dans le reste de l'Amérique du Nord. Les toisons ne sont intéressantes pour la pelleterie qu'en hiver, quand leur jarre (les poils longs) s'enrichit de bourre (poils courts) et qu'elles doublent de volume chez certains animaux. En été, seuls les orages violents rappellent à Michel que la forêt le guette, et lui guette patiemment chaque fin du mois d'août pour rendosser sa peau de trappeur.

Le soleil est encore haut quand il prépare le feu. De leur petite maison rose, sur la route rurale n° 1, appelée aussi rang 10, sort Nathalie qui s'approche du foyer. Une grosse boule grise déboule en courant et la rejoint pour s'asseoir à ses pieds en dressant vers elle son nez pointu d'un air interrogateur. Les flammes pétillent dans leurs prunelles. La petite fille de 5 ans et le raton laveur semblent soudain préoccupés par quelque chose.

– Tu fais quoi, p'pa ?
– Je prépare les pièges. Je sais que t'aimes pas ça, hein ?

Elle secoue sa tête blonde, s'accroupit, songeuse, et caresse l'animal qui se roule aussitôt sur le dos en agitant ses pattes postérieures pour jouer avec la main de l'enfant. Nathalie gratte le ventre chaud sans se soucier des égratignures que lui infligent les griffes pointues. Non, elle n'aime pas que son père tue des animaux.

– Pourquoi faut que tu t'en serves encore ?
– J'ai pas ben le choix, c'est mon job.

Michel entend bien ce que sa petite fille lui dit. Hélas, tuer des bêtes pour vendre leurs peaux, c'est ce qu'il sait faire le mieux pour nourrir sa famille. Il ne rajoute pas qu'il n'a absolument pas d'autre choix. Il ne ment jamais à sa fille. Et même pour lui-même, il n'y a aucun détour possible : c'est vrai que ce métier lui plaît trop pour en changer. Il jette un coup d'œil à la drôle de paire que font Nathalie et son raton laveur et remue la tête ; celle-là, elle s'y connaît bien en animaux. Elle aussi elle a de la « manière » avec eux, et ils le sentent. Si elle était un gars, ça ferait un sacré trappeur. Hum ! non, elle peut pas tuer. Quant à Anne-Marie, qui n'est qu'un bébé de 3 ans, on ne peut pas savoir. Il ne connaît aucune femme trappeur. Avec leurs menstruations, cela n'est sans doute pas possible, les animaux détecteraient trop facilement leur odeur.

– Tu viens m'aider à faire un beau feu ?

La petite court ramasser des brindilles, suivie du raton laveur.

Cela va prendre des heures pour nettoyer la centaine de pièges. Il fera nuit que le feu brûlera encore. Si ses pièges remisés ont rouillé d'ennui, ils portent encore sur eux des effluves d'humain imprimées dans le métal oxydé, des stigmates de souffrance, dont il faut les débarrasser avant de les tendre aux animaux à fourrure. Tous sont méfiants, à juste titre ; ils ont tous un excellent odorat, sauf les lynx, qui, par contre, ont une très bonne mémoire. Les animaux, et en particulier les loups, fuient l'odeur de la rouille, à laquelle ils associent immédiatement celle de l'homme et donc d'un danger redoutable. Ils ont appris cela et se le transmettent de génération en génération. Il n'y a pas de hasard pour un bon trappeur, il lui faut connaître les forces d'adaptation et de dissimulation non seulement des animaux mais de la nature entière, plonger dans le mystère de leurs rites et de leurs associations intimes, acquérir l'âme d'un initié pour participer au drame et en ressortir vainqueur.

En cliquetis, en entrechoquements métalliques, les pièges sortent bruyamment de leur long sommeil quand Michel les saisit. La tonalité froide et la rouille ont le goût du sang et chatouillent l'instinct du trappeur. Michel commence par faire bouillir ses pièges et collets dans un grand chaudron où mijote de l'écorce de cèdre. Il y a les Victor n° 2 ou les Conibear 220 (très bons pour les rats musqués, les ratons laveurs), les n° 3 (pour les castors), les n° 4 ou les Conibear 330 (pour les loups, les lynx), les Victor n° 5, 6, voire 7 ou 15 (pour les ours). Ces deux types de pièges, les Victor et les Conibear, se composent essentiellement d'une mâchoire qui se referme à la moindre pression sur un petit levier ; dégagé de son cran d'arrêt, ce levier met en jeu le ressort fortement tendu et la mâchoire claque sur la patte de l'animal ou sur son cou. Le piège est attaché par une chaîne, elle-même retenue à un tronc ou un pieu par une broche[1]. À partir de 1997, la mâchoire à dents d'acier sera obligatoirement laminée ou recouverte d'un coussinet en caoutchouc. Les Conibear sont supposés tuer instantanément l'animal piégé, soit en l'écrasant soit en lui brisant les vertèbres du cou ; on les dit « plus humanitaires ». Néanmoins, Michel ne se fait plus d'illusions, aucun piège ne l'est. « Ce n'est que dans les hommes qui trappent qu'il peut y avoir ou pas un peu d'humanité, tout dépend de ce qu'ils ont dans le ventre. Il faut tuer l'animal pour vendre sa fourrure, il faut qu'il meure le plus rapidement possible, et ce n'est pas toujours le cas, quelles que soient les précautions qu'on prend », pense-t-il amèrement en se préparant maintenant à l'opération suivante, c'est-à-dire fumer ses pièges, quand ils auront séché, sur un feu doux de bois presque vert. Il sélectionne des essences odorantes, bouleau, tremble, genévrier. À partir de cette étape, il ne doit plus les toucher sans gants : pour ses futures proies, l'odeur de sa peau est celle d'un tueur. Il lui restera ensuite à les cirer, afin que se déclenchent mieux les mécanismes qui emprisonneront fatalement les pattes, les cous. Quant aux collets, ces lassos en fils d'acier d'un diamètre différent selon leur destination, il les

---

1. Fil de fer solide.

frotte contre un bois d'épinette et les arrondit. Les collets présentent plusieurs avantages par rapport aux pièges à ressort : ils sont moins dispendieux et moins lourds, ils se transportent facilement. En règle générale, le piège, quel qu'il soit, doit porter l'odeur de l'environnement dans lequel le trappeur le pose.

La voiture se gare sur leur chemin. Un homme s'en extirpe, comme il sort d'un bois, dans la lumière. Les derniers rayons éclairent sa chevelure et sa barbe hirsutes. Les chiens huskies attachés derrière la maison se mettent à hurler. Michel les fait taire.
– Ho, Michel, tu prépares la saison ?
– Ho, Gilles ! Tu viens me donner un coup de main ?
– Je suis passé au ministère, prendre des nouvelles. J'ai su que t'avais toujours ton lot.
– Oui, toujours le même. J'ai renouvelé le bail. Et Coté aussi. J'ai juste moins de surface depuis deux ans : 94 km^2 au lieu des 105.

Michel se souvient de cette année 1955. Il venait d'avoir 14 ans, l'école lui avait fermé la porte au nez quelques mois plus tôt. En sortant du ministère de la Chasse et des Pêcheries, il tenait enfin bien en main le sésame du trappeur, une petite carte avec son numéro de permis de trapper. Depuis longtemps il attendait le jour où il pourrait l'avoir, ce fameux permis ; pourtant, au-delà de ce premier bonheur, il briguait un lot, un immense territoire loué par la Couronne, plus grand, plus sauvage que n'importe quelle terre privée appartenant à des fermiers. Tout gamin, il se rendait religieusement dans les bureaux du ministère. Il gravissait l'escalier en comptant les marches qu'il connaissait par cœur et arrivait à l'étage de toutes ses envies. Là se trouvait la grande salle où l'imposante carte topographique de la région indiquant les limites des lots de trappe recouvrait tout un pan de mur. Rêvant les yeux ouverts, il se perdait dans un spectacle grandiose, silencieux mais coloré, ni muet ni monotone. Tout le contraire d'une feuille de papier inerte. Les trappeurs commentaient leurs préférences, guettaient le lot qui se libérait, et les plus chanceux, généralement les plus anciens, repartaient avec un bail pour le terrain de leur choix. Les lots les plus convoités comportaient une portion de route : cela en facilitait l'accès. À l'instar du sien, dans la zone 08, le canton Figuery, dont il obtint contre 10 dollars le bail d'un an, en mai 1960.

Le terrain de trappe de Michel, le lot n° 42 sur la carte, ressemble à l'Abitibi : plat comme une paume de main ouverte, animé de quelques reliefs légers et arrondis, des mamelons timides que les plus osés appellent affectueusement « collines ». La couleur verte raconte sa peau ; elle est faite de forêts et de tourbières, à peine tachetée de bancs de gravier. Des veines d'eau la traversent, elles se nomment rivières Martel, Bayargé, Landrienne et « rivière aux poux ». Cette dernière ne figure sur aucune carte sous ce nom que lui a donné Michel. Va savoir pourquoi les castors de cette rivière ont plus de poux que les autres ! Les hématophages courent désagréablement dans le cou du trappeur quand il porte sur le dos les dépouilles des rongeurs piégés. Le lot 42, c'est un territoire, un univers dont les habitants remarquables sont les castors, les lynx, les ours, les loups, les renards, les martres, les loutres, les visons, les rats musqués, les pékans, ces citoyens du pays du trappeur. Ce fut, c'est et ce sera la terre du trappeur Michel Pageau. Lui seul la fouille, la sillonne, l'exploite et la respecte. Il s'y perd et s'y retrouve, la défie et la conquiert. Ses odeurs l'enivrent, ses bruits lui parlent, son souvenir le hante dès qu'il s'en éloigne. Sa terre est émotion sublime. S'il devait l'écrire, il lui consacrerait un texte hagiographique. Dans sa *Légende dorée*, les saints seraient les animaux, le vent, la pluie, les bourrasques de neige. L'amour y serait versatile autant que les saisons…

– Quand tu poses tes pièges, tu comptes pas bien la superficie, de toute façon. L'important, c'est ta connaissance de ta trail de trappe et ton nombre de cabanes. Et j'ai vu que t'es toujours voisin avec Coté, alors… C'est une bonne affaire pour vous deux. Ça fait un bon « boute » à trapper, remarque Gilles.

Michel devine ce qui ferait plaisir à son ami, le trappeur Gilles Gervais.

– Je compte bientôt compter mes cabanes. On devrait y aller ensemble. Et si tu veux, tu peux m'aider à préparer des cabanes à lynx.

Les cabanes, ce sont d'abord celles que bâtissent les ingénieux castors (on les appelle aussi des « huttes »). Elles sont érigées près du barrage édifié par l'animal, et, en observant la nourriture amassée en prévision de l'hiver, le trappeur sait combien d'individus y vivent. Ce sont les cabanes à castors qui confèrent en grande partie de la valeur à la ligne de trappe. Les cabanes à lynx, c'est un travail d'homme, le trappeur les construit pour ensuite y déposer un piège, le moment venu.

– Si tu veux, tu viens trapper avec moi cette saison, je te fais signer un papier d'aide-trappeur. Toute façon, on se fait jamais contrôler dans le bois, on croise juste des braconniers.

Gilles accepte d'un hochement de tête. Ce n'est pas un bavard, une qualité appréciée par les hommes des bois, qui savent bien que les mots sont toujours trop pauvres pour exprimer leurs sentiments. Il contemple les pièges, la même lueur dans les yeux que Michel, le même goût au fond de la gorge. En trappeur confirmé, il prête à leur préparation toute l'attention qu'elle mérite. C'est là que commence le travail du trappeur, on y reconnaît son homme. Puis, une fois dans les bois, tout restera encore à faire. Michel est sans égal pour choisir avec perspicacité le bon piège selon les proies et les circonstances. C'est tout un savoir, tant l'animal est plus avisé qu'on ne le croit. L'infériorité absolue n'existe pas dans la nature. L'animal vit en permanence dans la crainte d'une agression, il est presque toujours en alerte, sur ses gardes ; l'homme n'est qu'un danger parmi d'autres. Chaque jour passé sur la ligne de trappe le confirme. L'étonnant chez Michel, c'est qu'il donne l'impression d'agir comme s'il connaissait les animaux individuellement et qu'il pouvait flairer leur présence les paupières closes. Gilles s'en est rendu compte en l'accompagnant souvent en forêt.

À côté des pièges, il y a une paire de bottes. Les bottes blanches de parachutiste de l'armée, plutôt des bottines. Leurs semelles en caoutchouc sont épaisses, la moitié du pied est également recouverte de caoutchouc et le reste de la botte est en toile.

– Tu vas refaire la semelle ? demande Gilles en connaisseur.

– Oui, j'aime bien ces bottes. La première paire que j'ai achetée, c'était à Barnabé Charest pour 6 piastres, elles étaient bien usées. Celles-là, elles m'en ont coûté 10, elles étaient presque neuves. Ça fait quelques années que je les utilise. C'est ce qu'il y a de mieux avec les raquettes.

« C'est surtout ce qu'on peut s'offrir de mieux », admet-il en lui-même.

Pour refaire les crampons des semelles lissées par leur frottement sur le sol gelé, Michel fait chauffer une grille en métal et pose les chaussures dessus. Les dessins de la grille brûlante s'impriment dans le caoutchouc et redessinent des crampons.

– Tiens, tu as un deuxième piège à ours, remarque Gilles, admiratif.

– Oui, c'est cher, mais je m'en suis fait voler un. Et puis celui-là je l'ai acheté usagé, croit bon de préciser Michel, gêné de ce luxe. Bon, je vais laisser fumer. Ça prend du temps. T'as soupé ?

Il est 18 heures, l'heure du souper. Dans la maison, dès qu'on y pénètre, les odeurs sautent au nez. Celles des animaux : le raton laveur, deux ou trois castors, des oiseaux dans des cages, des chiens et des chats aussi. Certains en sont incommodés ; pas les trappeurs.

– Louise est partie soigner les bêtes ? demande Gilles.

– Elle est dehors avec les filles. Aux cochons, peut-être. Ou partie donner le maïs cassé à la volaille. Elles vont pas tarder.

Quand Michel part trapper et relever ses pièges, il emporte avec lui sa hache, qu'il utilise pour couper des branches, des arbres, de la glace, mais également pour achever d'un coup de manche sur le nez les animaux pris au piège. Il a aussi sur lui une arme à feu, généralement son pistolet 22.

Chaque arme à feu de Michel possède son histoire personnelle. Pas celle d'un gros chèque ni d'une belle liasse de billets échangés dans une boutique contre une arme neuve rutilante. Non, ce sont surtout des récits d'armes patinées par l'usage, des armes d'origine souvent modeste, parmi lesquelles se glisse de-ci de-là une arme neuve, gagnée lors d'un concours ou offerte par des chasseurs fortunés. Chaque piège, chaque collet aussi a sa vie. Chaque arc, chaque poignard, chaque hache conte une histoire. Généralement, ces histoires se racontent quand les armes sont remisées dans une armoire fermée à clef, ou pendues à des clous ; elles évoquent leur vie quand elles ne donnent plus la mort.

La première arme à feu de Michel, c'est la carabine de sa mère, une 22 Winchester qu'elle lui prêta avant de la lui offrir pour ses 12 ans, faute de pouvoir en acheter une. Et quand elle allait à la chasse aux perdrix, elle l'empruntait à son fils. La 22 Winchester reste pour toujours « la 22 de ma mère ».

Puis vient le Cooey calibre 410, à canon simple. Celui-là s'appelle « le fusil de mon oncle Hector ». Il fut d'abord donné par l'oncle au père de Michel. Puis, encore pour un anniversaire, celui de ses 16 ans, Henri le remit à son fils. Un an plus tard, Michel achetait pour 15 dollars un vieux Winchester 30 × 30, venant du surplus de l'armée. Il tua beaucoup d'ours avec « mon premier fusil ».

Ensuite, apparaît le « 303 du concours », un British 303 flambant neuf gagné lors d'un concours organisé par Alban Cahouette, propriétaire d'un magasin d'articles de sport, de chasse et de pêche à Amos. Le concours se déroula sur une semaine, l'enjeu consistait à tuer le plus grand nombre d'ours. Michel le remporta avec sept ours. Il allait avoir 18 ans.

Son revolver, il l'obtint en échangeant un Cooey calibre 12 avec Raymond Plante, le cousin de Louise. Le revolver du cousin devint « mon revolver ».

D'autres armes arrivèrent chez Michel, mais les deux seules autres neuves qu'il posséda lui furent données par des chasseurs qu'il guidait. Il y eut la Norma 308 magnum, avec crosse en érable piqué. Des chasseurs de La Prairie, près de Québec, dont Jean-Jacques Bourdeau et ses deux fils Jocelyn et Christian, arrivèrent chez Michel dans la petite maison rose avec leur cadeau emballé dans sa boîte neuve. Pour remercier leur guide de chasse. C'était à l'automne 1974. L'autre, la dernière, ce fut un 12 Remington à pompe, offert par sa deuxième « gang » de chasseurs, Pierre Lavallé, Michel Langevin et André Lousigan, armurier à Québec.

Parmi ces armes, se glisse en étrangère celle de Louise, une 22 à un coup, dont son père lui fit cadeau peu avant qu'elle se marie avec Michel. Sans doute parce que Arthur s'était dit que, avec un trappeur, sa fille se devait d'avoir aussi une arme.

La 22 de Louise tira un seul coup. Louise visait un petit écureuil, persuadée qu'elle le raterait. Hélas, le coup fit mouche ! Horrifiée de ce qu'elle venait de faire, elle lâcha sa carabine, se précipita affolée vers sa victime et, le cœur brisé, se jura que plus jamais elle ne prendrait d'arme.

Patrick, le cadet de Louise et Michel, né en 1977, héritera pour Noël 2007 de presque toutes les armes de son père. Resteront dans l'armoire fermée à clef la « 22 de ma mère », un 410 offert par son ami Pierre Ethier, et deux autres armes moins porteuses d'histoires, une 22 à qui il manque une pièce et une carabine à air comprimée. L'armoire s'est un peu vidée de sa mémoire…

4

« Aux voleurs ! »

Aucun souffle de vent ne soulevait le moindre bruissement, ni dans les branches mortes ni dans les aiguilles des épinettes, en cette nuit de décembre 1972. La nuit, tout était silencieux et le resterait jusqu'au petit matin, un peu avant la première lueur de l'aurore. C'est alors que les cris des bois le réveillèrent. Les premiers de la saison. « L'hiver est bien là », pensa-t-il. Michel se redressa lentement sur le lit, pour ne pas déranger Louise, et les écouta avec un plaisir inaltéré, bien qu'ils lui fussent familiers. Amusé, il songea : « Tiens, les clous pètent. Il fait ben fret », selon l'expression que les vieux employaient en allusion aux planches cloutées des cabanes qui craquent par nuits glaciales.

Quand, après une journée de soleil, le froid cinglant enserre dans son étau la nature et transforme en gel l'humidité des arbres, la forêt joue une musique insolite, surprenante tant son pouls bat au ralenti. En cette saison, elle s'exprime en notes mystérieuses, tantôt clamées, tantôt modulées, parfois en chœur, parfois en solistes. Certaines tonnent comme un coup de fusil, d'autres retentissent sourdement, tel le choc d'une hache sur un gros billot, les plus légères résonnent, pareilles à ces branches que l'on casse avec le genou dans une grange close. Leurs échos produisent une sarabande bien orchestrée de sons aux timbres colorés. Pour les vieux arbres, c'est souvent un coup de glas. Comme les animaux, les arbres doivent adopter des comportements hivernaux, mais sans pouvoir se mettre à l'abri. Alors les plus fragiles meurent debout, les bras grands ouverts, décharnés. Ils tanguent en grinçant, ballottés par les vents, ils se tassent en s'effritant par petits morceaux, ou s'affaissent sur des voisins dont ils brisent des branches. Avant que le feuillage printanier n'y mette de l'ordre, la forêt ressemble souvent à un grand désordre, aussi mélancolique qu'un vaisseau disloqué, échoué sur des récifs. Dans les blessures béantes des arbres morts viennent nicher des oiseaux et de petits mammifères, ramper et fourrager des insectes, pousser des mousses et des champignons, pour redonner à l'arbre une vie autre que celle que produisait sa sève. Dans la nature, la vie reprend toujours le dessus, il n'y a pas de gaspillage, tout a une utilité ; un univers bien vivant se reconstruit à chaque occasion, à chaque seconde. Peut-être pour l'éternité.

Au point du jour, Michel entre sur son territoire alors que le soleil annonce un jour transparent, sans l'ombre d'un nuage. L'air semble avoir été décapé par le froid. Il s'en va relever ses pièges à castors, et pour se faufiler sur la neige gelée dans un labyrinthe de couloirs secrets il a chaussé ses raquettes traditionnelles au fût étroit terminé par une queue à l'arrière. En bon trappeur, il possède une deuxième paire de ces « queues d'hirondelle », dont il a retiré la babiche sur la partie avant afin de se déplacer plus facilement dans la neige, qui devient lourde lorsqu'elle fond au printemps. Sur son chemin, il cueille un petit morceau de gomme d'épinette et la mâche ; à son retour, Louise ne manquera pas de le plaisanter encore sur son haleine. Mais cette résine est bien utile, enroulée au bout d'une brindille, pour allumer un feu (quoique en hiver celle du sapin s'enflamme plus vite). Michel marche paisiblement, dans la simplicité d'un bonheur spontané, attentif aux sons innombrables, des sons immémoriaux sans doute universels, comme autant de signes de vie qu'il identifie avec beaucoup d'attention et de considération. Dans la grande forêt, la solitude est souvent une illusion, presque un élan d'égocentrisme – la vouloir rien que pour soi, réinventer son univers, oublier que l'on n'y est jamais seul – qui n'a de mise qu'en des circonstances particulières, comme en cas de danger. Alors là, oui, le sentiment de solitude s'accroche férocement aux tripes. Mais pas en cette journée paisible où même Louise lui tient compagnie, en pensée. Assuré de ramener des castors, il l'imagine déjà en train de les écorcher avant d'apprêter les peaux humides. Il se dit qu'il a bien de la chance d'être le mari de cette femme courageuse, qui ne rechigne pas à travailler les peaux, alors qu'elle préfère les castors vivants. Quand le monde extérieur lui paraît aussi harmonieux que celui de cette forêt, il se sent en paix. La forêt est quiétude, et d'une telle amplitude qu'elle le porte.

Il a conscience d'être entouré de nombreux animaux, discrets, invisibles ; certains l'épient peut-être, l'accompagnent des yeux sûrement, ils sont méfiants mais ne représentent aucune menace. Les raquettes chantent en faisant craquer la piste givrée. Le vent est tombé et aucun souffle ne fait cliqueter les squames d'écorce de bouleau ni s'entrechoquer les branches mortes, on entend juste voler les oiseaux d'arbre en arbre. Michel avance, persuadé que rien ne le fera trébucher. Un court instant, il en a presque oublié cet improbable, l'inattendu qui surgit de nulle part. Ce jour-là, il s'annonce par un bruit reconnaissable entre tous. Le trappeur tourne la tête. Il s'arrête, retient sa respiration pour écouter et vérifier qu'il ne s'est pas trompé. Non, pas d'erreur possible, ce sont bien des glissements de raquettes. Les pas sont allongés, des pas de quelqu'un de pressé. Ici, c'est le territoire de trappe de Michel, personne d'autre que lui ne s'y aventure. Normalement... Il se dirige vers le bruit, le cœur battant. Il se doute de quelque chose, et une irritation semblable à celle d'un prédateur à l'affût dérangé par un intrus monte en lui. D'abord presque imperceptible, comme par réflexe, puis de plus en plus intense au fur et à mesure que se précise son pressentiment. Là-bas, une silhouette file en direction opposée. L'irritation fait place à la colère, et se mue en rage quand il distingue parfaitement sur le dos de l'importun la dépouille d'un castor, encore accrochée au piège. SON castor ! SON piège ! Oh oui, un Victor n° 3 !

– Ho là ! Où tu vas comme ça ? Arrête, je t'ai vu ! hurle-t-il en allongeant sa foulée.

Mais l'homme ignore l'injonction, il a de l'avance et s'éloigne de plus en plus vite, sans se retourner. Michel s'étonne de cette réaction. Le gars n'a aucune chance de le semer sur son territoire, qu'il connaît mieux que personne ! Il finira par le coincer. À moins que... Et quand le braconnier prend la direction de la trail bien dégagée, le trappeur devine ses intentions. Elles ne laissent bientôt aucun doute... une machine se profile entre les arbres. « Tabarnak ! Il est venu en skidoo », réalise Michel. C'est sûr, l'homme ne va pas s'arrêter et il ne va pas le rattraper.

Pas la peine de crier. Bien que découvert, le voleur sait que le trappeur est encore trop loin. Si son skidoo démarre vite, il sèmera son poursuivant sans difficulté.

Michel saisit sa hache. Jette à terre son sac à dos. Force son allure. L'homme, presque arrivé à sa machine, est en terrain découvert. Sans hésiter, le trappeur projette son arme de façon que seul le manche atteigne le fuyard – du moins l'espère-t-il. La colère décuple sa force et, quand la hache frappe, l'homme s'écroule sourdement en avant.

Il reste quelques mètres à faire avant que Michel le rejoigne. Un peu inquiet, il se demande s'il n'a pas raté son coup et tué le fuyard. Mais sa fureur prend le dessus :
– Bandit, tu l'as bien cherché !

Le voleur est étalé, inconscient, ses raquettes curieusement fichées dans la neige, comme si elles avaient buté sur une souche. Michel se penche et le reconnaît. Celui-là, ce n'est sans doute pas la première fois qu'il lui vole des pièges ! C'est X..., un BS[1] bien connu des trappeurs ; il vit du Bien-être social et chaparde sur les territoires de trappe. Pas un mauvais gars, mais cette fois il a pas eu de chance ! Michel l'examine rapidement : pas de trace de sang. Il ramasse sa hache et la raccroche à sa ceinture. Il sort son couteau, coupe les cordes et récupère son piège et son castor. Son cœur bat vite, la colère l'habite toujours. Mais, somme toute, la journée est encore belle et le trappeur a d'autres pièges à relever. Il fait demi-tour, prend son sac et s'en va faire ce pour quoi il est venu, sans se retourner. Il décide quand même de se dépêcher pour rentrer le plus tôt possible.

Trois heures plus tard, il sort des bois avec ses castors et rejoint directement le ministère de la Chasse en espérant qu'il pourra tout expliquer à son frère Jacques.

1. En France, on dirait « RMIste ».

Mais Jacques est en mission. Deux agents le regardent entrer, un peu surpris de l'expression inhabituelle du trappeur.

– Salut, Michel, la journée a été bonne ?

– J'ai cogné un gars sur mon territoire, leur répond-il sommairement.

– Tu t'es battu ? demande M. Dion, le responsable des territoires de trappe.

Et comme Michel répond « Pas vraiment », ils s'inquiètent :

– Tu lui as tiré dessus ?

– Oui, avec ma hache. C'est X... Il volait mes pièges et mes castors.

– Il est mort ?

– Non, pas quand je l'ai laissé étalé dans la neige. Il respirait et j'ai pas vu de blessure.

Les agents se regardent, embarrassés. Bien sûr, il y a eu acte de braconnage, mais peut-être aussi un cadavre humain. Cela n'est pas de leur ressort, estiment-ils.

– Faut que tu ailles à la police, Michel.

Michel se rend donc aux bureaux de police et raconte aussi brièvement que possible son histoire.

Le policier n'insiste pas et prend l'initiative d'appeler au domicile de l'homme. Quelqu'un au bout du fil répond. Le policier raccroche rapidement et se tourne vers Michel :

– Ton gars, il est pas mort et il veut pas causer. Tu veux déposer une plainte pour vol ?

– Non, il m'a rien volé, j'ai tout récupéré.

Puis un doute l'assaille, il ajoute en grommelant :

– Pour cette fois.

En sortant du poste de police, Michel se dirige directement chez celui qu'il a assommé. Quelque chose lui dit que sa visite n'est pas inutile. Une demi-heure plus tard, il referme la porte avec un avertissement en guise d'au revoir :

– Je veux plus te voir sur mon territoire. J'ai rien d'autre à dire.

Il repart chez lui, emportant plusieurs pièges que le gars lui a volés dans le passé. Rien que des pièges à castors.

Pour les trappeurs, c'est bien connu, le vol fait partie des risques du métier. C'est un peu à cause de cela que Michel s'est acheté une vieille motoneige : les voleurs en skidoo se déplaçaient plus facilement et raflaient les pièges et les prises de sa trappe avant qu'il ne pût intervenir. Les chances étaient vraiment inégales. Mais Michel se souvient qu'il n'a pas toujours récupéré son butin, et certains voleurs sont bien déconcertants. Comme celui de ce mois de juin 1964.

Michel avait installé un piège à ours. Un gros piège à mâchoires. Il l'avait solidement arrimé à un tronc frais coupé, une épinette de vingt-cinq centimètres de diamètre à la base et longue d'au moins six mètres. Il y avait planté plusieurs gros clous pour ne pas perdre son ours. Toutes les précautions étaient prises : quoi que fasse l'animal, ou quelle que soit sa force, une fois que le piège aurait fonctionné il ne pourrait pas aller loin et Michel le retrouverait.

Lorsque le trappeur alla visiter son piège le lendemain, le spectacle qu'il découvrit le laissa bouche bée. La pancarte qui indique aux improbables promeneurs la présence d'un piège à ours était en morceaux.

La veille, un pressentiment l'avait tenu éveillé tard dans la nuit, qui l'engagea à aller impérativement dès le lendemain matin voir ce qu'il en était, car quelque chose clochait. Michel était connu pour ses prémonitions.

À Amos, les gens racontaient qu'avec les animaux il ne se trompait jamais, plusieurs témoins affirmaient qu'il savait ce qui se passait avant de l'avoir vu. Cela faisait partie du personnage. Quand il posait des pièges, il devinait à distance si une bête était prise. Il le sentait, comme cette fois-ci.

À l'emplacement du piège régnait un grand désordre, comme si un ouragan s'était attardé à cet endroit. Le trappeur examina le sol et ne retrouva qu'un tronçon de son épinette, long de un mètre. Les traces ne menaient nulle part. Il passa sa matinée à inspecter les alentours, mais ne retrouva pas son piège. La scène le laissa perplexe. Il décida de demander de l'aide et rentra chez lui.

Il retourna sur place dans l'après-midi accompagné de son ami Jean-Louis Coté et de M. Gagné, deux trappeurs professionnels. Les trois hommes d'expérience se trouvèrent bien embarrassés. Ils fouillèrent partout, en cercle, en long, en large. Rien, sauf ce ravage indescriptible et des traces indéchiffrables tant elles avaient été foulées et estompées par le frottement de la chaîne et du tronc, sans compter des copeaux d'épinette jonchant le sol. À croire que le tronc entier avait été finalement débité en petits morceaux. Mais le plus étrange c'était que les traces revenaient toutes sur elles-mêmes. L'animal semblait avoir mis une certaine minutie à créer la confusion. Une odeur de fauve, confusément mêlée à celle de la terre retournée, mais pas celle d'un ours. Aucune déjection. La « bête » paraissait avoir tourné en rond, sur un large périmètre, avant de s'envoler dans les airs, avec le piège, la chaîne et ce qui restait de l'épinette. Cela n'avait pas d'explication. Pourtant il y en avait une, forcément.

– Ton ours, il doit être énorme, avança M. Gagné.
– J'crois pas que c'est un ours, répondit Michel.

– Alors c'est un carcajou. Y a que lui pour être capable de ça, conclut Jean-Louis.

Le carcajou, le « diable des bois » comme l'appellent les Amérindiens – et, tout pillard, tout voleur qu'il soit, personne ne lui reprocherait d'avoir volé ce surnom tant il lui convient à tous égards. Plus rusé qu'aucun autre, il inspire le respect aux trappeurs, sans oublier que sa fourrure se vend très cher tant elle est belle et... rare. Tous les carcajous sont malins. Oui, tous ! Les chasseurs et les trappeurs ne perçoivent pas les animaux à la manière des scientifiques. Ainsi que le décrivait si justement le Français, devenu au Canada chasseur, trappeur, ornithologue et naturaliste, Henry de Puyjalon (1841-1905) dans son *Guide du chasseur de pelleterie* : « Les naturalistes fondent tous les animaux de même espèce dans un moule commun. Pour eux, un castor est toujours identique à un autre castor, un renard toujours semblable à un autre renard, un carcajou la copie d'un autre carcajou ; aucune différence ne leur paraît sensible entre les animaux d'une même race ou d'une même variété. Le chasseur voit les choses différemment. Il admet deux grandes divisions, quelle que soit la famille, le genre ou l'espèce. Il partage tous les animaux du bois en bêtes futées et en bêtes non futées. »

Et, pour décrire le carcajou, les propos d'un trappeur que le père de l'anthropologie canadienne, Charles-Marius Barbeau (1883-1969), releva en 1920 sonnent juste : « Qu'est-ce que c'est, des carcajous ? Vous êtes ben curieux. Je vas vous le dire. C'est une bête pas plus grosse qu'un renard, à ce qu'on dit. Elle voit la nuit comme le jour, et elle a le diable au corps. On n'a jamais trouvé de petits carcajous, ni de ouache de carcajou. Voulez-vous que je vous le dise ? Il paraît que ça descend des sorciers. Là où il y avait des sorciers, il y avait des carcajous. Les carcajous disent aux ours quand sortir de la ouache, au printemps ; et ils mangent les oursons. C'est les carcajous qui font tourner le lard, dans les chantiers, afin de le manger quand on le jette. Ils ont encore inventé les plantes vénéneuses, y compris l'herbe à la puce, pour punir les chasseurs et les empêcher de chasser le carcajou. »

Le carcajou, c'est celui que tous, trappeurs et non-trappeurs, Amérindiens et Blancs, vouent aux gémonies, car même si les Amérindiens lui attribuent respectueusement de grands pouvoirs, ils le considèrent aussi comme un ennemi impitoyable. Cette bête ne vit que pour satisfaire ses passions et entraver celles des autres. Les cabanes, les camps et toutes les provisions sont mis à mal par le carcajou. Les appâts dans les pièges sont dérobés, les pièges disparaissent.

Et pourtant le carcajou (*Gulo gulo*) a l'apparence d'un petit ours. C'est le plus grand mustélidé terrestre d'Amérique du Nord, mais son poids n'excède guère 15 kilos pour 1 mètre de long. Le carcajou a une grosse tête au front large, un cou court et robuste, une mâchoire de pitbull qui lui permet de broyer les os des carcasses de caribous ou d'orignaux, même gelées. Prédateur plutôt carnassier, et nécrophage, il n'hésite pas à attaquer des proies plus grosses que lui. Tous les trappeurs ressentent à son égard des sentiments contradictoires ; ils le maudissent quand ils en sont les victimes, mais l'admirent pour sa force et sa réputation méritée de diable des bois.

Croiser son chemin et le voir est exceptionnel. Le carcajou a même disparu de plusieurs régions du Canada, comme au Labrador. Il est devenu très rare en Abitibi. Michel pense que c'est parce que l'intégrité écologique n'est pas respectée par les hommes que le carcajou, qui dépend de vastes écosystèmes intacts (l'aire vitale d'un carcajou mâle est de 500 km^2), disparaît.

Michel ne retrouva jamais son piège et, bien qu'un piège à ours vaille une petite fortune, il n'en voulut jamais au carcajou. Il repensa souvent à cette rencontre manquée, avec une certaine tendresse. Un tel animal, si plein de mystère, si souvent plus malin que les hommes ne peuvent l'imaginer, mérite le respect.

5

Dans l'œil de la tempête

Quand il quitte son domicile, ce samedi après-midi du mois de février 1977, la neige tombe, monotone, d'un ciel morne et cotonneux. Mais là-bas une massive tache grise couvre l'horizon et se repose sur les flèches sombres des épinettes. Plus Michel se rapproche et plus les épinettes semblent avoir renoncé à soutenir la voûte compacte. La vieille Pontiac beige avance péniblement sous les flocons, dont le volume augmente au fur et à mesure que tournent les roues. Bientôt s'abat une vraie pluie de « peaux de lièvres », ces flocons si gros qu'on pourrait presque les compter un par un. Jetant un coup d'œil en grimaçant vers les nuages, Michel se demande comment d'un ciel si noir peuvent tomber des cristaux si blancs. Il a du mal à distinguer dans son rétroviseur la motoneige calée sur une petite remorque ; s'il la perdait en route, il ne s'en rendrait peut-être même pas compte. Sur la route bordée de champs dont les cultivateurs ont soigneusement – et fort malheureusement – coupé toute futaie pouvant freiner le vent, des rafales secouent le fragile convoi en sifflant si méchamment qu'elles couvrent le bruit du moteur. Le conducteur ne différencie plus les fossés de la voie principale. Il se repère aux quelques arbres et poteaux électriques qu'il connaît bien. Heureusement, c'est une ligne droite et aucun autre fou ne circulera dans une telle intempérie. Les essuie-glaces ont beau faire des efforts en grinçant, ils s'enrayent sous la masse de neige. Plusieurs fois, sans s'arrêter pour ne pas perdre une minute, Michel descend la vitre, balaye avec une brosse au bout d'un long manche la couche épaisse agglutinée sur le pare-brise, et reçoit une giclée froide. Si ça continue, il sera trempé et transi avant d'arriver à destination. Tant pis, il n'a pas le choix ; aujourd'hui encore il doit aller relever ses pièges. Généralement, il s'arrange pour le faire avant la tempête, mais hier il est rentré trop tard de son travail sur les routes. En partant de chez lui cet après-midi, il a bien vu une lueur d'inquiétude briller dans les yeux de sa femme, pourtant elle n'a rien dit.

Et puis, sait-on jamais, peut-être la turbulence va-t-elle s'apaiser. Ici, en Abitibi, tout est possible, le temps y est aussi imprévisible qu'une bête sauvage. La prévision météo à la radio ? Cela fait sourire le trappeur. Quand même, une drôle d'appréhension lui tiraille l'estomac. Mentalement, pour se revigorer, il anticipe ses prises. Un lynx, peut-être ? C'est le mois de février, le dernier mois pour une belle fourrure de lynx. Michel les trappe à partir d'octobre. Leur fourrure se vend très bien, c'est d'elle qu'il obtient les meilleurs prix.

Il bifurque sur la droite sur le chemin de la Traverse, après avoir dépassé la moitié du village éteint de Landrienne. Encore quelques kilomètres avant le croisement et la piste, sur le rang 6-7. Le dernier tronçon de civilisation s'arrête à cet embranchement. D'ailleurs, il est repérable à sa grande croix en bois surmontant un petit autel peint en bleu et dans lequel est abritée une statue de la Vierge Marie. « À la grâce de Dieu ! » semble-t-elle lancer au trappeur dans la tempête. Mais Michel ne prend pas le temps de la regarder quand il négocie le virage, en dérapant dans une congère. Cette route en terre mène à sa ligne de trappe. Il longe encore des champs, traverse la rivière Martel, force des bancs de neige en travers de la voie. Deux fermes isolées, plantées discrètement en retrait de la piste, se signalent par les lueurs de pièces faiblement éclairées ; des petits yeux tremblotants, une délicate invitation à la chaleur en pleine bourrasque. La dernière sommation. Il l'ignore : c'est dans les bois qu'il doit aller s'enfoncer et les bois ont l'air plus loin que d'habitude. La couche blanche qui les enveloppe s'est transformée aujourd'hui en une intimidation obscure, une zone d'obstacles dans laquelle il ne fera pas bon de s'attarder. Impossible de continuer plus avant avec la voiture, il risquerait de ne plus la ressortir. Encore tant pis ! Il manœuvre en patinant dans la neige épaisse pour la garer dans le sens du retour. Mieux vaut toujours prévoir... Il coupe le moteur. À quelques minutes de là se dressent les premiers arbres épars et fourrés touffus, puis c'est la forêt, avec son labyrinthe de passages que le trappeur et les bêtes ont frayés et qu'eux seuls connaissent. Michel ouvre sa portière en la retenant pour que le vent ne l'arrache pas. Son amitié pour le vent vient de ce qu'il ne se lasse jamais de raconter des histoires à l'homme solitaire. C'est un compagnon, une présence familière, comme l'ombre ou les traces du marcheur. Le vent rabat les sons et les odeurs avant que les yeux de l'homme n'identifient des formes. À l'affût, il suffit d'y être attentif pour s'en faire un allié. Mais celui-là ne vient pas raconter d'histoires, il est colérique comme un carcajou pris au piège. Il s'époumone à prendre son élan, pour débouler armé de neige et tout bousculer sur son passage, jusqu'aux précaires repères du trappeur. Michel sait bien qu'il finira par se calmer. En attendant, ce n'est pas le moment de s'attarder à lui faire la causette, il faut agir en vitesse.

Vite, descendre la motoneige, vite, prendre le pistolet, la torche, les raquettes, la hache. Et les pièces de rechange indispensables pour la capricieuse et fragile motoneige : une courroie, une cordelette de lanceur pour faire tourner le moteur, des bougies. Vérifier que des allumettes sont bien en poche dans une boîte hermétique. Lorsqu'il fait très froid, il est très dangereux de se retrouver dehors sans feu ; la température ne dépasse peut-être pas – 25 °C, mais avec le facteur vent[1] le corps humain subit du – 35.

Bientôt l'air n'est plus qu'une soufflerie de gros remous de neige tournoyante. Frénétique, elle fouaille le visage encadré du bonnet en poil de loup, s'accroche à la barbe, aux cils. Violente, elle aveugle l'homme, qui ne porte jamais de lunettes. Pourtant son père lui répétait souvent : « Tu devrais porter des lunettes quand tu fais tes affaires. » « Non, je vois clair, j'en ai pas besoin, je suis un habitué de ma trail », répondait le fils. Le père, qui avait perdu l'œil gauche, pensait surtout à un accident. Le trappeur le comprend bien, mais ses impératifs ne peuvent tenir compte des humeurs de la saison. Il va relever les pièges, une bête est peut-être prise en train de souffrir, une belle fourrure va peut-être disparaître entre les dents d'un prédateur. Il est vraiment trop tôt pour penser au retour. Tout reste à faire. La motoneige peine à démarrer, Michel transpire en tirant une dizaine de fois sur la cordelette qui actionne le moteur avant qu'il ne démarre. Enfin la motoneige s'élance en zigzaguant sur la couche molle et profonde.

---

1. Facteur de refroidissement éolien, variant selon la vitesse du vent.

Il va falloir forcer le mur opaque, pénétrer au cœur du territoire, laisser se refermer la porte qui va claquer en un dernier avertissement. La forêt s'ouvre en toute saison sur un univers clos dont les chemins sont les couloirs secrets des animaux, des entonnoirs obscurs tapissés de silhouettes mouvantes. Et dans cette tempête le trappeur pourrait se retourner sur lui-même que ses traces seraient déjà effacées. Les troncs obstruant sa course, le vent se venge sur les cimes et balance des paquets de neige sur les épaules de l'homme arqué sur sa machine.

Malgré toutes les précautions et l'expérience que l'on croit infaillible, un accident peut arriver. L'imprévisible guette toujours. Même un trappeur averti peut se perdre dans une bourrasque de neige.

Le territoire de trappe de Michel fait plus de 10 000 hectares. Il y a bien une cabane en rondins dans laquelle il peut s'abriter, mais elle est loin. Il doit ramasser la trentaine de pièges posés avant-hier en suivant une trail d'une quinzaine de kilomètres seulement. Chaque fin d'été, Michel trace à coups de hache quelques trails, juste assez larges pour circuler convenablement avec une charge sur les épaules. Ces chemins quadrillent et découpent son territoire en plusieurs portions. En partent les pistes qu'il sillonne à pied pour poser et relever pièges et collets dans les cours d'eau, les futaies et les tourbières.

Depuis qu'il a acheté cette motoneige, il dégage une trail un peu plus large. Avant, il n'utilisait que ses trois paires de raquettes, de modèles différents selon la qualité de la neige, et cela lui convenait bien. N'empêche que les trappeurs équipés de ces engins motorisés travaillent plus vite que lui (la motoneige file à 40 kilomètres/heure en vitesse de pointe !), sans compter ceux qui viennent sur son territoire voler ses pièges et ses prises. Heureusement, la machine ne peut suivre que des chemins bien dégagés. Il ne s'en sert pas toujours : elle n'est pas fiable et il faut acheter de l'essence. Bien entendu, c'est une Bombardier (il n'en existe pas d'autres), du nom de son inventeur, Joseph Bombardier, qui, en 1937, lança le premier véhicule motorisé pour circuler sur la neige. On appelle aussi cela un « skidoo », déformation de Ski Dog, premier nom choisi par la firme. Deux skis à l'avant et deux chenilles en caoutchouc à l'arrière. Seuls les médecins de campagne, les curés, les prospecteurs et les trappeurs s'équipèrent des premiers modèles individuels. Qui d'autre oserait s'aventurer en plein hiver sur de longues distances ? Évidemment, les trappeurs n'achètent que des machines qui ont déjà bien servi. Ils unissent les vieilles traditions à la nouvelle technologie. Sûr que cela rend service, mais le moteur fait un tel boucan que les animaux s'en alarment. Pour se consoler, Michel se dit qu'ils finiront par s'habituer. D'ailleurs, il a souvent remarqué que des animaux empruntaient la trail bien tassée laissée par les chenilles. À présent, il a l'impression que son moteur à quatre temps ne tourne pas rond. Il a un pressentiment. Mais dans une pareille tempête l'inquiétude monte vite à la tête. Et puis, comme il a assez avancé, il l'arrête et en descend.

Il chausse ses raquettes, celles dont il a retiré le tressage avant pour qu'elles soient plus légères à soulever dans une neige fraîche et épaisse. Il prend son fusil et se dirige lentement vers les pièges. Par un tel temps, les animaux ne sortent pas, il n'y a aucune trace visible, et dans quelques minutes les siennes auront disparu. Il ne ramasse que deux martres sur les quatre pièges Victor n° 2 tendus. La martre est une excitée : prise au piège, elle se fatigue vite à se débattre et meurt gelée. Piéger la martre est une tâche ardue, car elle parcourt de longues distances, et en terrain accidenté.

Avec ses martres et ses pièges sur l'épaule, le trappeur regagne la motoneige pour continuer sur la trail. Il pose le tout dans la « traîne », un petit traîneau qu'il a équipé d'un fond en tôle, attelé à la motoneige, et repart. Il compte faire encore quelques kilomètres pour aller visiter ses pièges à lynx. La motoneige s'enfonce, sans avoir pris assez d'élan. Michel s'énerve, il ouvre les gaz au maximum. Il entend vrombir le moteur, puis plus rien. Un trou noir.

Quand il retrouve ses esprits, il est renversé dans la neige et a du mal à distinguer les formes autour de lui. Il sent le froid et cela le surprend. Son bonnet est à côté de lui, il le remet vite sur sa tête ; en quelques minutes, les oreilles gèlent. L'engelure grave commence lorsque la peau blanchit ; encore faut-il pouvoir regarder sa peau. Le grand froid est sournois. Michel a très mal à l'œil gauche. Il se relève et cherche la machine, qui est allée se planter en biais à quelques mètres plus loin sur le chemin. À très basse température, comme aujourd'hui, la manette des gaz gèle et peut rester bloquée ; le skidoo a continué sans lui. Il se dit qu'une branche basse a dû lui rentrer dans l'œil ; au milieu des rafales, il ne l'aura pas vue. À moitié aveugle, il se dirige vers la Bombardier. Péniblement, il l'examine et s'aperçoit qu'il manque des morceaux de caoutchouc sur la courroie d'une chenille. Il comprend : un morceau lui est entré dans l'œil et la douleur lui a fait perdre connaissance. La nuit est presque là, il faut changer rapidement la courroie, mais il a des difficultés à le faire avec un seul œil valide.

Il a l'impression qu'il saigne de l'œil gauche, pourtant aucune tache sur sa moufle. Il souffre le martyre, un froid intérieur l'envahit et cela n'est pas bon signe, il redoute un engourdissement. Il ne s'agit pas d'avoir un malaise, cela ne pardonnerait pas. Dans un tel climat, la forêt est toujours trop éloignée du premier secours ; ainsi se ressent la vraie solitude. Plus question de ramasser les autres pièges. Il faut rentrer le plus rapidement possible. La motoneige ne rend pas toujours service au trappeur. Il la maudit.

En fait de malédiction, il en est une qui poursuit Michel singulièrement. Henri Pageau s'était crevé l'œil gauche ; son fils aurait dû écouter ses conseils. Ainsi, plus tard, en 1989, alors qu'il aménageait un bassin pour tortues dans le Refuge, Michel faillit perdre la vue du côté gauche pour de bon. Il frappait à coups de masse une pierre verte pour la fendre quand un éclat lui rentra profondément dans l'œil. Il repensa aussitôt à son accident dans la tempête en cet hiver 1977, bien que le mois de juillet resplendît alors. Son œil bleu vira au rouge sang, mais Michel, comme à son habitude, refusa d'aller consulter un médecin. Le lendemain, ni la douleur ni l'aspect inquiétant de son œil ne lui laissaient le choix. D'Amos, il fut transféré et opéré à Rouyn. L'éclat de pierre, enfoncé profondément, avait déchiré la cornée et l'intervention chirurgicale demandait un suivi particulier. Aussi fut-il envoyé dans un hôpital de Montréal, mieux équipé. Il devait y rester une semaine. Michel n'aime pas les villes – en fait, il trouve qu'il n'y a pas sa place et qu'il y a trop de gens et pas assez de loups ou d'ours –, et encore moins les hôpitaux. Montréal et l'hôpital lui semblaient la pire combinaison de périls qu'un homme tel que lui doive affronter, quelque chose au-dessus de ses forces. De quoi perdre la raison ! Ce qui aurait pu lui arriver si son ami Pierre Ethier, alors employé au Biodome de Montréal, ne lui avait amené une certaine petite cassette.

Pierre Ethier ? Leur amitié remontait à quelques années en arrière. À l'époque, les Pageau commençaient leur Refuge et des bénévoles venaient occasionnellement leur prêter main-forte. Pierre était de ceux-là. Un après-midi, en rentrant de soigner les oiseaux, Louise dit à son époux : « J'ai jamais vu un gars qui connaisse aussi bien les oiseaux. » Louise n'étant pas du genre à distribuer facilement des compliments, il n'en fallut pas plus pour que Michel veuille rencontrer cet homme. Rapidement, il adhéra au jugement de sa femme ; ayant les mêmes passions, les deux hommes devinrent amis. Aussi, lorsque Michel se retrouva bloqué sur un lit d'hôpital à Montréal, Pierre vint régulièrement lui rendre visite. Il n'eut aucun mal à deviner ce dont souffrait le plus Michel. Pour y remédier, il lui offrit un fragment précieux de cette nature trop lointaine : des chants de grenouilles dans une cassette audio. Alors, dans la chambre d'hôpital, il y eut la pluie, le vent, les tourbières, les cours d'eaux, la forêt. Michel conserve encore le souvenir de ces chants dans sa chambre d'hôpital, ainsi que son éclat de pierre verte dans son œil gauche.

6

Les ingénieux ingénieurs

Enlevez tout soupçon et laissez une grande tentation.

Conseil de trappeur

Sur le territoire de Michel courent plusieurs rivières, des vives et larges et des petites, plus calmes, qu'il appelle des « creeks ». La Martel a le plus gros débit. Mais il n'y a pas de lacs naturels. Des ingénieurs hydrauliques un peu particuliers ont heureusement remédié à cela.

En ce mois d'octobre, sept d'entre eux, constituant une véritable équipe familiale, s'appliquent à consolider leur barrage et leur hutte en prévision de l'hiver. Ils préfèrent travailler la nuit. Certains maçonnent, d'autres retapent la charpente, l'ingénierie est naturellement confiée à la chef. D'ailleurs, en général, elle prend toutes les décisions importantes concernant la famille, sans rechigner pour autant à mettre la main à la pâte. Elle commande en douceur, mais si elle juge qu'un ouvrier est trop paresseux elle le chasse et l'exclut définitivement du groupe. Ce dernier devient alors un solitaire et le plus souvent se réfugie dans un abri abandonné par d'autres. Avec une pointe de moquerie, Michel appelle ces exclus des « BS », en allusion aux citoyens vivant du Bien-être social.

Quand, deux ans plus tôt, la chef décida d'installer son clan sur la « rivière aux poux », nom métaphorique donné par le trappeur, ils se mirent tous à l'ouvrage en se distribuant les tâches. C'était l'été. Ils commencèrent par couper de gros arbres, puis les débitèrent en forts rondins qu'ils plantèrent au fond de l'eau, pour échafauder un barrage. Ensuite, ils superposèrent plusieurs couches de longues branches en les alternant de cette ingénieuse manière : un rang de branches allongées dans le sens du courant de la rivière, l'autre par-dessus dans le sens transversal, et ainsi de suite jusqu'à dépasser le niveau de la rivière. Ils prirent soin de faire une pente à quarante-cinq degrés du côté de l'amont. Ils ramassèrent petites pierres, boue, feuilles décomposées avec leurs petites mains à cinq doigts et en firent de bonnes brassées qu'ils poussèrent devant eux en les appuyant contre leur torse. Puis ils remplirent les interstices de ces matériaux pour rendre leur construction étanche. Le barrage achevé, il ne fallut pas longtemps pour que se forme un petit lac.

En empruntant un conduit d'accès creusé sous l'eau, ils entamèrent ensuite la construction de leur maison, un peu à l'écart du barrage, dans un endroit inaccessible par la terre ferme. Ils accumulèrent terre glaise, pierres et branches pour les fondations, puis assez de petit bois pour aménager une plate-forme sèche sur laquelle ils tassèrent un haut tas conique de branchages. Le dôme s'élevait à un mètre au-dessus de l'eau et mesurait sept mètres à sa base. Le gros œuvre achevé, ils creusèrent sous l'amoncellement un espace habitable de plus d'un mètre de diamètre sur cinquante centimètres de haut, dont ils tapissèrent le sol d'une douillette litière de copeaux de bois et de brindilles sèches. Enfin, le dessus de leur hutte fut parfaitement colmaté, solidifié et isolé grâce à un épais torchis de boue et de feuilles. Ils avaient prévu une cheminée d'aération pour éviter d'étouffer sous une couche épaisse de neige gelée. Afin d'accéder en toute sécurité à leur hutte, ils creusèrent plusieurs galeries sous l'eau, dont une débouchait sur une sorte de ponton où ils pouvaient se sécher avant de pénétrer dans la « pièce d'habitation », installée un peu plus haut. C'est près de la sortie qu'ils entreposèrent, empilées, et pour la plupart submergées au frais, leurs provisions, constituées d'arbustes et de branches d'arbres. Comme ils sont d'excellents nageurs et qu'ils peuvent facilement tenir en apnée cinq minutes (leur record étant de quinze minutes !), c'était parfait.

Mais pourquoi donc se donner tant de mal ? Surtout qu'il faut régulièrement consolider le barrage, colmater les brèches, ou au contraire pratiquer une ouverture pour laisser filer l'eau quand le niveau risque d'inonder l'habitation. En fait, ce chef-d'œuvre d'architecture n'a rien de gratuit. Le barrage garantit une certaine profondeur (environ soixante centimètres) et ils peuvent creuser sous l'eau l'entrée de leur logis, afin de bien se protéger des prédateurs. Le petit lac artificiel entraîne la retenue des alluvions, qui petit à petit forment des zones fertiles où s'établit une grande diversité biologique. Quant à la coupe des arbres en bordure, elle favorise l'ensoleillement et contribue au réchauffement du plan d'eau. L'ensemble de leurs réalisations, barrage et hutte, s'harmonise parfaitement au paysage environnant. Et tous les matériaux utilisés sont locaux. Le travail est fait en collectivité, sans dispute et avec ardeur. Ils sont les plus malins et les plus doués des techniciens de rivières, des ingénieurs-biologistes hors pair en matière de lutte contre l'érosion. Et, visiblement, ils prennent plaisir à le faire.

Et maintenant, comme à chaque début d'hiver, ils ravalent leur habitation, remettent des branches là où elles manquent et recouvrent le tout de boue fraîche qui, en durcissant, forme une couche protectrice. C'est d'ailleurs par la couleur brun foncé des huttes fraîchement consolidées que le trappeur sait qu'elles sont habitées, généralement par moins d'une dizaine d'individus dont quatre à six jeunes nés en mai ou en juin. Michel l'a déjà repérée et compte venir y relever son dû de trappeur ; mais avec lui la colonie ne risque pas d'être décimée. D'ailleurs, quand il est parti de chez lui ce matin de fin octobre, un bébé qu'il a recueilli au printemps dormait paisiblement pelotonné contre Louise.

Il y a à peine deux siècles, il en était autrement, et ce peuple d'ingénieux bâtisseurs faillit disparaître de la terre américaine.

Pourtant, ces architectes créatifs que sont les castors forcèrent l'admiration des premiers Européens arrivés dans ce qui deviendrait le Canada : « y a encore en ce païs-là, trois sortes de poissons d'eau douce qui ont quatre pieds, le Rat musqué, le Loutre, & le Castor, il est permis d'en manger pendant le Caresme, comme le Loutre en France. – À l'égard des animaux qui s'y rencontrent, peut-estre n'a-t-on rien veu de si singulier que ce que je dis de l'instinct des castors, de leur industrie, de leur discipline, de leur subordination, de leur obeïssance dans le travail, de la grandeur de leurs ouvrages de la solidité de leur architecture aux édifices publics, que le soin de leur conservation leur fait faire », écrivit en 1672 Nicolas Denys[1], le Français devenu acadien. Aucun autre

---

1. *Description géographique et historique des côtes de l'Amérique septentrionale, avec l'histoire naturelle de ce pays*, Paris, 1672.

animal n'influença autant l'histoire d'un pays que le castor celle du Canada. Bien mal lui en prit… quoi qu'il faille reconnaître, à sa décharge, que cela arriva sans son consentement. Il devint effectivement la victime et l'élément majeur de la traite des fourrures, à tel point qu'il servit d'étalon monétaire au début de la colonisation française du Canada. À la fin du XVIIe siècle, les parents mariaient leur fille en la dotant « de cent livres tournois[1] en argent ou en castors ». Quelques années plus tôt, en 1630, apparut la première utilisation héraldique du castor, sur les armoiries de sir William Alexander[2]. Le 13 novembre 1673, le comte de Frontenac, gouverneur de la Nouvelle-France, fit du castor et des fleurs de lis les principaux emblèmes de la ville de Québec. Cinq ans plus tard, la Compagnie de la baie d'Hudson choisit comme armoiries la croix de Saint-Georges entourée de quatre castors. Elle devait bien cet honneur à ce seigneur garant de son succès économique : sur une période de vingt-cinq ans, entre 1853 et 1877, la Compagnie vendit près de 3 millions de peaux, dont la majorité étaient des peaux de castors. Jusqu'au milieu du XIXe siècle, en France et en Angleterre – où le castor avait disparu –, les chapeaux en feutre constituaient un élément important du statut social d'un homme[3]. Concentrée en France,

---

1. Monnaie de référence utilisée jusqu'en 1720 pour pouvoir convertir des sommes dans une même unité, à une époque où une multitude de valeurs très différentes circulaient. Le cours légal de la livre tournois, en or et en argent, était fixé par ordonnance royale.
2. Fondateur d'une colonie écossaise en Nouvelle-Écosse.
3. L'extrémité des poils des castors est munie de minuscules barbillons qui, une fois pressés – ce processus s'appelle le « feutrage » –, s'entremêlent pour former une étoffe résistante, le feutre. Les chapeliers modelaient le feutre ainsi obtenu pour confectionner des chapeaux.

l'industrie de la chapellerie européenne appartenait traditionnellement et essentiellement aux huguenots. À la révocation de l'édit de Nantes, en 1685, plus de 10 000 chapeliers émigrèrent en Angleterre afin de pratiquer librement leur religion. L'industrie de la chapellerie s'effondra en France, au profit de l'Angleterre.

Ainsi, les castors faillirent disparaître, transformés en chapeaux, en manteaux et en manchons. Seule une législation sévère empêcha leur extinction. Au milieu du XIXe siècle, il y eut 500 000 peaux exportées par an, et ce chiffre tomba en 1900 à 50 000.

En cette matinée de fin octobre, Michel part visiter ses pièges à castors sur sa ligne de trappe près de Landrienne. Il a compté ses cabanes à la fin de l'été : il y en a quinze sur son territoire. Il emporte plusieurs pièges à castors, des Victor n° 3, mais aussi d'autres pièges pour des animaux qui fréquentent les milieux humides, les tourbières et les cours d'eau, tels le rat musqué et le vison (que Michel trappe avant que ne gèle l'eau). Plus le trappeur pose de pièges, moins il risque de rentrer bredouille.

C'est une journée pluvieuse, avec un froid de début d'hiver ; il va sûrement geler cette nuit. Il lui faudra préparer son antigel personnel puisqu'il n'achète jamais ces produits dont on enduit les pièges pour les empêcher de se bloquer sous l'action du froid. Il a donc pris plusieurs de ces feuilles de papier ciré dont se servent les boulangers pour emballer les pains et que Louise récupère. Quand Michel installe ses pièges par temps de pluie avec risque de gel, il les pose sur une de ces feuilles après l'avoir entaillée au couteau d'une petite croix au centre : la pluie s'écoulant par les fentes, les mécanismes ne se bloquent pas sous l'effet du gel.

Alors qu'il dépasse Landrienne pour entrer sur sa ligne de trappe, il se souvient du premier castor qu'il a piégé.

Il avait repéré dans un petit cours d'eau le long de cette route, alors qu'il travaillait en occasionnel à la voirie, la cabane d'un « BS », comme il les appelle, un vieux garçon chassé de la famille car trop paresseux. Michel avait une quinzaine d'années. Il s'était approché de la cabane – en fait, c'était un « bunker », un terrier creusé dans le sol, aussi solide qu'imprenable – et avait entendu souffler le castor à l'intérieur, mais le rongeur ne s'était constitué qu'une faible provision. Fin observateur, il en avait conclu qu'il s'agissait d'un animal trop âgé ou trop faible. Il revint le lendemain soir, après le travail ; son père préféra l'accompagner bien que le fils eût récemment obtenu son permis de conduire. Michel lui assura que cela ne prendrait pas beaucoup de temps d'attraper ce paresseux. Ils arrivèrent au bunker à 21 heures. Michel plaça son piège près de la sortie, l'arma avec précaution et entreprit d'agacer son « BS », avec l'acharnement et l'imprudence d'un adolescent. Le castor fit plusieurs sorties, chargea avec la coriacité d'un vieux guerrier, fit reculer son adversaire et déclencha le piège autant de fois sans s'y faire prendre. L'assaut dura deux heures et se termina par la capture et la mort de l'ancien. Il était 23 heures. Son père, resté dans la voiture, s'impatientait.

– Alors, ça y est enfin ! Dis donc, tu en as mis du temps, pour ton « paresseux ».

– C'est ça ! Mais c'était un vieux. Et, même malin, je l'ai bien eu ! répondit le fils, ravi.

Ce fut le premier castor qu'il trappa, avec un piège offert par son père pour son anniversaire. Ce fut aussi le premier qu'il pleuma en demandant conseil à Réjean Lavoie, un agent de la Faune. C'était il y a longtemps, et depuis le trappeur a mûri. Les castors lui ont appris à les respecter, et, oui… même à les aimer.

Le castor se piège sous l'eau, jusque sous une couche épaisse de glace. Michel commence à tendre ses pièges, selon les années, mi- ou fin octobre et arrête de les trapper vers le 15 mars, car leur pelage est alors abîmé par leurs fréquents passages à travers la glace.

La matinée est bien avancée et Michel a déjà ramassé un castor sur la « rivière aux poux », et trois autres ailleurs. La petite pluie insistante le pousse à se mettre à l'abri pour prendre son lunch. Ses prises sur le dos, il se dirige vers son « campe[1] ». Il croise plusieurs fois des traces d'orignaux ; cela n'a rien d'étonnant, c'est pour eux la saison des amours et les cervidés se coursent dans tous les sens. Au pied d'un peuplier, une gelinotte huppée abandonne ses bourgeons pour lever la tête au passage du trappeur. Tandis qu'il la dépasse, elle le suit du regard, jusqu'à tendre le cou, dissimulée derrière le tronc, comme si elle voulait jouer à cache-cache… Cela fait sourire Michel. « Elle doit commencer à faire ses raquettes », se dit-il. À l'approche de l'hiver, les écailles de ses doigts s'élargissent et, augmentant sa surface plantaire, lui font une paire de raquettes pour se déplacer sur la neige ! Michel accompagne des yeux un voilier d'oies des neiges pressées d'aller rejoindre

---

1. Au temps des colons, le campe était la première habitation après la tente. Lorsqu'il avait coupé suffisamment d'arbres, le colon bâtissait une petite maison en rondins, d'environ cinq mètres sur six ; alors seulement sa famille restée en ville le rejoignait. Ce logement rudimentaire n'était que temporaire avant la construction de la deuxième vraie maison, plus grande, avec un étage, et plus confortable. Dans celle-ci, les murs étaient faits de deux rangs de planches entre lesquels on mettait des copeaux de bois pour isoler.

l'estuaire du Saint-Laurent. Bien sûr, l'hiver est presque là, même les feuillus ont commencé leur dormance. L'hiver est une période de sécheresse pour les végétaux, et les arbres s'y adaptent en perdant leurs feuilles, réduisant ainsi la perte d'humidité. Les insectes sont entrés en diapause. Pour hiberner, les grenouilles des bois et les rainettes se sont simplement enfouies sous une couche épaisse de feuilles mortes, leur corps tolérant que 40 % de leurs liquides gèlent.

Les pieds trempés, le visage ruisselant d'eau, Michel sent son pantalon lourd de pluie coller aux cuisses et s'accrocher aux genoux. Quelques poux de castors courent sur son cou. Et pourtant il s'émeut d'être le témoin de ces énigmatiques adaptations aux saisons.

Au bord d'une tourbière, sa cabane se dresse comme un autre bonheur. Il en voit sortir une colonne de fumée. À l'intérieur de cet abri modeste où le trappeur tient à peine debout, un homme est assis devant un petit feu. Il ne se lève pas quand la silhouette de Michel s'encadre dans l'entrée.

Michel entre et dépose ses castors et son sac par terre. Pose son fusil et sa hache contre un mur. Enlève son bonnet de laine rouge et l'essore sur le sol en terre battue.

– Ho, Michel, je vois que tu as quatre castors. Ils sont bien beaux.

Michel s'assied sur un banc branlant en se frottant les mains au-dessus du feu et regarde les prises de son ami et voisin de trappe, Jean-Louis Coté. Lui, il a le territoire qui s'étend vers Barraute, seule la ligne de chemin de fer les sépare. Quand il s'agit de la trappe, les coureurs des bois, d'habitude peu loquaces, se mettent à parler.

– T'as pogné un manchotte ? C'est pourtant bien futé, un manchotte, comment Michel en désignant un castor à qui il manque les pattes avant. Mais c'est pas pire, au moins t'as pas les pattes à pleumer, plaisante-t-il.

– Ça vient d'un amateur qu'a tendu en bric-à-brac, répond Jean-Louis. Évidemment, un braconnier sur ma ligne. À force de se tordre dans tous les sens, le castor est arrivé à se défaire, en se coupant les pattes. C'est fragile, leurs pattes avant. Mais c'est sûr qu'après ça ils deviennent méfiants, ces castors manchottes. Faut plus trop placer les pièges sur leur dam[1]. Celui-là, j'avais mis le piège accroché à une grosse pierre dans le lac, il a pas pu remonter et s'est noyé. Et faut tendre un Conibear. Ça marche mieux, un Conibear, pour des manchottes.

– C'est bien comme ça que je fais aussi. C'est pas chanceux de les prendre par les pattes avant, ils se décrochent en se coupant. On peut éviter ça. Quand je piège sur la dam, je fais un petit trou dedans et le castor vient la réparer avec des branches qu'il porte dans ses bras. Alors, comme il lâche pas sa brassée, il marche sur mon piège et se fait prendre la patte arrière. L'automne, pour éviter ça, la « noyade » c'est le plus sûr, mais faut savoir y faire. On trouve souvent que les ongles dans le piège !

Michel continue à expliquer sa technique « à la noyade », en joignant le geste à la parole.

– Je prends le bois, un gros bout long et solide comme ça, que je plante bien au fond. Dans ce bois même, je pique des clous en biais, inclinés vers le fond de l'eau. J'accroche la broche qui tient la chaîne du piège. Le castor repart toujours d'où qu'il vient ; et quand il se prend dans le piège il va au fond de l'eau. Avec les clous, la broche remonte pas et le castor il se noie. Je tends aussi près des glissades, faut bien poser le piège assez profond ; le castor, il arrive à la nage pour

---

1. Barrage.

manger le morceau de tremble que j'ai planté, et quand il va se relever sur ses pattes arrière faut que le piège soit juste dessous. Si t'enfonces pas assez profond le piège c'est la patte avant qui va se prendre. Faut toujours prendre par les pattes arrière.

Les « glissades », ce sont les chemins qu'emprunte le castor pour sortir et rentrer chez lui après être allé chercher de la nourriture fraîche. Surtout, ne pas mettre le piège près du trou où les castors balancent les branches blanchies après qu'ils ont rongé toute l'écorce, les pièges risqueraient de recevoir un bout de bois et de se déclencher pour rien. Michel l'a appris à ses dépens.

– Ils cicatrisent bien, les castors, avec leurs tendreux, ajoute Michel. J'ai même vu bûcher des manchottes. Ceux-là ils étaient bien costauds, ils faisaient bien quarante livres. Ils avaient plus de mains, mais ils poussaient avec leur poitrail. Et pas des petits tas !

– C'est ben fin, des castors ; et ils sont bien équipés avec leurs tendreux et leurs huileux. Je suppose que tu en as avec toi, demande Jean-Louis.

– C'est ça, répond Michel en sortant d'une poche un tendreux, une petite bourse sèche de couleur brune. C'est une odeur que je ne déteste pas. Si j'ai mal au ventre, j'en mâche un peu. C'est ben amer. Près des barrages il y a cette odeur particulière mélangée à l'odeur de la forêt, surtout celle des trembles.

Il faut savoir que les castors, mâles et femelles, ont deux paires de glandes situées près de la queue. Les « huileux » servent essentiellement à graisser et rendre imperméable le pelage ; les castors se l'appliquent soigneusement sur tout le corps avec les doigts de leurs pattes postérieures. Les « tendreux » sont des glandes miracles : elles exsudent une substance appelée castoréum, de la consistance et de la couleur du miel à son émission puis qui vire au brun foncé et durcit au contact de l'air. Son odeur est âcre et musquée et fort tenace, il faut se laver les mains plusieurs fois pour s'en défaire. Elle valut bien des déboires au castor, puisque c'est entre autres à cause d'elle qu'il fut et qu'il est toujours chassé. On attribue à cette substance des vertus médicinales, non dénuées de fondement vu que le castoréum est notamment composé d'acide salicylique. Dans le passé, cette substance était considérée comme une panacée censée lutter contre la surdité, l'épilepsie, la sciatique, la paralysie, la pleurésie, la goutte, les spasmes, les tremblements, les vertiges… On alléguait même que rien ne favorisait mieux la mémoire, voire l'intelligence des hommes que de porter un chapeau de castor !

Quant à lui, le castor utilise les sécrétions de ses glandes différemment : pour se soigner quand il est malade ou blessé, mais aussi pour marquer son territoire. L'odeur d'un castor est sa carte d'identité ; elle lui est propre et fournit à ses congénères des informations sur son âge, son sexe, ainsi que sa position hiérarchique dans le groupe. Lors de sa toilette, il répand ses odeurs sur son corps avec ses pattes. Il possède en outre d'autres petites glandes odoriférantes près de son museau. Les trappeurs utilisent leurs fragrances pour confectionner leurs leurres. Ils en conservent dans des fioles dans lesquelles ils trempent des petits bâtons qu'ils placent ensuite près des pièges pour attirer le rongeur : immanquablement, l'occupant des lieux vient s'informer sur l'intrus qui ose marquer son territoire. Les trappeurs les utilisent également pour capturer des prédateurs de castors.

– J'en mets dans de la gnole ou du whisky. C'est une bonne recette de grand-mère, continue Jean-Louis.

– Moi itou ! C'est le meilleur goût ! Mais je risque de finir alcoolique avant d'avoir guéri l'arthrite ! plaisante Michel.

Tout en déballant ses sandwichs aux œufs et au lard, il poursuit sur ce sujet inépuisable pour des trappeurs :

– Louise, ça l'a bien guérie, le tendreux. L'autre jour, elle s'était blessée avec un clou et la plaie s'était infectée. Sa main devenait bleue. Elle a appliqué du tendreux et ça s'est guéri très vite.

La pluie s'étant calmée, les deux amis sortent et regardent devant eux la tourbière et ses petits arbres rabougris entre lesquels s'élèvent quelques épinettes noires à ramures étroites mais aux cimes bien fournies.

– Elle est bien grande, cette tourbière, avance Jean-Louis.

– Elle doit faire quarante hectares. J'en ai trois sur mon territoire. C'est pas facile de marcher dans les tourbières. Le pied est jamais à plat. C'est fou, toutes ces petites épinettes ! Elles ont pourtant bien cent ans et se ressemblent toutes. On peut tourner en rond là-dedans. Mais y a aussi beaucoup de canneberges.

– Ça sent l'hiver... Tiens, un autre rongeur qui préfère grimper, son terrier doit pas être loin, reprend Jean-Louis en pointant du doigt une grosse boule noire en haut d'un peuplier faux-tremble[1].

Communément appelé « tremble », il a poussé en milieu bien ouvert, en bordure de la tourbière, car il tolère assez mal l'ombre. C'est l'arbre préféré du castor et il fournit non seulement nourriture, mais aussi habitat et matériaux de construction à une multitude d'animaux, dont celui qui est perché sur sa flèche.

1. *Populus tremuloides*.

Michel se met à l'appeler en imitant son cri, une gamme ondulante de petits gémissements de chiot. L'appelé ne bouge pas. Bien visible dans le houppier dénudé du feuillu, le porc-épic ressemble à un ourson.

– Pas sûr qu'il réponde. Sa période de rut doit juste être finie. C'est pas bavard, ces animaux-là, dit Michel en ne le quittant pas des yeux.

– Celui-là il a pas à avoir peur de nous.

– Ça se mange quand même, précise Michel. L'automne dernier, sur la rivière Martel, celle qui a un gros débit, j'ai failli perdre un Victor. Y avait de la gelée sur le lac des castors. Ça faisait comme une fenêtre, je voyais à travers. C'était de la « glace bleue ». J'arrive pour relever mon piège et je le vois loin de là où je l'avais tendu. La glace était juste assez dure pour me supporter. Je voyais ma chaîne dessous. Je suis arrivé jusqu'au piège et y avait un castor pris. J'ai cassé la glace tout autour et j'ai tiré le piège. Le castor m'a attaqué pour se défendre, il était pas mort. J'ai dû le tuer avec ma hache. J'aime pas ça. C'est de ma faute, j'avais oublié de bien accrocher ma broche avec un gros clou au bout, termine Michel en secouant la tête.

– C'est malin, un castor, reconnaît, admiratif, son ami.

– Oui, c'est malin, et il a raison d'être agressif avec nous.

Au moment de se séparer, Michel dit :

– Avant les fêtes de Noël, j'irai porter les fourrures chez Grenier. Si tu en as... Gilles vient aussi.

– Je ne sais pas, on en reparlera si ça marche. Mais j'ai un gars qui cherche une peau de lynx. Il en donne un bon paquet si elle est belle : 50 piastres.

– Criss ! J'en ai ben une belle... Je te la garde et tu passes voir.

7

Mortels élixirs

Michel se fraye un passage dans la neige avec ses raquettes « pattes d'ours » ; en résonances étouffées, elles tassent la couche épaisse et laissent une large trace qu'il réutilisera régulièrement. Accroché à une raquette, un petit morceau de camphre traîne derrière lui sur la piste ; le trappeur a remarqué que les animaux appréciaient cette fragrance. Juste avant de prendre la trail, il a plongé ses pieds chaussés de bottes blanches de parachutistes dans l'eau glacée – aussitôt sorties, une couche de gel durcit la toile et rend les bottes presque imperméables, ainsi, il peut cheminer dans la neige, les pieds presque au sec. Il passe sous la voûte sombre des conifères, écarte du bras des rameaux secs d'arbrisseaux, longe une tourbière baignée du soleil froid de cette fin décembre et se dirige sereinement vers la rivière Martel. Dès qu'il pénètre sur sa ligne de trappe, il peut lire sur la neige l'histoire de la nuit précédente. Il voit les traces, les identifie, les décrypte et imagine sans difficulté les occupations nocturnes des habitants des lieux. Les rabats de son bonnet à poils sont relevés pour qu'aucun son ne lui échappe. C'est en connaissant bien son terrain, sa composition, les arbres et les plantes, que le trappeur tend ses pièges. La forêt lui dit quels animaux y vivent. Parmi ceux que trappe Michel, beaucoup ont besoin de feuillus, comme le tremble, le bouleau, le saule ; ceux-là affectionnent les sols argileux, les tourbières, les cours d'eau. Ils attirent aussi d'autres animaux.

Le rat musqué (*Ondatra zibethicus*) est proche du castor (*Castor canadensis*) par ses mœurs et certaines caractéristiques physiques. Tout comme lui, c'est un rongeur, il vit près de l'eau, creuse des terriers ou bâtit des cabanes, quoique les siennes soient moins bien construites que celles des castors ; sans doute est-ce pour cela qu'il n'hésite pas à s'inviter chez eux ou à reprendre leur cabane s'ils en sont partis. Beaucoup plus petit que le castor (1,8 kilo contre 35), il possède lui aussi des glandes à musc – une seule paire – mais ne fabrique ce jus qu'au printemps, au moment des amours. Le vison (*Mustela vison*), carnassier se régalant de rat musqué, se tient également près des endroits où s'installent les castors ; la proie attire son prédateur. La loutre des rivières (*Lutra canadensis*) aime l'odeur du castor et s'amuse à jouer autour de sa dam, parfois elle squatte sa cabane abandonnée. Ce grand mustélidé (le mâle peut mesurer plus de 1 mètre de long pour 8 kilos) ne dédaigne pas d'ajouter parfois à son menu, composé principalement de poisson et de batraciens, un petit mammifère. Le pékan (*Martes pennanti*), presque aussi redoutable et redouté que le carcajou, bien qu'il n'ait que la taille d'un gros chat, vit dans les forêts de conifères. Lui aussi fréquente les barrages sur les cours d'eau, car, s'il pêche admirablement, il mange également du castor, du rat musqué, des batraciens ainsi que tout ce qu'il peut tuer ; jusqu'au porc-épic (*Erethizon dorsatum*), dont il raffole alors que peu d'autres que lui oseraient s'en approcher. La femelle pékan bat des records de gestation : l'accouplement a lieu en mars ou avril et les petits, au nombre de un à quatre, naissent environ trois cent cinquante jours plus tard, en raison de l'implantation différée de l'embryon.

Le castor, qui se donne tant de mal pour créer un lieu de vie agréable, favorise certes la biodiversité, cependant il doit parfois trouver qu'il y a un peu trop d'agités autour de lui... Il se passerait bien de cette popularité. Et quoique Michel soit un être calme et discret, il n'est pas non plus le bienvenu chez les castors.

Non seulement, donc, ils sont une des proies préférées de tout trappeur (leur fourrure se vend très bien, leurs tendreux aussi), mais, là où ils vivent, Michel peut trapper les autres animaux qui fréquentent leurs dams. Aujourd'hui, il commence par les castors, avec des pièges Victor n° 3 et Conibear 220.

Sur le petit lac il s'agenouille et, avec sa hache, entreprend de casser la couche épaisse de glace ; de quoi faire une ouverture assez grande pour installer son piège. Il plonge ses mains (comparativement à la température extérieure, l'eau n'est pas si froide), plante rapidement dans l'eau plusieurs bâtons, de pin ou d'épinette, de façon à former un petit corral ouvert en demi-cercle. Au fond, il fiche une branche fraîche de tremble : un mets auquel ne résiste aucun castor. Il ne lui reste plus qu'à tendre son piège. C'est l'opération la plus délicate. Parfois, Michel enlève ses moufles en peau et immerge quelques secondes ses mains gantées de laine dans l'eau. Avant, il prend soin de les tenir un peu fermées, dans la position dont il a besoin pour enfoncer son piège ; quand il les sort, il attend quelques minutes que la glace se forme et les enrobe. En cette journée de fin décembre, la température sur le petit lac avoisine les – 30 °C et la glace sur ses bottes et ses gants est épaisse et solide. Il installe son piège à l'entrée du demi-cercle et recouvre le trou de brindilles pour que la couche de glace ne devienne pas trop épaisse. Il passe ensuite à la loutre ; la meilleure et la plus gracieuse nageuse est aussi la plus difficile à pleumer. Pour elle, il utilise un Victor n° 4 ou un Conibear 330, car cet animal peut déployer une force surprenante pour sa taille. Elle fait plusieurs trous rapprochés dans la glace, et c'est dans ces trous – ou dans un de ceux qu'il découpe – que le trappeur tend le piège, entre deux rondins et un poisson pour appât.

Tout comme le castor, le rat musqué se trappe sous l'eau et sur terre, avec un Victor n° 2 ou un Conibear 110. C'est un gourmand de légumes, et une carotte accrochée à un bois au-dessus de l'eau près de sa cabane ou de son terrier le pousse à commettre une imprudence fatale : mettre le pied sur le déclencheur alors qu'il a le nez en l'air. Toutefois, Michel préfère l'orange, parce qu'elle dégage une bonne odeur dont les effluves s'envolent loin. Le plus économique est encore un peu de « pâte à dents » parfumée à la menthe (Michel se dit, amusé, que le rat musqué doit aimer se laver les dents, quoiqu'il ait toujours les dents bien jaunes). Et il le trappe aussi sous l'eau, en creusant dans un fût de bois mort flottant deux encoches espacées de un à deux mètres ; au milieu, il dépose son appât et dans chaque encoche un piège. Les chaînes qui retiennent les Victor n° 2 sont fixées avec des clous sous le bois flottant. Il reste à attacher solidement le billot avec une broche à un arbre sur la rive. Au printemps, Michel piège le rat musqué pour récolter son précieux musc, qu'il ne produit qu'à cette saison. Comme c'est une des proies favorites du vison et du renard, Michel se sert de son musc, et aussi de sa chair, pour attirer et attraper ces deux autres animaux. Pour le vison, le trappeur cherche l'eau qui chante, un petit rapide, une dam de castors ; quand la glace est épaisse, il écoute le bruit d'une eau vive qui court sous la glace et tend son Victor n° 2, avec pour appât un morceau de rat musqué et pour tromper sa proie des leurres parfumés avec des glandes de vison.

Avant de poser ses pièges et ses leurres, le trappeur doit parfois laisser macérer plusieurs mois les drogues magiques. Préparer les leurres qui attirent de loin et confondent les animaux, c'est de la haute gastronomie létale. Il faut jouer de la gourmandise de la victime pour l'attirer dans le piège fatal – un peu le pendant des chocolats fins, du pudding ou du champagne, agrémentés d'un soupçon d'arsenic et de cyanure, dans les romans d'Agatha Christie. Chez le trappeur, la composition de base est la suivante : une grande dose de connaissance des habitudes alimentaires des bêtes, une dose de leurs préférences gustatives selon la saison, une dose d'un élément mystérieux, une dose d'excentricité comme doit avoir tout artiste. Michel mélange le tout en respectant bien sûr la règle incontournable du « ni trop peu, ni pas assez ».

Il concocte ses élixirs auxquels aucun animal ne saura résister dans le plus grand secret et avec un sérieux digne d'une messe. La sagesse du trappeur lui rappelle que, malgré tout, les artifices, les arômes savants, les saveurs à flatter les palais les plus délicats et les leurres visuels convaincants ne conduisent pas toujours au succès escompté. C'est la faute au malin qui déclenche le piège sur le vide et se gave tranquillement, au malchanceux qui se fait prendre alors qu'il n'était pas visé, au malheureux piégé qui s'ampute d'un membre pour s'échapper. Sans oublier la concurrence entre les espèces et les individus, ce principe majeur du rythme des interactions de la vie sauvage, un principe aussi essentiel que la complémentarité et la symbiose. Car c'est souvent ce principe de concurrence, dont il peut être la victime, qu'exploite le trappeur lorsqu'il dispose ses leurres et ses pièges sur son terrain. Mais, s'ils ont rempli leur fonction, peut-être aussi un autre prédateur que lui se sera-t-il servi avant qu'il ne ramasse le fruit de son labeur. Les animaux sont territoriaux, ils défendent leur habitat et se déplacent pour aller inspecter l'odeur d'un intrus. Quant aux prédateurs, ils se dirigeront vers l'odeur d'une proie dans l'espoir d'en faire leur repas, que ce soit un leurre de trappeur pour les attraper ou un animal pris dans son piège et dont l'homme espérait bien vendre la fourrure. Dans le premier cas, ils se feront prendre, dans le second ce sera le trappeur.

La recette pour attirer les animaux qu'il piège aujourd'hui a été concoctée au printemps et mise à mariner plusieurs mois. Il prépare certaines potions le plus tôt possible. Il prend du musc de rat musqué attrapé au printemps, ou un peu de huileux et de tendreux de castors, en dépose dans une bouteille opaque, ajoute de l'essence d'anis (les lynx et les castors aiment particulièrement l'anis) ou, s'il n'en a pas sous la main, un peu d'amarante, et pour varier le menu il verse quelques gouttes de rhum ; cette mixture doit reposer jusqu'à l'automne. Michel trempe ensuite de petits bouts de bois dans le flacon et les installe près des pièges. Pour les appâts, ce sont des morceaux de la nourriture favorite de l'animal : par exemple, pour le castor c'est du tremble, pour le loup c'est du castor, et plutôt frais de préférence.

Trapper n'est pas une distraction pour Michel. C'est un moyen de gagner modestement sa vie. Pour bien trapper, il faut savoir répondre à trois questions basiques : où, quand et comment ? Cela demande d'accumuler assez d'expériences (autant de bonnes que de mauvaises), de connaissances basées sur l'observation, et du courage, celui d'apprendre à donner la mort pour survivre. Mais ce jour-là, pour un lynx pris au piège, la mort n'est pas au rendez-vous...

Après les castors, les rats musqués et les loutres, Michel part relever les autres pièges qu'il a tendus deux jours auparavant. Il rentre dans les bois et trouve un lynx pris par une patte antérieure. Quand il aperçoit le trappeur, l'animal se met à cracher et à gronder, la gueule ouverte. Michel s'apprête à lui asséner un coup de manche de hache fatal puis se ravise. Quelques jours plus tôt, son frère Jacques lui a dit : « Y a moins de chances de voir un lynx vivant que de gagner au Loto ! » C'est sans doute vrai, car le lynx mène une existence très secrète et peu de gens l'aperçoivent. Son frère étant bien « belette », curieux et méfiant, Michel se dit que l'occasion est trop belle.

Il quitte ses raquettes et sa veste, les prend dans une main, de l'autre il tient par prudence sa hache, et s'approche lentement de l'animal. Le lynx recule en tirant sur sa patte prise dans la mâchoire d'acier attachée par une broche à un arbre ; l'épaisse fourrure qui recouvre ses pattes empêche qu'il ne se blesse trop profondément. En essayant de se libérer, il a brisé toutes les branches autour de lui, pour finalement enrouler la chaîne autour d'un tronc. Il s'était résigné à se coucher en espérant peut-être que le piège s'ouvrirait tout seul. Il ne lui restait que peu de liberté de mouvements quand le trappeur s'est montré. Maintenant il est debout, les muscles bien tendus. Ses oreilles couchées, petites et terminées par une longue touffe de poils noirs, lui donnent un air féroce. De sa patte antérieure libre, toutes griffes sorties, il balaye l'air en direction du trappeur. Dans ses grands yeux obliques, les prunelles étincellent de fureur mêlée de désespoir. Même pris au piège, le félin, qui doit peser dans les 10 ou 15 kilos, se montre combatif. Sa détente peut surprendre. Sans le quitter des yeux, Michel, en gestes lents, pose ses raquettes, sa hache, prend une corde dans son sac. Il ramasse d'abord une longue perche fourchue avec laquelle il coince au sol la tête de sa victime. Ensuite il met un pied sur son arrière-train pour la bloquer et jette sa veste sur la tête. Il finit, sans se faire griffer ni mordre, par lui attacher les pattes et le coincer entre ses deux « pattes d'ours ». Il ficelle l'animal entre les raquettes, prend sa charge bien vivante sur le dos et se dirige vers sa voiture en s'enfonçant péniblement jusqu'aux genoux dans la neige. Dans la « valise[1] », se trouve en permanence un sac en toile de jute épaisse. Il y met son lynx, le libère d'entre les raquettes, laisse ses pattes attachées, l'enferme en faisant un nœud et rentre à la maison.

Dans l'entrée, Louise a préparé un vieux tapis pour qu'il puisse y poser ses pieds chaussés des bottes encore gelées. Il attend quelques minutes qu'elles dégèlent pour dénouer les lacets et les enlever.

– Je vais voir Jacques, j'ai une surprise pour lui, annonce-t-il à sa femme, à qui il raconte la capture de son lynx.

Son frère se trouve dans les bureaux des agents de protection de la Faune. Il l'appelle :

– Viens donc avec moi, j'ai quelque chose à te montrer.

1. Coffre de voiture.

Jacques le suit jusqu'au coffre, que Michel ouvre en grand.

– Qu'est-ce que t'as dans la grande poche ? demande Jacques, curieux, en se penchant.

– J'ai empoché le Loto ! annonce triomphalement le trappeur en ouvrant d'un tour de main le sac.

Jacques pousse un cri et recule d'un bond en manquant de tomber à la renverse. Il devient livide tandis que Michel s'esclaffe à en pleurer.

– T'es fou ! T'es vraiment cogné, toi ! Mais ferme ta valise !

– Tu vois bien qu'en Abitibi tu as plus de chance de voir un lynx vivant que de gagner au Loto !

Tout en regagnant son domicile, il se demande ce qu'il va bien pouvoir faire de son lynx. En attendant, il décide de l'installer dans le garage et de le mettre en cage. Michel sort et ferme la porte à clé.

Le lendemain matin, il va rendre visite à son prisonnier, dont le sort n'est pas encore fixé. Il pousse la porte du garage, la referme soigneusement et avance doucement dans la pénombre. Ses yeux ne se sont pas encore adaptés à la faible luminosité qu'il sent une masse chaude le bousculer et des griffes pointues s'enfoncer dans ses épaules tandis qu'il tombe lourdement sur le sol. Il se relève prestement et distingue la silhouette de son lynx reparti se cacher dans un coin. La cage est grande ouverte. Michel sort en vitesse du garage. Les griffes ont à peine déchiré la parka et la chemise de laine. Il en est quitte pour des éraflures et une bonne trouille. Désormais, le sort du lynx est fixé. Et la viande de lynx, une belle viande blanche, c'est excellent. Michel part chercher sa carabine...

8

Nuit de pleine lune

La lune pleine resplendit d'un air mélancolique dans la voûte marquetée d'étoiles. Sous un ciel d'une grande pureté, la nuit a été très froide, comme l'est encore cette percée de l'aube naissante. Michel chausse ses raquettes. Il a choisi les « pattes d'ours » bien rondes comme la lune, celles qui font flotter sur la poudreuse. Elles feront l'affaire, elles s'enfonceront en un bruit sourd, au rythme régulier de ses pas, que l'épaisseur des arbres étouffera vite. Michel entend jusqu'à la résonance des sons se noyer dans la neige, car dans l'obscurité, lorsque la vue est diminuée, l'ouïe s'aiguise. La veille, il a tendu des lassos métalliques aux lièvres lunaires ; il les capture principalement pour servir d'appât aux lynx, aux pékans, aux renards et aux loups. Si le trappeur ne se dépêche pas de les ramasser, il risque d'offrir un repas facile à ceux qu'il compte bien attraper plus tard. Michel a accroché ses collets à une branche solide, presque à ras du sol, à sept centimètres de la terre, dans le petit couloir tracé par l'animal et que le trappeur a rétréci de deux rangs de petits bois morts, plantés dans la neige à hauteur du collet. Ces gambadeurs nocturnes dévient rarement du sentier qu'ils se sont tracé. Il est inutile de se servir d'un appât ou d'un leurre pour les attirer, il suffit de découvrir leurs chemins privés. Mais en cette nuit, avec la neige lumineuse, Michel sait bien qu'il a toutes les chances de retrouver ses collets béants dans le vide. Seul le vent aura été assez imprudent pour y glisser son cou. Par une telle clarté, les animaux, qu'ils soient diurnes ou nocturnes, voient des choses auxquelles ils ne feraient pas attention dans l'obscurité, comme ces miroitements sur le métal par exemple. Qu'il soit fin en laiton comme pour le lièvre ou plus gros en fer comme les pièges à lynx, le métal réfléchit l'éclat de l'astre de la nuit et transmet un signal d'alarme. Le scintillement, à peine perceptible à l'œil humain, est trop intense pour que les animaux s'en approchent ou qu'ils se laissent surprendre dans leur course. Non, cela ne vaut rien pour la trappe. Le trappeur averti, comme l'est Michel, peut y remédier en frottant les fils de métal sur du charbon de bois. Le trappage est souvent question de ruse. Mais Michel n'éprouve pas le besoin d'être rusé en cette occasion. Il aime ces nuits où la lumière du ciel éclaire follement la forêt. Ces nuits-là, il ne va dans les bois que pour trapper la lune.

Lorsque Gilles Gervais arrive à la petite maison rose, Michel, aidé de Louise, finit de ranger dans le coffre de la voiture une douzaine de peaux de castors, aussi rondes et luisantes que la pleine lune, d'autres fourrures soyeuses de renards roux, quelques martres. Hier, ils ont décroché les peaux de castors des cerceaux sur lesquels Louise les avait tendues pour les faire sécher.

– Alors, t'as pogné des lièvres ? demande Gilles, qui se doute bien que la chasse fut infructueuse par une telle lune.

– Non. J'en ai d'avance. En tout cas c'était bien beau.

Les deux trappeurs ont prévu d'aller chez Grenier, à Barraute, pour vendre des fourrures. Noël approche,

Michel a besoin d'argent pour acheter des cadeaux à ses trois enfants. Pour s'y rendre, ils prennent la route familière qui passe par Landrienne, longent le territoire de trappe de Michel avant de rejoindre la 397 qui monte en direction du nord-est vers Chibougamau et descend, en passant par Barraute, vers Val-d'Or dans le sud-est.

Il faut un peu moins d'une heure pour aller chez Grenier. En chemin, ils croisent de gros camions chargés de bois.

– D'où c'est qu'ils sortent avec tout ce bois ? s'étonne Gilles.

– J'sais pas pantoute. C'est sûr que ces arbres sur les côtés des routes cachent bien ce qu'il se passe derrière. T'as vu que près de Barraute il n'y a plus d'arbre sur les côtés ? C'est des terres de cultivateurs.

– C'est supposé interdit de couper sur les bords des routes. Mais ils s'en foutent, s'ils se font pogner ils payent une amende de 5 dollars l'acre. La coupe des arbres leur rapporte plus. Bientôt il n'y aura plus de forêt, plus d'arbres, soupire Gilles.

Pourtant, l'alarme a été donnée plusieurs fois dans le passé, et par des hommes importants, scientifiques et politiciens. Ainsi, John A. Macdonald (1815-1891), deux fois Premier ministre du Canada (de 1867 à 1873 et de 1878 à 1891). En contemplant la rivière des Outaouais, principal affluent du fleuve Saint-Laurent et qui coule dans la région d'Abitibi-Témiscamingue, il écrivit : « la vue des immenses masses de bois qui passent tous les matins devant ma fenêtre me donne à penser qu'il est absolument nécessaire de se pencher sur l'avenir de ce commerce. Nous détruisons sans pitié les arbres du Canada et il n'est guère possible de les remplacer ». C'était en 1872. Trois ans plus tôt, il œuvrait pour que le Canada s'approprie la Terre de Rupert, à la frontière de l'Abitibi, administrée par la Compagnie de la baie d'Hudson. Les États-Unis offrirent une forte somme à l'Angleterre pour cette région, mais Londres la céda au Canada pour 300 000 livres. Puis, en 1894, John Macoun (1831-1920), célèbre botaniste britannique et membre de la Société royale du Canada, lança encore un avertissement : « Les forêts sont un des plus grands atouts du Dominion, et pourtant les gouvernements et les individus semblent s'être donné comme but de l'anéantir le plus rapidement possible. Plutôt que de conserver le couvert forestier naturel, tous les moyens légaux et illégaux sont bons pour le détruire. Dans toutes les vieilles provinces, cette destruction est telle que de grandes superficies couvertes de forêts vierges il y a cinquante ans sont à peu près dénudées aujourd'hui. » C'était il y a longtemps, les moyens pour anéantir les forêts sont devenus redoutables. Hier, des individus les coupaient, aujourd'hui, des machines les avalent. Les animaux qui n'en meurent pas n'ont plus qu'à fuir. Mais jusqu'où devront-ils aller ?

– Quand je pense que lorsque j'ai commencé sur Landrienne aucun camion n'avait le droit d'y circuler, pas même les pick-up… remarque amèrement Michel.

Pour les trappeurs, l'exploitation des bois est un fléau, dont ils s'accommodent par raison. Ici en Abitibi, ce sont l'industrie forestière et les mines qui font vivre les gens. Pas la fourrure.

– L'autre jour j'ai attrapé un polatouche[1] dans un piège à lynx, reprend Gilles.

– Pauvre petite bête ! C'est si beau, un polatouche, avec ses grands yeux doux. Faut que tu mettes des

---

1. Écureuil volant.

baguettes avec ton piège, tu éviteras de prendre d'autres animaux que ceux que tu veux attraper.

Michel se souvient de ces moitiés de lièvres qu'il retrouvait au fond d'une cabane alors qu'il les avait déposés entiers.

– La première fois que j'ai vu ça, j'ai cru que quelqu'un me l'avait volé tant c'était bien coupé, comme par un coup net de hache. Et puis j'ai découvert que c'était du travail de grand duc. Coupé net en deux. Avec son bec, comme avec une hache ! Comme ça c'est plus facile à emporter.

– Le pire, c'est quand un lièvre se prend accidentellement dans un piège. Il pousse de tels cris qu'il attire plein de prédateurs, mais le piège on n'a plus qu'à le retendre, remarque Gilles.

– Particulièrement l'autour des palombes. Un lièvre qui crie, ça l'attire, mais lui il va directement au cœur. J'ai souvent pris des grands ducs par accident. Ils se posent et marchent sur le sol pour aller jusqu'à l'appât au fond de la cabane, alors ils se font prendre. Quand ils ne se prennent que les doigts, je peux les libérer. Si la patte est cassée, il faut les tuer. Surtout avec les Victor n° 4. Si c'est des plus petits comme pour les martres, ils ne se font pas trop mal. Si je dois les tuer, je les empaille. Mais j'ai compris quoi faire pour éviter ça.

– Comment tu fais ?

– Comme je te dis, je place deux baguettes assez grosses, une au-dessus du piège assez haut pour que le lynx préfère la bousculer que l'enjamber, et une devant, comme ça le grand duc, ou le polatouche, ou n'importe quel autre, il se perche dessus et peut aller manger en évitant le piège. Ou alors il fait tomber les baguettes, qui déclenchent le mécanisme.

– Si les baguettes tombent, toi t'as rien pris...
– J'aime mieux ça qu'un animal blessé pour rien.

La voiture se gare devant la petite entreprise familiale des Fourrures Grenier.
– C'est un bon gars, Grenier, et il paie bien. C'est aussi plus pratique que d'attendre un « voyageur » ou d'envoyer soi-même les fourrures en ville.
– Je me souviens de ces peaux de loups que j'avais expédiées aux encans à la Canadian Furr à Montréal. C'était en 58 ou 59. Quand je les ai envoyées, les peaux valaient 20 piastres. Je me basais sur les prix des dernières ventes aux encans. Trois mois plus tard je recevais sept timbres en paiement ! 35 cents par peau de loup ! Pourtant, c'étaient de belles peaux de décembre. À ce prix-là, pas la peine de les écorcher... Sept timbres ! Même pas le coût de mon envoi, ni du sac en toile de jute ! raconte en rigolant Michel.

Robert Grenier, la soixantaine avancée, élancé et élégant, fondateur avec son épouse Rita d'une petite entreprise de pelleterie, les accueille chaleureusement. Il s'enorgueillit d'avoir lui-même pratiqué la trappe avant d'ouvrir ce commerce de la fourrure brute dans les années 1970. C'est un homme d'expérience et un passionné. Son fils Claude, la trentaine, le seconde. Il achète les fourrures brutes, s'occupe de leur apprêtage et de leur classement. Leurs deux filles, Jeanne et Francine, sont responsables de l'atelier de fabrication (bonnets, bottes, gants) et de la clientèle.

Les quatre hommes chargés des peaux de castors descendent lentement les marches qui mènent au sous-sol. Avant même qu'ils posent les pieds sur le sol dur et froid leur parvient l'air saturé d'une odeur hircine tempérée de la note sèche du cuir, bordé d'accords boisés.

Fortement subjective, chaude et animale, elle induit le plaisir chez les trappeurs. Une lumière abbatiale inonde ce sanctuaire, où aucune bête, pas même un insecte, n'entre vivante. Pourtant, partout où se porte le regard dans la cave immense, occupée par de grandes tables en bois au milieu et de larges étagères sur les murs, il y a des peaux d'animaux. Des milliers de peaux. De lynx, de loups, de coyotes, de renards, de visons, de martres, de castors. Certaines sont encore fraîches, tendues sur des cerceaux pour les castors ou sur des planches pour les ours, ou encore enfilées sur des planchettes comme celles des renards. D'autres, bien sèches, sont empilées en tas épais. Les fourrures des espèces aquatiques (loutres, rats musqués, visons), fragiles avant d'être tannées, sont conservées poils à l'intérieur. Dans cette salle qui sent la passion du travail de pelleterie plutôt que la mort, se trouve aussi une grande quantité de tendreux de castors, suspendus sur des baguettes de bois. Et, dans un coin, quelques pains de graisse d'ours. Observant le jeu des regards circulaires des deux trappeurs, Claude Grenier explique :

– On travaille 15 000 peaux de castors par année. En tout, on a en moyenne autour de 20 000 fourrures. On fait deux voyages par an pour aller les vendre et faire tanner celles que l'on ramène pour confectionner nos articles.

– On en reçoit des toutes prêtes, comme les tiennes, mais on nous apporte aussi des animaux entiers que l'on écorche nous-mêmes, précise Robert en étalant les peaux de Michel sur une table.

Le père et le fils se penchent sur les fourrures, qu'ils caressent de la main, retournent, apprécient. Quelques-unes en particulier retiennent leur attention.

– C'est du premier choix, commente Robert.

– Celle-là, désigne Michel en tapotant une peau, elle a remporté le deuxième prix du concours de pleumage du mois d'avril.

– Tu étais à la convention des trappeurs de La Sarre ?

– Oui. Ce castor, c'est Louise qui l'a pleumé. Elle est presque aussi rapide que moi, il lui faut une petite demi-heure par castor. Le premier prix c'est Dorothy Polson, comme toujours. Louise, elle était tellement enceinte de Patrick qu'elle voyait pas le bout de ses genoux ! confie-t-il avec une note d'admiration pour sa femme.

– C'est vrai, tu as un héritier maintenant... Il est né quand, ton fils ?

– Ce juillet. Le 22 juillet 1977. Faut pas j'oublie la date, sinon Louise elle va me tanner !

– On n'a pas pu y aller, nous autres, à la convention cette année. Il y avait du monde ? interroge Claude.

– Soixante-dix personnes, peut-être. Il y a eu le concours de pleumage et celui de l'ouverture des pièges. On a jasé sur le gibier, qui n'a pas bien marché cette saison. Pourtant y avait plusieurs représentants des compagnies qui vendaient leurs produits. Faut croire que c'est pas si efficace, leur marchandise. Ce que j'aime le mieux dans ces conventions, c'est le repas. Rien que du bon. Cette fois on a mangé des côtes levées de castors, dans de la sauce brune avec de la mélasse, de la cassonade et beaucoup d'ail ! commente Michel.

Le père et le fils Grenier commencent à mesurer les peaux de castors. Ils prennent chacun une règle et calculent largeur par longueur, ce qui donne la catégorie de la peau ; il y en a six : XXL (très très large, la plus payante), XL (très large), L (large), ML (moyennement large), M (moyenne), S (petite). L'étape suivante, c'est d'examiner la densité de la fourrure. Il y a deux catégories de fourrure, celle à poils longs, et celle à raser (selon différentes méthodes, on sépare le jarre de la bourre). C'est cette dernière qui a le plus de valeur. En effet, la fourrure est constituée de poils de jarre (les poils longs) et de poils de bourre (ou duvet, plus court, plus dru, mais plus fin et chaud) ; plus il fait froid et plus les animaux ont cette bourre avec laquelle se fabriquaient les chapeaux en feutre. La dernière évaluation du pelletier concerne l'état du cuir ; mais, grâce à leur tendreux, les blessures que s'infligent les castors en se battant cicatrisent très bien. Le prix moyen du castor en ce moment est de 20 dollars. Michel en vend entre cent et deux cents par an.

Pour les peaux de renards, le croisé, le roux, l'argenté, ce qui compte d'abord c'est la couleur, et bien sûr la taille et la qualité des poils. La valeur varie selon les années, elle est en général un peu plus grande que celle du castor.

Gilles remarque sur une table un tas de peaux de castors au cuir plus blanc que les autres.

– Elles sont lavées ?

– Oui, elles proviennent des Indiens. C'est leur méthode traditionnelle. Ils les lavent plusieurs fois, alors elles sont plus blanches. C'est parce qu'ils vivent près des rivières. Ça change pas la valeur, l'important ce sont les poils. Leurs peaux représentent à peu près 10 % de notre commerce. Ce sont principalement des Cris et quelques Algonquins.

– Dis donc, Michel, tu nous as amené des tendreux ?

– Oui, répond l'intéressé en sortant de sa poche un petit sac en papier dans lequel se trouvent quelques bourses brunes.

– J'ai eu des clients français hier. 90 % des tendreux partent en Europe pour les parfumeries, où ça sert de fixatif.

Les tendreux se vendent cher : 2 piastres l'once[1]. Cependant, il faut les faire sécher avant de les vendre, jusqu'à ce qu'une croûte se forme. Séché, un tendreux pèse environ 1/2 once.

– J'ai trouvé des plombs dans des tendreux que j'avais achetés à un gars de la baie James, continue Claude. Il les avait dissimulés dedans, pour que ça pèse plus lourd. Ça m'est arrivé une couple de fois. L'autre jour, un bûcheron d'ici, il est venu me voir avec une vilaine plaie : il restait des bouts de mâchefer dedans. « J'te le vends pas, j'te le donne, mais tu reviens me voir pour me montrer », je lui ai dit. Il est revenu le lendemain et m'a montré le morceau de tendreux. Il y avait plein de petits bouts de mâchefer. Ça les avait attirés. Ça tire le mal. C'est en voyant les peaux de castors parfaitement cicatrisées que les humains ont compris la valeur médicinale du castoréum.

Michel a aussi apporté des pains de graisse d'ours. Il les fabrique en faisant fondre au bain-marie la graisse des ours qu'il tue ; il la verse dans des moules à gâteaux et la laisse durcir. Claude la paye 1 dollar la livre.

– Allons dans la réserve, invite ce dernier en remontant à l'étage et en conduisant les trappeurs dans une pièce froide, appelée « voûte d'entreposage », qui fait toute la hauteur du bâtiment.

Trois étages de peaux tannées, des peaux provenant d'Abitibi et d'ailleurs au Canada, ainsi que quelques manteaux que les gens entreposent quand ils ne s'en servent pas. L'entreprise Grenier apprête les fourrures depuis l'écorchage jusqu'au tannage. La plupart de leurs fourrures tannées sont vendues aux encans de

---

1. 1 once = 28,3 grammes.

Montréal. Le marché est principalement asiatique et russe.

– Ça semble qu'il y a beaucoup de fourrures dans cette pièce, mais en fait on n'a pas assez de stock. Les prix aux encans fluctuent comme la Bourse. Il y a beaucoup d'impondérables. Le premier facteur c'est la condition climatique : quand les hivers sont doux, on ne vend pas de fourrures. Pour tenir, il faut beaucoup de stock. Il n'y a que les grandes compagnies qui peuvent se permettre ça. Nous on doit vendre, quel que soit le prix aux enchères, explique Robert.

– Voilà ce que je voulais vous montrer, dit Claude en décrochant une belle peau de carcajou.

– Criss, elle est belle ! admire Michel. Si ça se trouve, c'est celui qui m'a volé mon piège !

9

Les plaisirs du système D

En ce pays, il faut avoir plusieurs talents pour survivre. Il en résulte des individus polyvalents, mobiles, plus indépendants et entreprenants, qui souvent cumulent deux, voire trois emplois. Lorsque Michel a accepté de travailler à la voirie, plusieurs de ses amis l'ont averti : « Va pas travailler là, c'est un salaire de pauvre. » Effectivement, son salaire lui rapporte à peine 35 dollars la semaine. Inutile d'avoir un diplôme de comptable pour comprendre que le chèque en fin de semaine ne suffit pas pour élever une famille. Néanmoins, il offre une garantie minimale et complète ses revenus de trappeur, plus saisonniers et surtout aléatoires. Le travail n'est pas déplaisant non plus : il se fait au grand air, loin de la ville, toujours en bordure des bois dans lesquels Michel peut tendre ses pièges en hiver. Planter des panneaux de signalisation, élaguer et couper les arbres, curer les fossés demande de la force et une bonne résistance physique ; tout cela lui convient. Ses missions ne l'éloignent pas trop de son environnement habituel, d'autant que les pistes et routes sur lesquelles il travaille sont désertes la plupart du temps, en particulier la 109, celle qui mène à Matagami, dans la baie James. Dès qu'il le peut, Michel s'enfonce dans la forêt pour suivre des traces d'animaux, ou simplement pour écouter le vent dans les arbres. L'ambiance entre les travailleurs est plutôt joyeuse, malgré la dureté des tâches et les coups bas du climat. Certains jours d'été, l'asphalte devient si chaud qu'il finit par brûler la plante des pieds au travers des chaussures. Et l'hiver… Ah, c'est un hiver en Abitibi, très « fret » : les doigts deviennent gourds, les nez coulent, les yeux pleurent. Dans l'équipe de la voirie d'Amos, il y a Alphonse Girard, surnommé Ti Fonse, d'un naturel craintif en milieu sauvage. Il connaît la réputation de Michel et croit facilement tout ce que ce dernier lui dit. Ce que redoute par-dessus tout Ti Fonse, c'est de rencontrer un ours. Michel et ses compagnons ne manquent pas une occasion de s'en amuser.

– Dis, Michel, tu crois qu'il y a des ours icite ? demanda un soir Ti Fonse en marchant vers le camp à la brunante.

– C'est sûr qu'il y en a. Y en a partout en Abitibi, mais ici encore plus. Faut faire bien attention, lui assura Michel d'un air grave. Écoute bien : si tu entends chanter le geai bleu[1], c'est qu'un ours approche. Tiens, je te montre, enchaîna-t-il en imitant le cri strident de l'oiseau en alerte. « Djé-djé-djé-djé », recommença Michel plusieurs fois en faisant voler en éclats le silence des bois.

Le cri fit se dresser les cheveux de Ti Fonse.

– Mais on l'entend souvent, celui-là ! s'alarma-t-il.

– Ah, c'est qu'y a beaucoup d'ours, comme je t'ai dit. J'aime bien cet oiseau, continua Michel, content de son effet. Quand il mue, il se sert de son bec pour déposer des fourmis sous son plumage. Sans doute qu'elles

1. *Cyanocitta cristata.*

ont un produit qui calme l'irritation causée par la pousse des nouvelles plumes.

« Aïe ! pensa, effrayé, Ti Fonse. J'aurai sans doute plus jamais l'occasion d'en voir un de près... »

Quelques jours plus tard, Michel ramena de chez lui, cachée dans son baluchon, une grosse patte d'ours qu'il avait empaillée. Il guetta le moment opportun où son ami se trouvait seul dans le camion parqué sur un chemin forestier. Le coude nonchalamment appuyé sur la vitre baissée, Ti Fonse attendait que ses collègues terminent leurs travaux. Michel se glissa silencieusement le long du camion et, en imitant un terrible grognement d'ours, posa la patte noire sur le bras de Ti Fonse. Ce dernier poussa un hurlement, tandis que ses collègues, sortis des buissons où ils l'espionnaient, le rejoignaient, pliés en deux de rire.

Michel pense souvent à sa mère, qu'il vit pleurer par manque d'argent. Il s'est juré d'éviter cela à sa famille. À ses deux activités, la voirie et la trappe, s'en ajoute une troisième, la taxidermie. Juste de quoi avoir ce qu'il faut pour vivre décemment. Cette dernière notion dépend évidemment des critères de chacun, et pour certaines personnes le train de vie dont se satisfont pleinement Louise et Michel pourrait s'apparenter à de la pauvreté.

Chez les Pageau, le système D est bien rodé et presque tout est débrouillardise. Pour dresser les enclos, le poulailler, les mangeoires, Louise et Michel récupèrent de vieilles planches et du grillage usagé. Pas question non plus d'acheter ces produits que vendent les « voyageurs » des compagnies de pelleterie, comme celle de la baie d'Hudson, lorsqu'ils viennent chercher les fourrures des trappeurs. Leurs catalogues proposent de tout, depuis des leviers pour actionner les pièges jusqu'à l'urine de jument ou de vison pour les leurres. Michel préfère se débrouiller sans presque dépenser un sou ; parfaire son adresse à manier des pièges plutôt qu'acheter des accessoires coûteux, substituer du papier de boulanger à la cire antigel en boîte. Pour attirer les renards, il recourt à la bière, délaissant l'urine en flacon que proposent les « voyageurs ». Ah oui, la bière, il faut l'acheter ! Mais il n'est pas utile de prendre la plus chère. Ayant remarqué que les renards aiment beaucoup l'odeur de cette boisson, Michel y trempe des têtes de quenouilles[1] et les pique le long de sa trail (cela l'amuse de voir le plaisir que prennent les renards à frotter leur nez sur les quenouilles imbibées de bière). Il en verse aussi sur la viande qui sert d'appât près du piège. Alors que les prospectus annoncent « Profitez de l'aubaine ! », Michel préfère profiter de son expérience. Chez les Pageau, peu de choses sont achetées neuves et rien ne se gâche. Surtout en ce qui concerne les produits de la chasse et de la trappe. Dans un animal tué, tout se prépare, tout se transforme ; tout ce qui ne se vend pas se mange ou s'utilise. Ce n'est absolument pas de la pingrerie – une faiblesse qu'ils n'ont pas –, mais une attitude éclairée par le respect, une conscience écologique non proclamée, mais profonde. L'essentiel, en ce qui concerne les choses matérielles, exclut tout superflu et gaspillage. Raisonnement sans doute suggéré par leur manque de moyens, mais plus encore par leur aptitude à ne pas se tromper sur ce qui est essentiel dans la vie. Ils éprouvent très rarement un sentiment de frustration, mais au contraire une satisfaction et de la fierté à réaliser des choses avec peu. Le seul luxe qu'ils

---

1. *Typha latifolia* ; appelées aussi « massettes ».

s'autorisent concerne les cadeaux des enfants. Et Michel s'arrange toujours pour vendre quelques fourrures avant les fêtes du réveillon, même si leur cote n'est pas bonne.

Pour lui, la taxidermie n'est pas un passe-temps. Adoptant un véritable tempérament d'artiste lorsqu'il s'isole dans son atelier, il réfléchit, fait des essais, s'applique à célébrer la beauté de l'animal et à lui redonner une autre vie, figée mais presque éternelle. Inspiré par l'art de la nature, il crée des postures, des expressions, selon sa propre sensibilité, son imagination et ses expériences de trappeur. Ne pouvant se permettre d'acheter les matériaux nécessaires, si ce n'est des yeux de verre, il récupère en ville les fins copeaux de bois qui servent à emballer des objets précieux ou de la vaisselle pour remplir les corps et leur donner un mouvement juste, étudié lors des nombreuses heures passées à les observer vivants. Il y met autant d'application que lorsqu'il sculpte dans des morceaux de bois, des panaches, ou des os des scènes animalières. La taxidermie, passion et activité lucrative pour Michel, concorde bien avec ses connaissances de la nature et des animaux. Cela n'a rien d'étonnant si l'on se rappelle que cette pratique trouve son origine et son développement dans les sciences naturelles. La tradition de la taxidermie remonte en effet aux essais de conservation des corps, dont les momies égyptiennes offrent l'exemple le plus connu. Mais ce n'est que vers 1750 que se firent les premières tentatives « modernes » de taxidermie. En France, le plus ancien et le plus gros mammifère naturalisé est le rhinocéros de Louis XV. Ce rhinocéros indien avait été offert vivant en 1770 au roi, pour sa ménagerie de Versailles. L'animal y mourut d'un coup de sabre en 1793, époque où les premières naturalisations de mammifères étaient tentées pour garnir le tout jeune Muséum d'histoire naturelle de Paris. Félix Vicq-d'Azyr, premier médecin de la reine Marie-Antoinette et anatomiste réputé, et le chirurgien Jean-Claude Mertrud naturalisèrent le rhinocéros de Louis XV, qui a surmonté les siècles et est toujours visible au Muséum. Le loup de Vignieu connut un sort moins royal, quoique certains l'ennoblissent du titre de « dernier loup sauvage tué en France ». À tout seigneur tout honneur… Pour ce loup, ce fut malheureusement naturalisé qu'il devint célèbre à partir de 1954, et sa dépouille trône encore aujourd'hui dans la mairie de Vignieu, un petit village de l'Isère dont il est sans conteste la fierté. Sa capture fut décrite en détail comme un haut fait d'arme. À croire que la Bête du Gévaudan avait une descendance… tout au moins dans l'esprit de quelques humains, ainsi qu'en témoigne l'extrait suivant : « Deux chasseurs, MM. Drevet Joseph et Budin Roger, placés en embuscade dans les bois de M. Pradel, eurent la chance de le voir venir au grand trot et à pas de loup à travers bois. Arrivée à quelque vingt mètres des chasseurs prêts à faire feu, la bête s'arrêta, flairant probablement leur présence. De deux coups de feu ils couchèrent l'animal ; il se releva et fit demi-tour ; deux seconds coups le tombèrent à nouveau ; il se releva encore puis dévala la pente pendant encore une centaine de mètres, suivi des deux chasseurs rechargeant leurs fusils. Se sentant probablement défaillant, il s'arrêta sur le talus bordant le chemin, regarda autour de lui, gratta le sol et se coucha, puis il se retourna, regardant venir les deux chasseurs. Ceux-ci, arrivés à quelque vingt mètres, lui donnèrent le coup de grâce de trois nouveaux coups de feu. Autour de son corps, encore secoué par l'agonie, les chasseurs se rassemblèrent. La mémorable battue était terminée. Ceci se passait à quelque trois cents mètres du village de Vignieu. Il était 16 h 15, les enfants allaient sortir de l'école. Le loup mort fut ramené par les chasseurs triomphants sur la place de Vignieu. Dans une ambiance de fraternelle sympathie, on but le vin de la victoire, offert par la municipalité et la société de chasse de Vignieu. Aux cabarets Borel, Clavel et Baudrand le bon vin de Vignieu coula à profusion dans les verres[1]... »

La taxidermie rapporte à Michel souvent plus que son salaire à la voirie. Mais pas assez cependant pour que Louise réalise son rêve le plus cher : devenir fermière. La petite maison rose ne possède qu'un modeste terrain, et si Louise s'en contente elle ne peut guère y élever que deux ou trois cochons et une basse-cour, sans parler des animaux sauvages qu'elle adopte. De plus, elle conduit sa « ferme » de façon peu orthodoxe. Ainsi, lorsque Michel, jugeant qu'il y a trop d'oies et qu'elles pourraient apporter un petit complément économique au foyer, propose d'en vendre, sa douce femme le regarde droit dans les yeux et le prévient d'un air décidé : « Si tu vends mes oies, c'est un cas de divorce majeur ! » Michel se résout. Bien sûr qu'il faudrait davantage d'argent pour acheter plus de terre, mais inutile de compter sur les produits de la « ferme ». Aussi, lorsqu'au printemps 1976 on lui propose de guider des biologistes dans la baie James, Michel accepte sans hésitation.

---

[1]. Texte écrit en 1954 et consultable à la mairie de Vignieu.

10

Le Grand Projet

Il a chassé le naturel, le naturel n'est pas revenu.

Jules Renard

Michel est un peu inquiet. Demain, il part pour Matagami, dans la baie James. Le « Projet du siècle », la construction en plusieurs phases de gigantesques centrales hydroélectriques, y a été lancé dans les années 1970 et bat son plein.

Les premières centrales, sur la rivière La Grande, augmentèrent d'un tiers la production d'électricité de la société d'État Hydro-Québec. Cependant, l'opinion publique s'alarma des conséquences écologiques de ces travaux démesurés et, en 1972, un accord fut signé entre Environnement Canada et la Société de développement de la baie James pour que soient évalués les risques. Hydro-Québec souligna que ce mode de production était peu polluant, même si les poissons empoisonnés au mercure n'étaient plus consommables, même si de magnifiques rivières étaient harnachées et détournées, et même si des milliers d'hectares de forêt boréale étaient inondés et des milliers d'animaux noyés. Sans oublier l'impact social, culturel et environnemental sur les populations Cri et Inuit, qui, soit dit entre parenthèses, ne furent ni consultées ni averties. Dès 1972, elles déposèrent une requête en injonction à la Cour supérieure du Québec pour faire cesser toute construction sur leurs territoires. À la suite de quoi, en novembre 1975, le Grand Conseil des Cris du Québec et l'Association des Inuits du Nord québécois signèrent la Convention de la baie James et du Nord québécois (CBJNQ) avec les gouvernements du Canada et du Québec et Hydro-Québec. La Convention couvrait un immense territoire de 656 000 km^2. Selon les termes de ce traité moderne, les autochtones renonçaient à leurs droits sur les terres, en échange d'autres prérogatives (dont des droits exclusifs de chasse, de pêche et de piégeage) et de compensations financières s'élevant à plus de 130 millions de dollars. Bien sûr que cela représenta une victoire pour les Cris et les Inuits, mais, en regard de ces enjeux et des sommes allouées, quel poids pourraient bien avoir des évaluations environnementales sur les décisions des industriels ? Michel doutait fort que le « Projet du siècle » puisse être remis en question suite aux conclusions des savants. Leurs prédécesseurs n'avaient-ils pas déjà éveillé les consciences dès 1840 en Ontario ? Quoique cela ne concernât pas encore les barrages hydroélectriques, c'était la première loi interdisant la pollution des rivières par les moulins à scie[1] et le flottage du bois. Et pourtant, depuis les rivières n'étaient guère mieux respectées. Les pétitions pour les protéger coulaient à flot, les médias en parlaient, des personnalités du spectacle se mobilisaient, mais rien ne bloquait les machines. C'est pourquoi, en ce jour de juin 1976, les coups de fil d'Ivanhoé Frigon et de Pierre Kurello,

1. Scieries.

hommes d'affaires d'Amos, le prirent à brûle-pourpoint.

– Michel, serais-tu d'accord pour accompagner une équipe de biologistes dans la baie James ?

– C'est pour quoi faire ?

– Ils ont besoin d'un trappeur pour étudier la faune avant de poursuivre les travaux. La paye est bonne, d'après ce qu'ils m'ont dit. Si cela te va, ils auront besoin de toi en juillet.

La paye était plus que bonne : 200 piastres par jour, et tous les frais pris en charge. Michel accepta donc sans autre hésitation que de se demander s'il serait à la hauteur de ces savants.

À Matagami, les biologistes attendent impatiemment l'arrivée de leur trappeur. Matagami, au-delà du 49e parallèle Nord, c'est la porte du Grand Nord ; le vent peut circuler librement dans des rues à moitié vides, étirées entre quelques maisons presque neuves. Il faut dire qu'à Matagami on ne fait plutôt que passer avant de rejoindre les barrages, les chantiers forestiers ou les mines. Comme en Abitibi, la région du Nord-du-Québec, où ont été érigés les vastes barrages de la baie James, doit son essor aux mines et aux forêts. Il en fut de même pour Matagami. À la fin du XIXe siècle, le géologue canadien Robert Bell explora le coin dans l'espoir d'y trouver des diamants. Il découvrit un territoire splendide de sauvagerie immémoriale, et un petit peuplement de Cris, fameux trappeurs et pêcheurs, installés là depuis plus de cinq mille ans. À la suite de Robert Bell, des cohortes de pionniers de tous poils se répandirent à travers la région, ratissant des milliers de ruisseaux, de rivières, de lacs. On n'y découvrit aucun diamant, mais les hommes s'acharnèrent et décelèrent dans les années 1960 des gisements d'or, de cuivre, de zinc, d'argent et, bien sûr, des forêts exploitables. Trois ans plus tard, un village naquit. Francine Turbide, Abitibienne de souche et de cœur, se souvient de ce qui est sans doute l'une des dernières aventures de vie de pionniers au Canada : « C'était l'époque où l'on ouvrait des villages au lieu d'en fermer. Notre famille était arrivée à Matagami au début de 1964, lorsque la ville prenait naissance grâce à des gisements exploités par trois mines : la Orchan, la Matagami Lake et la New Osko Mines. Papa nous avait précédés de quelques mois et quand il eut la chance de disposer de ce qu'on appelait une "roulotte de la Orchan", la famille a été réunie à nouveau dans cette ville minière, rue Rupert précisément, avec quelques familles qui partageaient la même "chance" que nous. Pour nous installer un chez-nous, la mine avait bûché quelques épinettes pour faire une place, avait foutu notre maison mobile là, même pas de niveau (!), et pour nous dessiner une entrée de cour ils y avaient jeté du concassé. Le bois restait à proximité, à n'en pas douter ! Il existait déjà une petite école primaire de fortune à notre arrivée et quand je m'y suis présentée, on m'a appelée "la p'tite nouvelle"... pour une semaine ! Comme il y avait autant d'anglophones que de francophones et d'autochtones [Cris], il fallait y aller sur des quarts différents : pour les francophones, l'horaire était de 8 heures à 10 heures et de 12 heures à 15 heures, alors que pour les anglophones et autochtones ils y allaient de 10 heures à 12 heures et de 15 heures à 18 heures. Le mois d'après, on changeait d'horaire. »

Lorsque Michel y débarque, Matagami n'a guère changé d'aspect et les biologistes qu'il rejoint ne passent pas inaperçus. Dans la petite ville, il y a désormais des maisons en bois, une école plus grande et un hôtel. C'est là que Michel doit passer sa première nuit avec des « savants ». Il est surpris par leur allure : tous barbus, ils sont aussi plus âgés que lui. Leur « boss », Jean-Marc Bélanger, fait les présentations, explique le but de leur mission en des termes qui échappent un peu à Michel. Il comprend surtout qu'il doit les aider à repérer la faune sauvage et à capturer des spécimens pour qu'ils les étudient, et il se dit que sa tâche ne va pas être facile. Ces hommes-là ne sont pas de son monde, et malgré leurs rutilants vêtements neufs de terrain il se les représente en veston, comme des messieurs des villes qu'ils sont. C'est sur ces pensées chargées d'inquiétude et d'un peu de regret d'être si loin de son univers qu'il s'endort. Il est convenu qu'ils monteront le lendemain plus au nord pour mener à bien leur mission.

Dès le lendemain, deux cents kilomètres plus au nord, ils commencent leurs recherches. Ils sont équipés de canoës, de véhicules tout-terrain flambant neufs, et peuvent même se permettre de louer un hélicoptère. Michel n'a jamais pratiqué son métier dans de telles conditions, dans un tel débordement de moyens matériels. Il s'en amuse comme il s'amuse de leur gaucherie, de leurs craintes infondées qui contrastent avec leurs imprudences. Il remarque chez certains une indéniable suspicion à son égard. Fréquemment ils le contredisent, lui parlent en employant des mots étranges, mettent en doute ses connaissances. Ils ont toujours raison. Quoi que dise Michel, c'est peine perdue, ils n'en tiennent pas compte. Ils estiment sûrement que leur savoir a plus de valeur que son expérience. D'ailleurs, la première nuit qu'ils passent dans des baraquements de chantier, Michel les entend discuter entre eux, à travers la mince paroi de contreplaqué qui sépare les chambres : « C'est quand même pas ce jeune criss-là qui va nous guider ! » Michel s'enfonce alors un peu plus sous sa couverture, et les yeux grands ouverts au plafond se dit : « Ils ont confiance en shit ! » Sans doute s'attendaient-ils à un vieux trappeur ridé avec une tignasse blanche. Mal à l'aise, il se demande si les 200 dollars par jour sont finalement suffisants. Puis il finit par en prendre son parti et décide que, tant qu'à faire, autant y prendre du plaisir.

Les jours passent, en canoë, à pied, à bivouaquer, sous la tente ou dans des roulottes. Les biologistes étudient les animaux que piège Michel, remplissent de notes des carnets entiers, semblent s'accommoder de leur jeune trappeur. Pour Michel, la difficulté relève surtout de la communication verbale. Le pire étant l'étude des oiseaux, dont il doit apprendre parfois jusqu'à trois fois les noms usuels. S'il n'emploie pas le nom du moment, il les entend marmonner : « Ce gars, tu parles, il connaît rien. » Ainsi, la chouette cendrée devient chouette lapone. Le huard à collier est aussi le grand huard, puis le plongeon imbrin, puis de nouveau le huard à collier. La fauvette se fait paruline, l'ortolan se transforme en goglu et en bobolink, le mange-maringouins (on dit même le chie-maringouins) en engoulevent. Pourtant, à quoi leur servirait cette science de dictionnaire si, grâce à Michel, ils ne parvenaient pas à découvrir où nichent les oiseaux ? Quant aux empreintes d'animaux, aucun d'entre eux n'en reconnaît une seule. Michel pose les pièges qu'ils lui ont donnés pour attraper des castors et des rats musqués. Bien qu'il leur ait enseigné la manière de les relever, ils se révèlent incapables d'y parvenir et craignent de se faire mordre par leurs proies. Ils n'arrivent même pas à lancer un feu de bois en terrain humide ! En fait, seuls, ils sont incapables de mener à bien leur mission ; et pourtant Michel a l'impression qu'ils le prennent pour un idiot.

Il se venge en leur concoctant des spécialités de trappeur : des ragoûts de rat musqué, du foie, de la queue et des pattes palmées de castor grillé. Il leur vante le goût délicat du foie tandis qu'il met des gants pour l'extraire et l'examiner :

– Faut se méfier, certains foies sont malades. C'est la tularémie, et comme c'est infectieux je mets des gants. On sait jamais. Mais si le foie n'est pas malade, c'est très bon poêlé avec une sauce aux oignons, ail, moutarde et ketchup ! dit-il avec flegme.

Ensuite, il leur montre bien comment faire gonfler la peau de la queue au-dessus du feu avant de la peler. Michel se retient de rire quand leurs mines défaites expriment de la répulsion au spectacle des petits morceaux de queue frétillant dans la graisse chaude. Pourtant, quand il leur sert de bonnes rations, ils n'osent pas dire non – sauf pour les pattes.

Une nuit, une aurore boréale apporte la paix dans le petit groupe. Le spectacle est si féerique que personne ne trouve le mot juste pour la décrire. Michel leur raconte une légende algonquine :

– Quand Nanahbozho eut fini de créer la Terre, il s'en alla vivre dans le Grand Nord, et pour rappeler aux hommes qu'il ne les oublie pas il allume régulièrement de grands feux. On dit que les aurores boréales sont les reflets des feux de Nanahbozho.

Ravis d'échanger leurs savoirs, les scientifiques expliquent qu'une aurore boréale est issue du vent solaire. Lors d'éruptions sur le Soleil, des particules du plasma solaire traversent parfois le bouclier magnétique de la Terre, en particulier là où il est le plus fragile, c'est-à-dire aux pôles. Le vent solaire entre alors au contact de l'atmosphère et le choc de cette rencontre crée les aurores boréales dans le Nord, appelées aurores australes dans le Sud.

– Shit, c'est bien beau ! conclut Michel en se rappelant la fois où il a voulu que Louise se lève dans la nuit pour en contempler une, superbe, à Amos, et où elle l'a envoyé au diable.

Quand Michel regarde les larges rivières, entend rugir leurs eaux vives, ressent leur vitalité primaire, il a du mal à accepter l'idée qu'elles vivent leurs derniers moments de liberté. Il est certain qu'il est inutile de faire des études ou de prendre des notes pour savoir que quelque chose de dramatique va se dérouler dans un avenir proche. Il se promet de revenir avec sa femme pour qu'elle voie de ses propres yeux la beauté de la rivière Rupert, avant qu'elle ne soit plus qu'un souvenir.

Au moment de les quitter, Michel sait que sa mission est réussie et qu'il a impressionné les biologistes. Il espère qu'ils auront senti viscéralement, quelles que soient les conclusions de leurs études, le besoin de préserver à tout prix cette extraordinaire portion de Terre, ainsi que ses habitants à poils et à plumes. Cette évidence se voit, se ressent, elle ne s'analyse pas, ne se calcule pas. Jean-Marc Bélanger lui dit en le remerciant :

– Le savoir d'un trappeur, cela ne s'achète pas et ne s'apprend pas dans les universités.

Michel retournera plusieurs fois dans le Grand Nord avec les biologistes qui feront appel à ses connaissances, dont ils ne peuvent se passer.

11

L'orignal et les braconniers

> L'homme est un compagnon-voyageur des autres espèces dans l'odyssée de l'évolution.
>
> Aldo Leopold, *A Sand County Almanach*

C'était en 1958 ; dans son uniforme tout neuf d'agent de protection de la Faune, Jacques entra d'un pas résolu dans la maison de ses parents, au 172 de la 2ᵉ Rue Est. Il tenait en main quatre pièges. Solange s'activait à débarrasser la table des restes du souper, Henri, assis dans un fauteuil, la tête penchée vers le poste de radio, écoutait religieusement un épisode du nationalement célèbre feuilleton *Séraphin Poudrier*. Michel, qui finissait de lacer ses chaussures, se leva en voyant son frère aîné et s'apprêtait à lui donner l'accolade quand il croisa son regard courroucé.

– Ce soir c'est pas la peine de te déplacer. Tiens, j'te les ramène, paraît que c'est à toi, lança sèchement Jacques à son cadet en lui tendant les objets du délit.

Michel récupéra les pièges et le toisa.

– Ça se peut bien, répondit-il, vaguement embarrassé.

Au moment de claquer la porte sur l'expression pantoise de l'adolescent de 17 ans, Jacques s'immobilisa et se retourna. L'envie de tancer Michel et de lui montrer du même coup qu'il connaissait par cœur les lois, même s'il n'était que fraîchement assermenté, le chatouilla. Cependant, il se contenta de lui dire :

– On a reçu un coup de fil de Mme Plamendon. Elle a signalé avoir vu un individu douteux poser des pièges près du marais en face chez elle. D'après sa description, cela te ressemble pas mal. Pourtant, c'est pas bien la saison d'attraper de la sauvagine…

– Ben, tu vois, j'ai rien pris, lâcha le sermonné pour clore l'affaire.

Toutefois, cela lui servit de leçon. Il aurait pu se donner la peine d'expliquer qu'il espérait capturer vivant un canard ou une outarde ; son acte n'en aurait pas été moins répréhensible, car il est strictement prohibé de piéger un oiseau migrateur au printemps. Le gibier abondait en Abitibi en cette fin des années 50. Les loups, les ours, les renards, les corbeaux et plein d'autres étaient considérés comme nuisibles et pouvaient être chassés en toute saison. La plupart des autres animaux étaient « protégés », c'est-à-dire qu'on ne pouvait les tuer qu'à certaines époques, hormis quelques rares espèces menacées – tel le cerf de Virginie, qu'il était formellement interdit de chasser quelle que soit la saison. Classer les animaux entre nuisibles et protégés n'a jamais été du goût de Michel. Les habitants de cette forêt boréale méritent mieux qu'un classement réducteur et tous ont un même droit à la vie. De surcroît, il comptait ramener un canard bien vivant, pour le garder quelque temps dans sa modeste basse-cour. Oh, et puis c'est vrai, tendre des pièges en risquant une amende lui procurait une certaine excitation. Malgré tout, il venait de se livrer à un acte de braconnage et il était temps d'y réfléchir. Braconner est un acte que l'on croit isolé, anodin (comme en ce cas précis pour deux ou trois oiseaux), alors qu'en réalité il peut devenir une attitude. Michel se reconnaissait frondeur, mais pas contre la nature. Sans compter qu'il avait placé son frère dans une situation inconfortable. « Mieux vaut arrêter ça », conclut-il.

La première ordonnance de protection de la faune fut signée le 21 janvier 1721 par M. Rigaud de Vaudreuil, gouverneur général, et M. Bégon, l'intendant du Canada : « Ayant esté informés que depuis le 15 mars jusques au 15 juillet il se fait une très grande destruction de perdrix dans le temps qu'elles s'accouplent par la facilité qu'il y a de les tuer, faisant alors connaître par leur battement d'ailes, les endroits ou elles sont, et pour empescher la continuation de cet abus, d'ou s'en suivront infailliblement l'entiere destruction de ces oiseaux dans la Colonie, ce qui priveroit d'une grande douceur pour la vie, nonce déffendons a toutes sortes de personnes de quelque qualité et condition qu'elles soient, de tuer des perdrix depuis le 15 mars jusqu'au 15 juillet, apeine de 50 livres d'amende applicable au dénonciateur… fait à Québec le 28 janvier 1721. » Cette première loi en faveur de la faune ne concernait que la perdrix, cette « grande douceur » de la vie du colon. Aucun garde n'ayant encore été nommé, le gouvernement encourageait la délation. Que le gibier, surabondant autour des colonies installées le long du fleuve Saint-Laurent, se raréfie semblait improbable, comparé à la faible densité de la population humaine. Et pourtant cela arriva… Aussi, entre 1839 et 1856, l'Assemblée législative du Canada promulgua des lois réglementant les saisons de chasse sur la totalité du territoire. Certains oiseaux et gibiers et animaux à fourrure jouirent d'une protection minimale. Un autre acte de loi, adopté le 9 décembre 1843, concerna les poissons ; il interdisait notamment de pêcher durant la saison du frai. En effet, faute de réglementation, la chasse et la pêche, activités économiques et de subsistance, finissaient toujours par devenir abusives partout où s'installait le colon. À croire que ce dernier ignorait totalement la règle fondamentale qui est de ne pas épuiser les ressources vivrières de son lieu de vie. Très rapidement, contrairement aux autochtones, les colons dégradèrent leur environnement, préservé durant des milliers d'années. Les prémices d'une gestion « moderne » de la nature émergèrent alors au Canada. Plus tôt, en 1669, en France, Colbert définissait la norme d'une politique de la nature – cela concernait l'exploitation des forêts pour le bois de chauffage et le bois d'œuvre – en employant le terme « bon usage », issu du premier code forestier de 1473. Au Canada, à cette époque de colonisation, faire « bon usage » des ressources naturelles se concentrait sur l'environnement immédiat des colons dans une vision anthropocentrique de la nature. Elle s'appliquait à quelques animaux sauvages « utiles », pas encore à leurs habitats. Ni le concept d'héritage commun ni ceux d'irréversibilité ou de biodiversité n'existaient encore et l'hypothèse que les ressources naturelles puissent être limitées était aussi inconcevable que de croire que le bon fonctionnement de la planète Terre puisse être perturbé par les activités humaines. On savait seulement que les lois édictées ne suffisaient pas à rendre les humains plus responsables. Il fallut donc les faire appliquer de force. Sur cette terre presque vierge, où les espaces et les animaux sauvages devaient être domptés, le colon et la nature étaient loin de ne faire qu'un.

Les premiers préposés à la protection de la faune, assermentés en 1858, furent des gardes-pêche. Puis en 1867, lors de l'élaboration de la Constitution de la Confédération canadienne, l'immense province du Québec procéda à la nomination des deux premiers gardes-chasse du Canada, M. Alfred Blais et M. William Carpenter-Willis, qui occupaient déjà la charge de garde-pêche. La première opération de lutte contre les braconniers eut lieu en 1875, alors que le Québec comptait désormais sept gardes-chasse et vingt-trois gardes-pêche en fonction. Mais les activités de braconnage ne cessèrent jamais, malgré des lois de plus en plus élaborées et le recrutement d'agents chargés de les faire respecter.

La question de la conservation des ressources naturelles fut sérieusement prise en compte par des écologues[1] et des écologistes[2] canadiens et aboutit en 1909, sous le gouvernement de Wilfrid Laurier, à la formation de la Commission de la conservation au Canada. Les résultats des études de cette commission, à l'avant-garde des courants écologiques contemporains, furent publiés dans quelque deux cents ouvrages, rapports et articles scientifiques, qui constituaient autant de plaidoyers pour la nature. La commission présidée par l'influent Clifford Sifton proposa que le gouvernement se fixe trois objectifs principaux : 1) l'élimination du gaspillage dans l'extraction et l'utilisation des ressources non renouvelables ; 2) la conservation des ressources renouvelables ; 3) la préservation des espèces menacées. L'élan vers une écologie durable au Canada fut stoppé par la Première Guerre mondiale. En 1921, la

1. Spécialistes de la science écologique.
2. Individus respectueux de l'environnement et protecteurs des ressources naturelles.

Commission fut abolie et le gouvernement opta pour le développement industriel plutôt que pour le développement durable.

Aujourd'hui, les agents de la Faune (les charges de garde-chasse et de garde-pêche ont fusionné) ont pour fonction la protection des habitats fauniques, celle de certaines espèces vulnérables et la lutte contre le braconnage. Concernant cette dernière, ils ont du pain sur la planche, d'autant plus que les braconniers disposent à présent d'équipements sophistiqués, dont des véhicules tout-terrain et des radios pour communiquer entre eux. Certains s'organisent en véritables réseaux dont les ramifications conduisent aux grandes villes. Les gardes-chasse doivent développer des ruses d'animaux sauvages pour coincer les contrevenants. Agissant comme le trappeur envers les animaux, ils profitent des inclinations des braconniers pour leur tendre des pièges.

À partir de la fin des années 60, la patrouille d'Amos se compose de six gardes dont deux avec permis de pilotage pour l'équipe volante. Jacques en fait partie. Durant l'hiver, période où la chasse à l'orignal est interdite, il surveille en avion les « ravages » d'orignaux. Après la saison des amours, dès la première neige, ces cervidés, qui n'ont pas d'abri à proprement parler, choisissent une zone propice dans la forêt, là où se trouve de la nourriture en abondance dont ils pourront profiter sans faire de grands déplacements, minimisant ainsi leurs dépenses énergétiques. Ils s'y installent par petits groupes de six à dix individus et y passent l'hiver. Autour de ces ravages, les animaux laissent des traces que les braconniers cherchent à découvrir. Quand il en repère un, Jacques le survole régulièrement pour déceler d'éventuelles empreintes suspectes de motoneige ou de raquettes.

La chasse et la pêche représentent une manne pour l'Abitibi giboyeuse. Chasseurs et pêcheurs viennent du monde entier chercher un trophée et quelques jours d'émotion dans ce territoire sauvage. Les lois veillent à ce qu'il n'y ait pas d'abus. Mais, selon les réfractaires, les règlements servent à être détournés. Parmi eux, se trouve le braconnier « local », celui que les agents connaissent bien, qu'ils rencontrent au café du coin ; il contrevient à la loi pour améliorer son quotidien et par esprit rebelle, un peu sur le modèle du Raboliot solognot. Et il y a les autres, ceux que l'appât du gain pousse à s'organiser en réseaux aussi difficiles à démanteler que leurs pendants pour la drogue. Ceux-là mettent en œuvre des moyens financiers importants et n'auront aucune difficulté à payer une amende s'ils se font prendre. Les agents de la Faune sont loin de disposer d'autant de moyens. Le territoire qu'ils doivent surveiller est immense et dépasse les frontières de l'Abitibi. Jacques étant un des deux membres de l'équipe volante, il circule par tous les temps jusqu'au nord de la baie James et parfois jusqu'au Nunavik, pour effectuer des contrôles réguliers et mener une enquête quand un délit est signalé. Généralement, il pilote un Beaver loué par la compagnie Air Fecteau. Cet appareil monoplan, avec un seul moteur en étoile, est robuste et adapté aux rudes conditions de la région du Nord. Il peut transporter sept passagers et neuf cents kilos de fret. En hiver, Jacques atterrit sur de petites pistes ou sur des plans d'eau gelés, en été il se pose sur des rivières et des lacs avec son avion équipé de flotteurs. Il bivouaque généralement une dizaine de jours aux alentours de son aire d'atterrissage.

En cet hiver 1973, aux commandes du Beaver, Jacques repère près de Val-d'Or un ravage vidé de ses occupants. Des traces de cavalcade sont encore bien imprimées dans la neige, mais aucune empreinte de motoneige ni de raquettes. Il en conclut que, dans ce secteur, des braconniers opèrent en hélicoptère. Leur méthode consiste à survoler le ravage pour effrayer les animaux, puis à les rabattre là où sont postés leurs complices, ou bien ils les tirent directement en vol ; les hors-la-loi n'ont plus qu'à hélitreuiller leurs victimes et à disparaître. L'orignal, qui se vend un excellent prix au marché noir, se retrouve jusqu'en Gaspésie, où les agents d'Amos vont jouer les agents doubles en infiltrant les filières de viande sauvage illicite.

Pour mettre fin aux exploits des contrebandiers, Jacques et ses collègues décident de faire appel à Michel. Ils apportent à la maison rose un orignal mâle tué par une voiture. Michel n'a jamais utilisé ses talents d'empailleur pour fabriquer un leurre. L'idée l'amuse. Il se met aussitôt au travail, écorche le buck et fabrique rapidement une armature en bois et fil de fer. Après avoir tendu dessus la peau humide, il laisse sécher l'ensemble quelques jours. Afin de parfaire le leurre et de lui donner un semblant de vie, il bricole avec des charnières de porte un ingénieux système pour faire bouger les pattes avant : si d'aventure un chasseur le prenait pour cible, il suffirait de tirer sur une corde pour que l'animal tombe. L'œuvre achevée, reste encore à tester son efficacité. L'endroit retenu se situe près du lac Boucane.

Dans le pick-up qui emporte le leurre caché sous une bâche, les histoires de braconnage vont bon train. Les braconniers ne travaillent pas en finesse, leurs méthodes sont souvent brutales et tristement efficaces. Pour les orignaux, ils utilisent une moitié de baril en métal et découpent dans la tôle une ouverture en étoile. Le piège attaché à un tronc est ensuite enfoui sous la neige sur la piste des orignaux. Ceux-ci avançant à la queue leu leu, il arrive toujours qu'un malchanceux pose son sabot sur la tôle, y enfonce sa patte sans pouvoir la retirer. Une autre méthode consiste à cacher un énorme hameçon dans une pomme qu'ils accrochent à une branche assez haute pour qu'un chevreuil affamé ou gourmand se dresse sur ses pattes pour la croquer. Le malheureux reste suspendu comme un poisson au bout d'une ligne. D'autres pièges s'avèrent dangereux pour les humains. Jacques raconte ses mésaventures :

– L'autre soir, j'ai bien failli me faire descendre.

– Par des braconniers ?

– Non, par leurs fantômes. Ces croches avaient tendu la corde sur la piste d'un orignal à un mètre du sol et l'avaient reliée à la détente d'un fusil fixé à une branche. On patrouillait de nuit. On était deux, moi je marchais derrière. Mon copain s'est pris dans la corde et il est tombé en avant. Le coup est parti ; oh, boy ! j'ai senti passer la balle ! Tu parles que le fusil, ils vont pas le retrouver et ils ne risquent pas de venir déposer une plainte pour vol. Toute façon, dans ces cas-là, ils ne se servent pas d'armes de valeur. Mais ça nous est arrivé d'en retrouver des belles dans des caches. Quand ils savent qu'on patrouille, ils planquent leurs armes sous des bois et font semblant de juste se promener. Ç'a pas de bon sens, tout ça...

– Tiens, ça me rappelle l'autre histoire que me racontait Jean-Léo Bérubé, continue Michel. C'étaient des collègues à lui qui patrouillaient en voiture sur la piste vers Forsythe. Ils voient une jeep arrêtée avec un caribou des bois[1] attaché sur le capot. Ils stoppent net et s'approchent du véhicule. C'étaient deux chasseurs de Québec qu'ils connaissaient bien, un homme âgé et son fils, des gens honnêtes d'habitude. C'était la période de la chasse aux orignaux, donc ils ne faisaient rien d'anormal à chasser le cervidé. Sauf qu'ils avaient ce caribou des bois, une espèce menacée. Le père salue cordialement les agents et leur tend fièrement son permis pour qu'ils le perforent, comme il se doit quand le chasseur a abattu le gibier auquel il a droit. Les agents sont bien étonnés de son attitude désinvolte. L'un deux l'interroge avec prudence : « C'est vous-même qui l'avez tué ? » Au cas où ces chasseurs l'auraient trouvé tué par d'autres ou par un véhicule et qu'ils soient en train de le ramener au ministère, comme le veut la loi. Le vieux le prend mal et répond, piqué au vif : « Qu'est-ce tu crois ? Que je suis plus capable de chasser ? – C'est que c'est interdit de tuer cette bête », répond le garde, de plus en plus surpris. « Quoi ! Tu dis que je ne reconnais pas un orignal d'un cerf de Virginie ? J'sais bien que c'est interdit, le cerf de Virginie. Mais tu connais-tu pas tes règlements, toi ! Sûr que tu suçais ton pouce quand je chassais déjà ! » Et le vieux de s'énerver et de lui sortir ses papiers d'identité et son permis de chasse, sans oublier l'autorisation de tuer un orignal. Les agents rigolent de sa confusion et lui affirment : « Vous vous êtes trompé, monsieur » en s'apprêtant à confisquer l'animal. Le chasseur, vexé et pas du tout convaincu, s'interpose en les traitant de voleurs et d'agents bandits. Il agite l'oreille de sa victime et montre l'étiquette qu'il a soigneusement fichée. « Tiens, tu vois, y a même l'étiquette ! » L'agent lui répond en

1. *Rangifer tarandus caribou.*

pointant son doigt sur le coupon de transport et d'enregistrement : « Là, voyez, c'est écrit *orignal mâle* et le vôtre c'est un caribou des bois. Et ce caribou est une espèce très protégée ! Et puis même s'il a des bois un peu plats c'est quand même pas un orignal. Désolé, monsieur, mais on l'embarque ! »

– Pauvre gars, c'était pas de chance, concède Jacques.

Arrivé sur les lieux de son lâchage, près du lac Boucane dans le canton Ducros, l'« orignal » de Michel est planté dans la neige tant bien que mal. De loin, dans cet endroit dégagé, il a l'air aussi vrai que nature. Ce peu orthodoxe adjoint des agents reste en poste une bonne partie de l'hiver. Pour rien, hélas... Les braconniers ne reparaissent pas dans ce secteur. Toujours surveillé de près, l'orignal est déplacé à plusieurs reprises. Sans succès. Et comme le temps est très mauvais cet hiver-là, chaque matin, après la neige, il faut lui donner un coup de balai...

En ce début des années 1980, un nouvel « agent auxiliaire » prend ses fonctions à Amos. Plus sophistiqué que son prédécesseur, il est monté sur des rails et téléguidé à distance ; il peut avancer ou reculer et remuer la tête. Il se transforme également à volonté en mâle avec un beau panache ou en femelle. Le jour vient de le mettre à l'épreuve sur le terrain. L'orignal est installé bien en vue dans une clairière, juste derrière un barrage à castors, à une centaine de mètres de la piste carrossable. Trois agents se postent en bordure, prêts à intercepter un potentiel braconnier, tandis que leurs confrères patrouillent de l'autre côté, à proximité du leurre. Un véhicule arrive en roulant lentement. Le chauffeur donne un coup de freins brusque quand il aperçoit le cervidé. Près de la route, les agents en habit de camouflage se tapissent derrière les buissons en se frottant les mains. Celui-là, ils ne vont pas le rater ! Le gars sort de sa voiture et observe un moment l'orignal. Puis il ouvre son coffre et en sort une grande hache ; il se met à donner de petits coups sur la carrosserie avec le manche pour essayer de faire bouger sa future proie. Seule la tête de l'orignal remue. Soudain, un chien saute de la voiture par la vitre baissée et se met à renifler l'air comme si quelque chose le dérangeait. Le labrador, nez au sol, se dirige l'air décidé non pas vers le leurre, mais vers Jacques et ses compagnons cachés. Avec la radio, Jacques appelle à voix basse l'autre équipe, tandis que ses deux collègues essaient vainement de repousser le chien, qui frétille de la queue et vient coller son museau dans leur planque. Chose curieuse, son maître n'y prête pas garde, sans doute trop obnubilé par ce drôle d'orignal. D'ailleurs, il décide maintenant de s'en approcher et, hache bien en main, avance avec, visiblement, l'intention d'assommer sa future victime. Un coup de hache, c'est plus discret qu'un coup de fusil. Jacques prévient l'autre équipe. Alors qu'il ne reste plus qu'une trentaine de mètres entre l'homme et l'orignal, un agent sort des bois sur le côté en criant :

– Monsieur, monsieur, laissez-le. Ne le dérangez pas, on vient de le libérer, il était blessé ! Arrêtez !

Mais le suspect n'y prête nullement attention et continue vers l'orignal comme s'il n'avait pas vu celui qui l'interpelle. L'agent se met à courir dans sa direction et le rejoint. L'individu s'arrête, tout surpris. L'agent comprend vite : il a affaire à un mal-entendant ! Il le prend par le bras et lui fait faire demi-tour en lui criant à l'oreille :

– Il est malade, il faut le laisser.

L'homme, tout en suivant le garde, se retourne plusieurs fois, apparemment très sceptique.
– C'est pas un vrai. Il bouge pas ! C'est pas un vrai.
– Mais si, mais si, c'est un vrai, je vous dis qu'il est malade ! On vient juste de le relâcher ! Allez, venez. Et rappelez votre chien, il dérange le gibier !
Sur ce coup, l'orignal et les gardes-chasse sont bien brûlés.

Michel n'envie pas son frère. Bien sûr, ce métier permet d'être en contact avec la nature et les animaux, mais pas dans le sens où lui l'entend. Ce qu'il aime, c'est le grand rythme de la vie, celle des animaux, des plantes et des éléments climatiques, les éblouissements qu'elle procure, son insoumission apparente et ses lois complexes. Il ne peut réduire la nature à une propriété des humains dont ils seraient les gouvernants. De surcroît, Michel est un affranchi pour qui porter un uniforme et respecter les règles de la fonction ressemble à un assujettissement. Il connaît bien les réglementations de la chasse, d'autant plus qu'il sert parfois de guide à des chasseurs citadins. Il préfère respecter les lois naturelles que les décrets humains. Le métier qui lui aurait plu, en dehors de celui qui le passionne, c'est d'être soigneur d'animaux. Évidemment, cela paraît contradictoire avec son métier de trappeur, tout comme l'est le fait que les gens l'appellent quand il y a un animal à secourir. La situation pourrait s'avérer cocasse si c'était un autre que Michel. Pour preuve de sa singularité, il est le seul homme – hormis le curé, bien sûr – autorisé à pénétrer dans l'austère monastère du Précieux-Sang, construit à Amos en 1957 pour les religieuses cloîtrées de la communauté des Adoratrices de Jésus-Rédempteur. Les moniales lui téléphonent fréquemment afin qu'il vienne récupérer des chauves-souris, des moufettes, des écureuils. Cela lui fait toujours une drôle d'impression quand la porte s'ouvre et qu'il parcourt le long corridor froid, en suivant une sœur silencieuse jusqu'à l'endroit où l'animal qu'il vient chercher s'est caché. Ses pas, qu'il essaie de rendre légers, résonnent lourdement sans faire fuir ces femmes qui l'épient dans l'ombre et dont il aperçoit furtivement les silhouettes. Quand il en croise, elles le saluent d'un petit signe de tête, mais il n'entend jamais leur voix. C'est toujours la même sœur qui le reçoit et le guide. Elle est la préposée aux relations publiques, en quelque sorte. Leur contact avec le monde extérieur se limite à l'ouverture d'une petite trappe dans la porte en bois, pour vendre des « retailles d'hosties » que viennent acheter les citoyens d'Amos : les religieuses confectionnent les hosties utilisées par les curés lors des offices religieux, et elles en vendent aussi au public, une fois par semaine. Michel a beau leur expliquer qu'elles doivent éviter de nourrir les animaux, elles le font quand même, pour le plaisir de les voir gambader et sans doute aussi pour que d'autres présences que celle, éphémère, du séduisant trappeur égayent leurs vies contemplatives. Ensuite, bien entendu, elles regrettent que leurs invités s'installent ostensiblement dans leur potager.

Quand Michel repart avec un petit indésirable, la sœur lui murmure souvent : « Ah, monsieur Pageau, vous êtes comme saint François d'Assise ! »

Troisième partie

1

L'éveil

La beauté naît du regard de l'homme. Mais le regard de l'homme naît de la nature.

Hubert Reeves,
L'espace prend la forme de mon regard

Trois soleils illuminent le ciel d'une lumière froide. Depuis que le monde est monde, sous cette latitude, par certains jours d'hiver, se lève de chaque côté de l'astre en feu un « œil-de-bouc ». Un parhélie[1] à droite, un à gauche : le soleil semble avoir des frères jumeaux. En ce petit matin, Michel les contemple, ému comme s'il les voyait pour la première fois. Aurores boréales, aubes et crépuscules flamboyants, œils-de-bouc, arc-en-ciel : le ciel n'en finira jamais de l'émouvoir. Et dans les nuits limpides il lui suffit de lever les bras, paumes tendues, pour récolter des étoiles à pleines mains. La beauté pure, incommensurable, au-dessus de sa tête glisse en lui silencieusement. Il ne pourrait la retenir et s'en imprégner si ses pieds n'étaient fermement ancrés au sol et son regard intérieur grand ouvert

---

1. Les parhélies sont des phénomènes optiques dus à l'interaction de la lumière solaire sur les cristaux de glace.

sur l'univers. Les battements de pouls de la terre rythment ceux de son cœur.

Alors, des milliers de voix, ses parents les plantes et les animaux, murmurent à ses oreilles. Le chant des loups s'élève en lui. Tandis qu'une larme roule doucement sur sa joue, il entend pleurer la forêt.

Petit à petit, inéluctablement, Michel a entendu monter son appel. Sans doute les cris des animaux dans ses pièges lui ont-ils ouvert les oreilles et le cœur ; leurs derniers râles ont fini par devenir l'écho des bois. Sans doute qu'à force de voir défiler tant de vies dans les yeux de ses victimes il a senti chavirer la sienne. Il en est certain, elle pleure, la forêt, noyée sous les eaux des barrages, coupée à blanc dans ses recoins les plus secrets. Sanctuaire profané, elle porte un lourd fardeau de plaintes des animaux devenus des parias ; plaintes aussi des rivières détournées de leur lit naturel ou polluées à en faire crever les poissons. Depuis la nuit des temps, elle connaît le cycle de la vie et de la mort, où tout est violence et sérénité, drame et comédie, et compose avec. Périodiquement, tout meurt, tout renaît. Le temps s'étire, infini. Mais maintenant elle enregistre des morts sans résurrection, des pulsations désorientées, des cadences instables, des disparitions spontanées, des croissances irraisonnées. Quand reprendra-t-elle son rythme naturel ? Ou plutôt, quand ce nouveau rythme deviendra-t-il à nouveau naturel ? Y aura-t-il un autre commencement primordial, tel celui du premier matin et de la première nuit ?

Michel l'entend et frissonne. La résilience de cette forêt boréale est-elle limitée ? Y aurait-il un point de non-retour ? Le trappeur le craint. Ses pièges pèsent de plus en plus lourd sur ses épaules. Le doute, cette résonance intérieure qu'il s'interdisait, l'assaille plus souvent qu'il n'ose encore se l'avouer. Il prend forme dans les voix de ses enfants qui l'adjurent de ne plus tuer, dans le regard de sa proie dont le dernier éclat s'éternise en lui avant de s'éteindre, dans le vrombissement des camions chargés à en vomir de troncs coupés et édentés, dans les fumées opaques des mines. Il entend parler de pollutions – la première fois qu'un journal local a mentionné ce genre d'outrage, c'était à la fin des années 1960 et cela ne concernait que les rivières enlaidies par les dépotoirs sauvages – tellement diverses qu'il se demande s'il n'est pas dans le tempérament de l'homme d'être un pollueur irresponsable. Il ne parvient pas à élucider ce mystère. Il entend partout répéter que toutes ces activités sont nécessaires à la région, que le fait qu'elles polluent est sans conséquence grave. Elles créent des emplois, le sien, ceux de ces amis. Comment donc y renoncer ? C'est une catastrophe pour le monde végétal et animal, mais peu de gens le reconnaissent ; du reste, peu de gens s'associent intimement à la nature sauvage, et moins nombreux encore sont ceux qui s'y sentent apparentés. Quant à lui, même s'il est conscient du paradoxe dont il voudrait s'affranchir, il doit encore tendre ses pièges, courir les bois en prédateur, et sa compassion ne suffit pas. Peut-être doit-il mieux écouter la forêt et demander aux animaux de l'aider autrement avant de pouvoir remiser ses pièges. « Faut se poser bien des questions », se répète-t-il gravement en espérant trouver une solution.

Nathalie a 11 ans et Anne-Marie va en avoir 9 quand se présente l'occasion d'acheter une terre, à quelques kilomètres de la maison rose sur le même rang 10. Sa superficie atteint une quarantaine d'hectares, principalement marécageux. Autour de la tourbière poussent du thé du Labrador (*Ledum groenlandicum*), du cassandre caliculé (*Chamaedaphne calyculata*), de l'épilobe (*Epilobium augustifolium*) et beaucoup de canneberge (*Vaccinium macrocarpon*), caractéristiques des sols à sphaignes, imbibés d'eau. Une portion du terrain est boisée, cependant, par suite d'un incendie, les arbres ne mesurent guère plus d'un mètre et demi de haut. Ce sont des conifères et aussi des feuillus, dont les chants sont modulés différemment selon que le vent les caresse ou les bouscule. Des arbres trop jeunes et trop frêles pour la construction ; des arbres qu'il faut protéger et regarder grandir avant de décider de leur vocation. Michel se dit que leur seule vocation sera de bien vieillir.

C'est une terre où l'aboutissement d'un rêve peut se consumer dans l'ampleur de la tâche. Quand on ne dispose que de très peu de ressources financières, il faut être doté d'une âme de colon pour transformer le rêve en réalité. Mais ni Louise, que sa nature de « fille de cultivateur » pousse à se surpasser, ni Michel, dont la force de travail étonnante n'a jamais faibli, n'en doutent : « cela peut se faire » et cela se fera. Et si cela ne risquait d'annihiler la nature plutôt plate de ce pays, Louise soulèverait des montagnes. Quant à Michel, il sait tracer des chemins sans jamais se perdre. Il aima immédiatement cette terre à apprivoiser, et décida qu'il saurait la familiariser à sa présence sans dompter son caractère sauvage auquel il fut sensible. Elle devint « le Marais ».

Il lui faudrait d'abord réparer les outrages des Amossois, qui, selon leurs mauvaises habitudes, jettent leurs ordures en dehors de la ville, en « pleine nature », sans se soucier ni du tort causé au paysage ni de la pollution et de ses conséquences. Pourtant, ces individus entretiennent autour de chez eux de beaux jardins, plantent des fleurs, favorisent la monotonie plutôt que la diversité, et cultivent soigneusement cette nature parée pompeusement, dénaturée mais faite rien que pour eux. L'environnement ne concerne encore que le bien-être immédiat des hommes, qui supposent sans même y réfléchir que l'autre nature, la sauvage, avalera leurs déchets et les digérera sans peine. Michel concède aux dépotoirs qu'ils attirent des loups, des ours et d'autres animaux dont il apprécie la présence ; il envisage néanmoins de déblayer les ordures de son terrain, pour l'aider à mieux respirer.

Cependant, avant de retrousser ses manches, il faut disposer de 4 000 dollars. C'est le numéro gagnant pour changer de vie, c'est-à-dire avoir une ferme selon la vision de Louise, avec des vaches, des moutons, des chèvres. Michel adhère, mais ne peut envisager de priver la famille des revenus que procurent la trappe, la voirie, la taxidermie et son emploi de guide. Après tout, bâtir une ferme ne lui donnera que de l'ouvrage en plus. Mais un jour viendra où il pourra s'y consacrer entièrement.

Le terrain est acheté en automne 1976. Il a fallu emprunter de l'argent à une usurière avec pour garantie la maison rose, qu'ils vendront dès qu'ils auront construit leur campe. Durant l'hiver 1976-1977, quand Michel revient de son travail à la voirie ou de sa ligne de trappe, il s'installe à la table de la cuisine et s'applique, tel le bon élève qu'il n'a jamais été, à dessiner des plans simples et précis. Sur des feuilles de cahier d'écolier, avec une règle et un crayon noir, la maison – inévitablement en rondins – prend forme. Tel le campe des colons, elle n'est pas grande, puisqu'elle est provisoire ; il calcule qu'il lui faudra deux cent cinquante troncs en tout. Michel obtient la permission de couper des pins gris sur son territoire de trappe.

Au printemps, la sève monte, les arbres sont plus faciles à écorcer. Mais si c'est la saison de récolter du bois de construction, c'est aussi celle des « mouches », nom collectif utilisé pour désigner le plus redoutable et le plus tristement populaire des fléaux naturels de cette région : les insectes piqueurs. Le printemps fredonne allègrement « La ballade des maringouins[1] » sur un air des années 1920, de Mary Travers dite la Bolduc, première chansonnière québécoise :

> *Les maringouins c'est une bibitte*
> *Faut se gratter quand ça nous pique*
> *Je vous dis que c'est bien souffrant*
> *C'est cent fois pire que l'mal aux dents*
>
> *Mais partout où est-ce que j'allais*
> *Les maringouins me suivaient*
> *Je courais tellement fort*
> *Que j'en avais des bosses dans l'corps.*

L'ardeur des maringouins dépassant celle des paroissiens colons pourtant dévots, ces derniers boudaient parfois l'office de crainte de souffrir le martyre sur le chemin de l'église. En juin 1939, le prêtre missionnaire-colonisateur Stanislas Dubois relatait : « Malgré les maringouins et les mouches, les colons sont plus nombreux à la mission. On me demande de conjurer les maringouins. Comme il faut l'autorisation de Monseigneur, j'en profite

---

1. Famille des culicidés.

pour prêcher sur les maringouins, sur les piqûres de l'âme, sur la nécessité de mener une vie chrétienne pour être débarrassé des fléaux du bon Dieu[1]. » Et comme si le divin fléau maringouin ne suffisait pas, ses parents de l'ordre des diptères, les mouches noires[2], les mouches à chevreuil et à orignal[3], ainsi que les minuscules brûlots[4], font chœur pour supplicier les humains. Cela ne dure que deux à trois mois, mais sans répit aucun, car ces attaquants ne renoncent jamais et se relaient selon leurs préférences horaires. Les uns affectionnent le jour, d'autres la nuit, d'autres encore les débuts de journée. Par contre, à la tombée du jour, ils se liguent tous ensemble pour donner l'assaut. Généralement, tels les célèbres maringouins, seule la femelle absorbe du sang, source de protéines nécessaire au développement de ses œufs. Les piqueuses sont attirées par les gestes et les couleurs de leur proie. La respiration et la sueur de la victime possèdent aussi un pouvoir attractif, au grand dam de Michel, qui transpire à l'ouvrage. Bien qu'il soit en partie immunisé à force de se faire piquer, les essaims – certains bruyants comme des scies mécaniques, d'autres traîtreusement silencieux – sont agressifs au possible et le rendent irritable quand ils s'introduisent dans sa bouche, ses yeux, ses oreilles. Pourtant généreux de nature, il se demande en poussant plusieurs « oh boy ! » si ces insectes pullulants ont vraiment une bonne raison d'exister. Effectivement, il y en a une : formant une abondante source de nourriture pour de nombreux prédateurs, ils font partie, comme tous les

1. Cité par Normand Lafleur, *La Vie quotidienne des premiers colons en Abitibi-Témiscamingue*, Ottawa, Leméac, 1976.
2. Famille des simuliidés.
3. Famille des tabanidés.
4. Famille des cératopogonidés.

animaux, de la chaîne alimentaire ; ils sont donc utiles à d'autres espèces et pour l'environnement. Quoi qu'il en soit, Michel a beau redouter le pire quand il va couper ses arbres, son imagination est toujours en deçà de ce qu'il subit sur le terrain. Pour sortir ses arbres, il doit les tirer ou les porter sur les épaules jusqu'à la route, puisqu'il est interdit de circuler avec un tracteur sur sa ligne de trappe. Pas moyen alors de se protéger le visage en balayant les insectes de la main. Décidément, sa petite maison en bois rond sera bien assez grande avec deux cent cinquante troncs.

Les billots équarris sont stockés au Marais, où il leur faudra une année pour sécher.

En fait, ils en auront trois, car, même si les troncs sont là, il faut quand même un peu d'argent pour acheter quelques matériaux. De plus, la famille s'agrandit en juillet 1977, avec la naissance de Patrick.

Ce n'est donc qu'au mois de mai 1979 que la construction commence. Des amis viennent prêter main-forte. Après la pose des madriers sur le sol, les murs sont montés. Entre chaque rang de rondins, les interstices sont calfeutrés avec de la mousse et de la tresse de coton. Grand de douze mètres sur six, le campe est achevé en deux mois et demi. Il est beau, confortable (il y a un coin salle de bains), plus spacieux que ceux des colons (il y a une mezzanine à laquelle on accède par une échelle de meunier), le poêle à bois et la cheminée fonctionnent bien. Louise voudrait bien l'isoler, mais Michel, peu frileux, a hâte de s'y installer et lui demande : « Pour quoi faire ? » Il aura sa réponse quand, par nuits froides, il se lèvera plusieurs fois pour recouvrir ses trois enfants des fourrures qu'il n'aura pas encore vendues. Près de la maison, il y a aussi un petit hangar et des abris construits avec des planches de récupération, pour loger les animaux – du moins ceux qui ne partagent pas l'habitation familiale. Après tout, ce n'est que du provisoire et Michel a déjà dessiné leur deuxième vraie maison, celle de ses rêves, non pas en planches, mais aussi en bois rond. Elle sera deux fois plus grande, aura un étage, deux cheminées. Par contre, il faudra trouver 40 000 dollars pour la construire et bien l'aménager. Mais Louise considère que ce projet est trop ambitieux et préférerait une maison préfabriquée, avec des murs en planches, comme les colons. À peine se sont-ils installés dans le campe que la maison préfabriquée est commandée.

2

Naissance du Refuge

Le tourisme, nouvelle promesse de ressource économique, était alors balbutiant en Abitibi. Mais pour le couple Pageau l'aventure avait commencé bien avant, lorsqu'ils habitaient dans la petite maison rose. La réputation de Michel et de Louise, entourés de leur « ménagerie », mi-sauvage mi-domestique, attirait les habitants d'Amos et de la région. L'étage où Michel pratiquait la taxidermie et exposait ses œuvres était déjà devenu un musée sans en porter le titre. De nombreuses écoles organisaient des visites en prenant rendez-vous, mais promeneurs et groupes de curieux arrivaient à toute heure. Ce défilé anarchique devenait gênant. Les Pageau, quoique heureux de faire partager leurs connaissances et leur passion, espéraient sans doute gagner un peu de tranquillité en s'installant sur le terrain qu'ils avaient acheté quelques kilomètres plus loin. Mais pouvait-il vraiment en être ainsi ?

Depuis plusieurs années, Michel fait office d'urgentiste pour animaux en détresse, bien qu'il ne possède pas encore d'habilitation officielle pour recueillir et garder les animaux sauvages. Particuliers et agents de la Faune s'adressent à lui pour sauver un blessé ou prendre soin d'un orphelin. Secondé par sa femme, il les remet sur pied avant de les relâcher dans la nature ou de les confier à un zoo. Sur le terrain du Marais, libre de toute clôture, les convalescents recouvrent la santé en s'ébattant au grand air.

– M'man ! crie Nathalie, excédée. Y a encore des gens dans la cour !

Il est 8 heures du matin et l'adolescente de 15 ans s'apprête à partir pour l'école.

– Faut faire quelque chose ! continue-t-elle, le nez collé à la fenêtre, en regardant trois personnes penchées sur la cage du harfang blessé.

– Va les voir, j'ai pas le temps de m'en occuper, faut que j'aille soigner, répond sa mère.

– Ils viennent juste quand tu vas t'occuper des bêtes. Ils doivent savoir, conclut Nathalie.

« Cette situation ne peut plus durer. Mes parents sont trop bons, grommelle-t-elle. Ils se laissent envahir et cela ne les aide pas dans leurs tâches ! »

Dès son retour de classe, Nathalie bricole une barrière avec des vieilles planches et quelques chaises. Elle place dessus un petit écriteau sur lequel elle inscrit « 1 $ la visite. Ouvert de 10 h à 17 h », avant de raturer et de corriger ses horaires : « Ouvert de 10 h à 12 h et de 15 h à 17 h. » Puis, prenant du recul, elle inspecte son ouvrage avec satisfaction : « Au moins ça donnera des sous pour les animaux ! »

Cela fait d'abord sourire ses parents, mais une petite graine d'idée se met à germer dans leurs têtes... Surtout dans celle de Michel, qui ressent de moins en moins le besoin et l'envie de trapper. Un sentiment de culpabilité s'est progressivement installé en lui. La dernière fois qu'il a préparé ses pièges, les réflexions de ses enfants l'ont un peu bousculé. Nathalie a bien du bon sens : il faut des sous pour nourrir leurs pensionnaires. Pour l'instant, des épiciers leur donnent des provisions périmées, mais cela ne comble pas tous les besoins, et surtout que se passerait-il s'ils cessaient ? Et puis, qui sait ? Peut-être qu'après tout les animaux sauvages lui apportent là une solution. Il ne s'en étonne pas. Ne lui ont-ils pas tout donné : le bonheur de découvrir leurs mystères, celui de partager leurs émotions, celui de sentir son corps s'ouvrir à l'espace infini ? Ils ont rythmé ses jours et ses nuits, ont ouvert ses yeux et son cœur, lui ont appris à dompter le vertige de la vie et de la mort – car, au-delà de celle qu'il leur infligeait, ils lui ont révélé la pure dimension de l'existence. Leurs qualités, l'ingéniosité, le courage voire la pugnacité, l'altruisme des mères, ont servi d'exemple au trappeur. Il a couru la forêt au milieu des anges, tant il a rencontré parmi eux des individus extraordinaires qui l'ont marqué à tout jamais. Alors la petite graine d'idée forcit et il abandonne définitivement la trappe en 1981. Sur les traces du trappeur avance maintenant le sauveteur d'animaux. Louise l'accompagne et sourit.

Le caractère marécageux de leur nouveau lieu de vie s'adapte naturellement à la sauvagine, terme commun (quoique principalement associé à la chasse) désignant bernaches, canards, oies et autre gibier d'eau. Michel comprend vite le parti qu'il peut en tirer et adresse à Canards Illimités Canada (CIC) un projet de protection de la faune. Fondé en 1938, cet organisme privé sans but lucratif a pour mission de conserver les milieux humides et les habitats qui s'y rattachent. Dans certaines régions du pays, jusqu'à 70 % des milieux humides d'origine ont été détruits ; pourtant, ces habitats particuliers et fragiles sont essentiels à la sauvagine et à environ six cents espèces de plantes, d'animaux et d'insectes. En juin 1981, le ministère de l'Environnement donne son aval à CIC, l'objectif de Michel et de l'organisme étant de fournir des sites d'alimentation, des aires d'élevage et de repos pour les oiseaux migrateurs. Un étang est alors aménagé dans la tourbière avec des fossés sinueux et des baies. Ainsi naît le « Centre des Marais et ses habitants ».

L'idée fait aussi son chemin dans les bureaux du ministère des Loisirs, Chasse et Pêche, qui propose de transformer en attraction touristique ce qui pour Michel et Louise constitue leur vie courante. Si Michel a abandonné la trappe, il n'en continue pas moins sa tâche d'employé à la voirie ; autant dire que ses journées sont longues. En 1986, alors que quelque six cents animaux ont déjà élu domicile chez les Pageau, l'implantation d'un zoo lui est proposée. Michel est embarrassé : il répugne à condamner ses pensionnaires en bonne santé à vivre en cage pour distraire des gens. À ses yeux, l'enfermement n'est acceptable qu'en cas de handicap physique permanent, ou de trop grande accoutumance aux humains. D'ailleurs, chez lui, où il n'y a toujours ni barrière ni enclos, séjournent justement deux jeunes orignaux qu'il ne pourra jamais relâcher ; il craint qu'un jour on ne finisse par les lui enlever, avec une amende à la clef. Mais si le Centre des Marais acquiert un statut légal, Michel obtiendra enfin les permis nécessaires pour les garder près de lui. Le concept de zoo devient peu à peu celui de refuge, appelé aussi « parc d'observation de la faune et de la flore ».

En avril 1987, une surprise de taille l'attend lors du Sommet socio-économique de l'Abitibi-Témiscamingue : son dévouement en faveur de la protection de la faune est publiquement et officiellement reconnu et le ministre en personne lui annonce que son emploi de fonctionnaire, alors à la voirie, est transféré au ministère des Loisirs, Chasse et Pêche à même hauteur de salaire. Un tel transfert, cela ne s'est jamais fait. Sur l'estrade où il est convié à monter, l'émotion s'empare de cet homme fort de 46 ans. Il en pleure de bonheur. Désormais, il va enfin pouvoir se consacrer à temps plein à la cause animale.

Cette nomination est un roulement de tonnerre dans la vie des Pageau ; d'ailleurs, par un curieux hasard, dès le lendemain matin de la consécration un coup de téléphone réveille la maisonnée endormie sur ses lauriers :

– Allô, monsieur Pageau ? Il faut que vous veniez à Val-d'Or, on a deux oursons pour vous. Un mâle et une femelle détenus illégalement par des particuliers.

Michel et Louise sont époustouflés : les deux premiers ours de leur très officiel Refuge ! Hier la gloire et l'euphorie aujourd'hui. La vraie vie en continu. C'est ainsi, dans l'enchaînement grandiose des surprises de la nature, qu'arrivent Joe (Joseph) et Moukou, deux orphelins nés dans l'hiver et pas encore sevrés.

Après la reconnaissance officielle vient la difficulté de mettre en route le projet. Le Centre des Marais adopte d'abord ses statuts d'organisme à but non lucratif. Surprise : Albert Laporte, l'ancien directeur de discipline de l'école Saint-Viateur, celui qui punissait d'un coup de fouet le mauvais élève Pageau, est élu président. Michel n'est décidément pas rancunier et le jugement d'Albert Laporte sur l'enfant était juste. Louise est nommée secrétaire et Michel propulsé directeur général. Trois années s'écouleront, trois années de travail à plein temps au Refuge, avant que Michel reçoive son salaire du ministère auquel il est désormais rattaché et le permis de garder des animaux sauvages. Parmi les raisons de ce retard : la recherche d'un titre officiel pour justifier l'emploi au ministère des Loisirs, Chasse et Pêche. La distance qui sépare le monde de Michel et ses amis de la forêt boréale de celui des gens des ministères se mesure en années. Finalement, on retient tout spécialement pour lui l'appellation de « gardien principal des animaux », terme dont Michel évalue pleinement le sens, contrairement à celui, trop ronflant à ses yeux, de « directeur général ».

Les difficultés financières – l'argent que lui accorde le ministre, M. Yvon Picotte, n'arrivant pas tout de suite – constituent une nouvelle épreuve pour Michel. Gérer d'importantes sommes n'est pas le point fort des Pageau. Manque d'habitude, bien évidemment. Au Québec, l'expression dit « l'argent ne pousse pas sur les arbres », ce que Michel contredit tant les forêts font vivre les hommes ; dans la situation présente, il évoquerait plutôt le bon mot de Groucho Marx : « Il y a tellement de choses plus importantes que l'argent, mais il faut beaucoup d'argent pour les acquérir. » Les « choses importantes » pour Michel et Louise, c'est avant tout l'amélioration des conditions de vie de leurs protégés. Leur projet est d'envergure : construire un grand bâtiment pour les bureaux de l'organisme et accueillir les visiteurs. Acheter du mobilier. Dresser des clôtures. Aménager des enclos. Faire des sentiers pédestres dans la tourbière fragile et souvent impraticable. L'ouvrage ne manque pas, et même si le chèque qui arrive un jour dans la petite boîte aux lettres des Pageau les laisse sans voix (178 000 dollars !), il faut se rendre à l'évidence, cela ne suffira pas à faire tourner le Refuge – abrité, donc, par le Centre des Marais. Trouver des financements pour nourrir les nombreux animaux qu'ils pourront désormais recevoir et soigner devient un impératif. Albert Laporte les aide à constituer des dossiers de pose la cage et lui demande de reculer, puis il l'y fait entrer tout en douceur.

Il faut dire que, en raison de sa myopie et sa lenteur, le porc-épic est facile à approcher. Menacé, il claque des dents pour prévenir son adversaire. S'il ne peut s'échapper, il se pelotonne en rentrant la tête, tous piquants dressés. Il pivote ensuite sur ses pattes de devant et fait dos à l'ennemi. Tandis qu'il se retourne en piétinant le sol de ses pattes arrière, il se défend en fouettant l'air de sa queue de trente centimètres. Ces mouvements rapides détachent des piquants qui fendent l'air avant d'aller s'enfoncer dans la chair de l'adversaire. Le porc-épic, deuxième plus gros rongeur du Canada, a la manie de grignoter les bâtiments en bois des forestiers. Cela lui vaut une mauvaise réputation de nuisible, alors qu'il œuvre plutôt pour la conservation de la forêt en grimpant dans les arbres où il déguste le gui parasite, ou bien en éclaircissant les peuplements trop denses de jeunes arbres.

Michel repart avec son protégé, qu'il relâche loin de la ville. Les jeunes diront qu'ils l'ont vu parler à l'animal et que l'animal lui a obéi sans le piquer. Michel leur expliquera qu'il a appris à interpréter les mouvements du porc-épic, ce qui lui permet d'anticiper ses réactions. Sa renommée grandit encore, et il constate avec bonheur que de plus en plus de gens réagissent en l'appelant avant de tuer ou faire tuer un animal importun. Mais quand la réaction vient des enfants, le sentiment d'œuvrer pour l'avenir de la préservation de la faune boréale lui apparaît nettement.

Michel se souvient des trottoirs en bois de son enfance et décide d'en doter le Refuge pour que les visiteurs puissent circuler sans se mouiller les pieds.

demande de fonds ; aux Pageau d'aller quêter. Ils sollicitent le soutien de clubs sociaux, d'entreprises locales, du maire d'Amos. Louise s'aventure hardiment dans les réunions du Rotary d'Amos et des Kiwanis à Val-d'Or, où pourtant les femmes ne sont pas admises. Intuitivement bonne communicante, elle prend soin d'emporter dans sa sacoche Mignonne, première-née du couple Joe et Moukou. Elle se rendra même à une convention de trappeurs avec trois oursons ! Quant à Michel, son nouveau rôle social l'embarrasse et il souffre le martyre dès qu'il doit s'exprimer en public. Mais leur force de conviction est telle qu'elle emporte l'adhésion – et les dollars – de leurs interlocuteurs. Le Refuge va vivre !

Le Centre des Marais prend forme, de plus en plus de gens appellent Michel. Comme en ce mois de mai 1987 :
– Monsieur Pageau, il faut venir vite. Il y a des policiers dans la cour, ils vont le tuer ! Vite, venez ! (La voix est juvénile, inquiète, fébrile.) C'est un porc-épic, venez vite, monsieur Pageau, il est dans un arbre, il faut le sauver !
– C'est où ?
– Au Cégep.
– Dis aux policiers que j'arrive.
Michel prend une petite cage et se rend illico au collège d'Amos. Dans la cour, des policiers entourés d'un groupe d'adolescents surveillent à distance le porc-épic, grosse boule d'une quinzaine de kilos immobilisée sur une branche. Michel s'approche et commence à lui parler. Petit à petit, avec des gestes précis et des appels qui ressemblent à de petits cris de chiot, il le fait descendre. L'animal se réfugie contre un mur. Michel

Gilles Gervais, son ami trappeur, habile de ses mains, vient l'aider, et son cadet, le jeune Patrick, âgé de 10 ans, prend très à cœur de les seconder. Le maire d'Amos, André Brunet, les soutient financièrement et le moulin à scie Blanchette leur offre un chargement complet de planches, tandis que Michel achète des traverses de chemin de fer. Bientôt le tracé d'un solide pattelage court dans le Refuge en boucles parfois imprévues, Michel refusant catégoriquement de couper les arbres qui sont sur le parcours. Il veille en particulier à ce que le boisage soit à distance suffisante des troncs pour ne pas gêner leur croissance : « Faut éviter d'écraser leurs orteils, sinon ils attrapent la jaunisse », explique-t-il. Après plusieurs semaines de travail, les quelques kilomètres de pattelage sont à peine finis que Gilles surprend Michel en entreprenant la délicate construction de deux ponts couverts. L'un comme l'autre manient la scie et le marteau aussi bien que les pièges, mais l'ouvrage de Gilles est digne de celui d'un maître charpentier.

3

Counou le castor

Dans la modeste remise où sont entreposées et réparties les denrées pour animaux, un grand frigidaire et un large congélateur ronronnent ; un radiateur à soufflerie pour l'hiver, un ventilateur et un climatiseur pour l'été les accompagnent selon la saison. Les appareils sont vétustes, mais scrupuleusement tenus en état de marche. Des containeurs ronds pour les granulés, d'autres pour les déchets recyclables, des cagettes remplies de pain, de biscuits, de fromage, de fruits et de légumes, des seaux, des gamelles, des chiffons encombrent là longue pièce étroite. Le matin, il faut souvent déranger les souris, et dans la journée déloger parfois un orignal ou un chevreuil qui s'est introduit sans y être invité. Dans un angle au fond, une cage à barreaux pour isoler un animal trop faible et le tenir sous surveillance étroite.

Chaque matin, c'est le branle-bas de combat dans cet atelier culinaire pour animaux. Roby, le frère de Louise, son chapeau de cow-boy vissé sur la tête, délivre les sacs et les caisses pleins de la nourriture récupérée en ville. Sur des planches pour établis de cuisine, Louise découpe, trie, lave, prépare les repas de ses pensionnaires. Du coup, elle délègue à son époux la responsabilité de mitonner ceux de la maisonnée. Ce qu'il fait avec brio et plaisir, sans doute depuis son expérience de cookie dans les camps de bûcherons. En hiver, les aliments sont souvent gelés et l'eau glacée, alors Louise porte des gants. Ses mains fines ne sont jamais aussi belles qu'en cette saison. Pour finir, elle charge une petite charrette de ses préparations réparties dans plusieurs seaux et s'en va en la tirant rendre visite à ses protégés, les petites bêtes – siffleux (marmottes), ratons laveurs, martres, castors, parmi d'autres –, mais aussi les animaux de la ferme. À tous elle offrira un grand sourire et des mots gentils, une friandise qu'elle garde dans ses poches, parfois une caresse.

Son amour pour eux est éternellement jeune, son ingénue capacité à s'en émerveiller, intacte, son dévouement, inébranlable. A-t-elle une préférence ? Peut-être un petit faible pour les castors, car il y a toujours un peu de Counou en chacun d'eux.

Counou, c'est à la fin du printemps 1973 qu'il arriva dans les bras de Louise. Une famille de castors avait eu la malchance d'édifier sa cabane sur un petit lac artificiel que des pisciculteurs prévoyaient d'aménager. Après en avoir obtenu l'autorisation, les hommes commencèrent à démolir la construction des rongeurs. Ils stoppèrent net dès qu'ils virent qu'elle abritait six nouveau-nés – « de bien bons gars ! » dirait d'eux Michel. Les bébés naissent couverts de poils et les yeux ouverts. Plus précoces que la plupart des autres rongeurs, ils pourraient nager au bout de quelques heures s'ils n'étaient incapables de plonger et de remonter chez eux. D'aussi jeunes castors pourraient-ils survivre sans leur abri ? se demandèrent les travailleurs interrompus. Ils en prirent donc un et se rendirent chez les agents. Le bébé qu'ils déposèrent dans un carton ne dépassait pas le kilo pour quelques semaines de vie.

Non, les petits ne survivraient pas hors de leur cabane, déclarèrent les agents, il allait falloir attendre avant de poursuivre les travaux. Quant à ce petit sorti du nid, son sort était scellé : ses parents ne risqueraient pas de le réintégrer dans la nichée après son contact avec les humains. Un agent se chargea de l'emporter chez des parents de substitution tout désignés : Louise et Michel, dans la petite maison rose.

Jusqu'à l'âge de six semaines, le jeune castor se nourrit du lait maternel ; le nouvel arrivé n'étant pas encore sevré, il faudrait le nourrir au biberon. Louise essaya le lait de vache, à raison de huit tétées par jour, mais l'infortuné n'aimait pas ce goût nouveau, ni la taille démesurée de la tétine. Louise eut alors l'idée de le couper avec une décoction amère d'écorce de tremble, le mets favori des castors. Sa recette improvisée eut du succès. L'animal reprit des forces et, après quelques jours d'étroites relations, les deux parties décidèrent qu'elles étaient faites pour s'entendre. Un pacte fut conclu : le bébé ne la quitterait pas d'une semelle palmée et Louise s'engageait à faire de lui un castor heureux. Puisque son intégration ne semblait pas devoir poser de problèmes majeurs, il mérita de porter un nom ; ce fut Counou.

Au sein du clan Pageau, vivait Pichenotte, pure bâtarde aux allures de berger allemand lilliputien. Sa taille lui donnait le privilège d'être la seule parmi tous les chiens à être autorisée à vivre dans la maison. Elle avait transformé cette faveur en droit divin et s'était persuadée qu'elle avait l'exclusivité non seulement du lieu, mais aussi de l'attention de ses habitants. Aussi, lorsque Counou lui fut présenté, Louise redouta la jalousie de la pure race de croisée-porte-et-fenêtre. Pichenotte réagit avec immensément de sagesse, évalua la situation avec sérieux et choisit de la contrôler : elle fit une grossesse nerveuse et allaita le castor. Après tout, une antique ancêtre italienne n'avait-elle pas donné l'exemple en allaitant deux petits hommes ? Évidemment, Counou ne se prenait ni pour Romulus ni pour Remus, mais il se sentit aussi bien loti qu'au Capitole : il venait de trouver des tétons à la bonne taille, du lait tiède à volonté, un ventre chaud et doucement poilu pour y planter ses petites griffes. Deux mères attentives et affectueuses : aucun castor n'aurait pu en espérer autant !

Grâce à cette alimentation et à de l'amour sans compter, le petit grandit vite. Au bout de deux mois il était sevré. Il avait pris une dizaine de kilos au terme de sa première année et dépassait en poids Pichenotte, sa mère poilue, qui ne cessa pas pour autant de lui prodiguer son affection. Ainsi entouré, cajolé, Counou devint une grosse boule de tendresse et de finesse. Il suivait Louise chaque fois qu'il le pouvait, et s'il était fatigué de marcher et qu'il avait une impérative envie d'être dans les bras de sa maîtresse il tirait sur son pantalon par petits coups répétés. Quand Louise creusait un trou dans la cour, le petit castor venait l'aider. Lui aussi creusait, puis il transportait dans ses bras des poignées de terre qu'il allait poser sur le tas de Louise, qui veillait à ne pas lui trancher la tête d'un coup de pioche. Il prenait soin aussi des bébés chiens et chats. Il les attrapait dans sa gueule, les portait contre lui et allait les coucher à sa place favorite sur un vieux manteau. Et si celui-ci tout à coup ne convenait plus, Counou remettait, à sa façon, de l'ordre dans les garde-robes des enfants et s'y installait.

Son instinct de petit rongeur lui fit goûter à presque tout le mobilier en bois de la maison. Les amis qui rendaient visite aux Pageau s'asseyaient sur des chaises bancales et s'accoudaient sur une table penchée. Ils pouvaient aussi se prendre les pieds dans un morceau du lino que dépiautait et rongeait assidûment Counou. La nuit, alors que ses parents adoptifs essayaient de dormir, il se glissait sous le lit pour grignoter le plancher, dont il ne resta bientôt plus que 10 % de surface intacte. Par une nuit de – 30 °C, il s'en prit au tuyau qui apportait le fioul dans le poêle et le sectionna. Mais comme répétait Louise chaque fois que l'envie de sévir la titillait : « Ah, c'est trop minoucheux[1], ces petites bêtes-là. Impossible de les chicaner ! » « Et c'est si intelligent, renchérissait Michel. L'autre jour en sortant de la maison, il a coincé une botte dans l'entrebâillement de la porte pour empêcher qu'elle se referme derrière lui. »

Counou était doux et attentionné, mais, comme il appartenait au règne animal sauvage, il fallait pour le garder un permis spécial que n'avaient pas encore les Pageau – ce n'était pourtant pas faute de faire des démarches et d'envoyer du courrier ! Lorsque Counou eut 2 ans (âge où les jeunes castors quittent naturellement leurs parents), les Pageau, ne pouvant plus différer le moment fatidique, l'envoyèrent dans un zoo près de Montréal. Louise écrivit plusieurs pages de recommandations au directeur du parc. Elle y énumérait avec force détails les habitudes et les besoins de son castor. Elle précisait les horaires de ses activités, même l'heure de sa séance télé ! Mais la lettre ne fut jamais lue par le responsable. Quoique bien traité et entouré d'autres castors, Counou, devenu trop dépendant, dépérit et se laissa mourir.

---

1. Mignon, tendre.

Le rôle de parents temporaires comporte toujours des risques. C'était encore plus vrai avant qu'ils n'obtiennent la permission de garder ceux qui étaient trop handicapés pour retrouver la liberté : venait fatalement le moment où Louise et Michel devaient se séparer de leurs petits à poils et à plumes (si petits qu'ils arrivaient presque toujours dans une boîte en carton…). La majorité des animaux qu'on leur confiait repartait dans des zoos ; autrement, Michel mettait en pratique les leçons apprises sur la ligne de trappe pour les préparer à retrouver la vie sauvage, et c'était bien sûr ce qu'il préférait. Les drames – être obligés de les abattre ou ne pas pouvoir les remettre en liberté dans de bonnes conditions – survenaient quand les établissements annonçaient au dernier moment qu'ils ne pouvaient les prendre. Et encore… Les Pageau se risquèrent une fois à rendre visite à des ours qu'ils avaient élevés au biberon. Dans un enclos propre et spacieux, ils étaient parfaitement bien traités, mais Michel remarqua que les coussinets de leurs pattes s'usaient jusqu'au sang sur le sol cimenté. Ils décidèrent sagement de ne plus aller dans les zoos. Pourtant, les épreuves de séparation, maintes fois répétées, leur permirent d'évoluer dans leur mode d'attachement et d'acquérir la force tranquille de l'humilité.

Malgré leur longue expérience, parsemée d'adieux et d'échecs (comme ces petits oursons que l'on amena chez eux avec la boîte crânienne défoncée et que Michel dut abattre), Louise et Michel sont trop entiers pour brider leur dévouement. Ils ne comprennent d'ailleurs pas ceux que l'amour rend frileux. Sans toutefois faire l'erreur de croire qu'ils s'occupent d'animaux de compagnie, la persévérance, le courage et l'énergie qu'ils doivent dépenser ne sont possibles que s'il y a de l'amour – et ils y gagnent le sentiment d'être aimés, la certitude d'être compétents et utiles. Leur but étant d'aider des animaux à recouvrer la liberté dans les meilleures conditions possibles, la tristesse d'une séparation ne pèse pas lourd à côté du bonheur de les voir s'éloigner vers un destin dont ils ne sont pas maîtres. Certaines personnes jugent hâtivement que leur attachement est une faiblesse inappropriée pour des animaux sauvages, en particulier quand cela concerne certaines espèces, tant la discrimination raciale sévit aussi envers les peuples du règne animal. Comme le dit Michel, « les clans d'animaux, c'est comme des clans d'humains, ce ne sont que les humains qui créent des inégalités entre espèces ». S'attacher à un castor, passe encore, mais à un renard ou un ours ! Et de surcroît libérer ces nuisibles !

Louise ne tombe pas dans la sensiblerie, mais elle éprouve de la joie et de la peine, donne de l'affection sans se ménager. Et, contre l'avis de ses détracteurs, elle reste persuadée que ceux pour qui elle est aux petits soins n'en seront que plus forts. Elle pense que les empreintes du passé, tant qu'elles restent modérées, ne sont pas irrémédiables ; la vie pourra les effacer. Depuis l'aménagement du Refuge, chaque animal a un enclos et Louise ne prend plus le risque d'en installer dans la maison. À quelques exceptions près : il arrive qu'un animal trop jeune et trop faible exige des soins à tout moment de la journée et de la nuit et elle l'accueille alors quelques jours chez elle dans une caisse en carton. Michel, dont l'expérience diffère de celle de son épouse, s'occupe plutôt des plus gros, exception faite pour les oiseaux.

Depuis sa petite enfance Michel apprivoise corneilles, corbeaux, pies, hiboux, pour n'en citer que quelques-uns. Autour de la maison préfabriquée de Louise et Michel, dans les arbres et les arbustes, pendent d'étranges guirlandes de filets en plastique rouge, vert, brun, toujours remplis de gras et de graines pour la gent à plumes. Sur le perron, oiseaux et écureuils se disputent l'accès aux mangeoires garnies. À deux cents mètres de l'habitation s'ouvre l'étang que viennent animer dès la fonte des glaces des centaines d'oiseaux aquatiques. Piaillements, battements d'ailes, tambourinages, croassements, cancanements, roucoulements, chants mélodieux ou cris stridents constituent l'ambiance sonore de l'habitation des Pageau. Chaque heure de la journée ou de la nuit s'anime d'une riche gamme de vocalisations enchevêtrées ou distinctes, aiguës ou graves, et si certaines demandent que l'on tende l'oreille pour les écouter, d'autres pourraient donner envie de se les boucher. Seules les nuits très froides clouent le bec aux artistes chanteurs, qui économisent alors leur énergie pour ne pas mourir gelés.

Le plus vieux pensionnaire ailé du Refuge est le grand duc de Mme Joyce. Les grands ducs sont, après les harfangs, les plus gros rapaces nocturnes. La femelle, plus imposante que le mâle, peut peser 2 kilos pour 1,20 mètre d'envergure. Ce sont de redoutables prédateurs qui n'hésitent pas à s'attaquer à des proies aussi imposantes que des oies, des renards ou des moufettes. Mme Joyce vivait à Rouyn-Noranda et gardait depuis deux ans cet oiseau auquel elle était très attachée, mais qu'elle détenait sans permis. Des agents de la Faune le lui confisquèrent et le remirent aux mains de Michel. Mme Joyce téléphona de nombreuses fois au Refuge, pour demander des nouvelles de son hibou, pleurant, désespérée de ne plus avoir sa compagnie. Elle finit par en tomber malade, si bien qu'on l'autorisa exceptionnellement à le récupérer. Lorsque Mme Joyce décéda, quelques années plus tard, le grand duc, qui en liberté vit en moyenne une vingtaine d'années pour près de trente en captivité, retourna chez les Pageau.

Le Refuge attire des membres de la faune sauvage qui ne viennent pas se faire soigner, mais profiter des restes abondants de nourriture de leurs confrères. Depuis plusieurs jours Louise se plaignait que des poules disparaissaient mystérieusement. Un soir, elle décida d'aller compter ses volailles perchées dans le poulailler près de l'étang ; elle remarqua une inconnue. Le volatile se tenait immobile, ratatiné sur lui-même et bien serré entre deux poules à moitié endormies. Louise l'examina et comprit qu'elle tenait son voleur, qui n'était rien d'autre qu'un grand duc essayant discrètement de se faire passer pour une poule... Il se trouvait parfaitement à l'aise dans le poulailler, qui non seulement lui fournissait le gîte, mais aussi le couvert. Dès l'aurore, avant même que les coqs se mettent à chanter, il s'envolait, le ventre plein, retrouver sa forêt.

4

D'hommes et d'animaux

> Un animal, c'est de la vie enveloppée de fourrure ou d'écailles, habitée par l'inquiétude, capable oh combien capable de tendresse, de force, de courage et de peur.
>
> Jean-Paul Lebourhis

Nathalie guide une dizaine de personnes à travers le Refuge ; c'est son dernier groupe pour ce dimanche de juillet 2007. Cela fait maintenant neuf ans qu'elle est officiellement employée au Refuge. La jeune femme de 40 ans tient de son père une allure et une fraîcheur de fille des bois, une nature secrète qui cache une sensibilité extrême ; de sa mère elle a la vivacité et le caractère têtu. Son intimité avec les animaux date de son berceau et, tout au long de sa jeunesse, ses parents lui ont appris à les aimer et à les respecter. Petite fille, son père, très présent, l'emmenait parfois trapper, plus soucieux de lui apprendre à observer la vie sauvage qu'à poser des pièges, même s'il lui montra très vite comment se servir d'un couteau. Elle a les yeux bleus de Michel, un corps solide, un sourire et un rire éclatants. Au Refuge, son expérience particulière la rend polyvalente ; elle sait et aime à peu près tout faire, sauf la paperasserie administrative, dont se charge Félix Offroy, son beau-frère. Nathalie veille sur les animaux, s'occupe de la salle d'accueil et de l'espace consacré à un petit musée, encadre les visiteurs. À hauteur de l'enclos des chevreuils, elle croise son père qui se dirige seul vers les bureaux du Refuge.

– J'ai reçu un coup de fil d'un trappeur qui donne des cours à l'école de foresterie. J'ai pas bien compris. Il m'a dit qu'une ourse « dérangeait » et qu'il avait dû la tuer. Mais elle avait un bébé, alors il m'a dit : « J'vais te l'amener. » Il va bientôt arriver, lui explique-t-il.

Dans la salle du poste d'accueil, Michel s'installe sur son fauteuil devant la grande table recouverte d'articles de magazines étalés sous une plaque de verre. *30 Millions d'Amis*, *Ulysse*, *Le Pèlerin*, *Le Figaro Magazine* parmi les revues françaises qui parlent de lui, d'autres canadiennes : *Le Devoir*, *L'Express international*. On le compare à Daktari ou au dernier des trappeurs, ou encore à un demi-fou protecteur des animaux, à un défenseur de l'environnement, on le classe parmi « les 100 personnalités qui font bouger le Québec »… Michel, qui se considère comme « un p'tit picot dans toute la gang de gens connus », n'en tire d'autre gloire que celle de faire connaître la cause animale qu'il défend. La salle est animée d'une bonne trentaine d'enfants et d'adultes, des Français, des Québécois, des Américains, qui se pressent autour de lui, chacun espérant pouvoir lui parler. C'est devenu un rituel auquel il se plie toujours avec bonne humeur.

En apercevant le pick-up, il se lève et prend congé de ses admirateurs pour se rendre sur le parking. Michel distingue une drôle de forme à l'arrière de la camionnette d'où s'extirpent le trappeur-professeur et deux étrangers de langue anglaise. Il s'approche sans un mot, les yeux rivés sur la forme étendue, une appréhension monte en boule dans sa gorge. Les visiteurs du Refuge l'ont suivi et font cercle, trop heureux d'assister au sauvetage d'un animal sauvage. D'un geste rapide, le conducteur baisse la porte de la benne.

– Shit ! C'est quoi c't'affaire ! lâche Michel en découvrant, horrifié, un petit ours littéralement crucifié. Ç'a pas de bon sens ! s'exclame-t-il sans en croire ses yeux.

Les pattes de l'orphelin sont attachées avec des cordes sur de grosses barres de fer en forme de croix, son cou est enserré dans un collier métallique. Le soleil tape, il fait 30 °C. L'ourson geint, pleure, halète, il est complètement déshydraté. Michel entre dans une colère noire et se précipite avec l'intention évidente de délivrer le malheureux. Les deux étrangers baragouinent :

– Non, monsieur, non, monsieur, c'est dangereux. Faites pas ça.

Il les écarte sèchement, sort son couteau de sa poche et coupe les cordes. Il défait le collier, libère la tête de l'ourson. Les gens reculent en silence. La souffrance infligée gratuitement choque profondément Michel. L'ourson suffoque, il n'a pas la force de se dresser sur ses pattes, à peine celle de relever la tête, ses yeux sont hagards. Il lance des plaintes écourtées par la faiblesse.

L'expression désemparée de Michel devient furieuse quand il se tourne vers le responsable. Il parle haut :

– Pourquoi t'as fait ça ? Pourquoi tu l'as pas tué tout de suite ? T'aurais mieux fait de le tuer avec sa mère !

Les mots lui manquent, aucun ne serait assez violent pour exprimer tout le dégoût et la colère qu'il ressent. L'ourson inerte pèse une quarantaine de kilos, Michel le prend dans ses bras. À nouveau les étrangers usent du faible vocabulaire français qu'ils maîtrisent avec accent :

— Monsieur, c'est dangereux, c'est fort, c'est dangereux.

Il leur lance un regard glacial. Nathalie et Roby l'aident à installer la jeune victime au frais sur un lit de paille dans une cage entreposée dans le garage. Tous trois sont pessimistes quant à ses chances de survie.

Michel va se réfugier dans son campe. Sûrement pour y cacher son chagrin et trouver un peu d'apaisement. Son cœur cogne contre ses côtes. L'odeur intense, celle de bois mélangée à celles du passé du trappeur, le calme. Il s'assied, croise les mains sur son ventre et regarde autour de lui dans la pénombre. Il distingue de vieilles peaux non tannées, ses raquettes, ses mocassins, des bois de chevreuils, des panaches d'orignaux, un crâne d'ours, des chapelets d'os de vertèbres et d'omoplates, son vieux sac à dos, des vestes bien usagées. Des tas de boîtes, des outils, des planches et des cerceaux pour faire sécher les peaux. L'amoncellement couvre les murs en bois rond, tombe du plafond, déborde de la mezzanine, obstrue les fenêtres. Les toiles d'araignée parfont le décor. Au-dessus du fauteuil en skaï rouge sur lequel il est assis devant son établi, un héron empaillé attend ailes déployées un jour meilleur pour s'envoler. Les yeux de Michel balaient encore la pièce encombrée de petits détails poussiéreux éclairés de grands souvenirs, sans rencontrer un seul piège à ours. Il a vendu le dernier à quelqu'un qui le lui demandait avec insistance. Michel n'a pas su dire non et l'a cédé pour 500 dollars – une belle somme, mais le gars a dû le revendre 1 000 dollars. Quand on l'interroge pour savoir s'il ne le regrette pas, il secoue plusieurs fois la tête avant de répondre fermement : « Non, je veux pas le revoir. J'ai fait bien assez de mal avec. »

Son cigarillo éteint, il regagne sa maison, où Roby l'attend sur le perron. Michel dit de son beau-frère qu'il n'a peur de rien et qu'il sait y faire avec les animaux. Roby, le silencieux, le « sauvage » aux longs cheveux noirs, confirme ses craintes sur l'état de l'ourson. Michel passe une nuit agitée. Le pensionnaire, arrivé trop tard au Refuge, meurt le lendemain. Deux jours après, paraît dans la presse locale l'histoire de l'ourson martyrisé avec des photos prises par les visiteurs. Michel prévient son gendre Félix, devenu directeur du Refuge :

– On va avoir des histoires, j'suis bien embêté. J'ai gueulé, j'ai pas pu me retenir. Il pompait le p'tit ours. Criss, ç'a pas de bon sens !

– Je vais m'en occuper, répond tranquillement Félix, qui sait à quoi pense Michel.

L'école de foresterie alloue régulièrement des subventions au Refuge Pageau, l'esclandre rendu public de Michel envers un de ses employés risque de jeter un froid sur leurs bonnes relations.

Les oursons dans la vie de Michel ne se comptent plus. Il en soignait déjà quand il vivait encore dans la maison rose et il se souvient de presque chacun d'entre eux. Certains l'ont profondément marqué, comme Joe et Moukou, arrivés le lendemain de l'annonce faite par le ministre concernant le Refuge. Joe, son vieux compagnon de vingt ans (la durée de vie d'un ours est de vingt-cinq ans en captivité contre quinze dans son milieu naturel), est toujours là ; comme lui il a gagné avec l'âge un embonpoint certain et doit bien peser plus de 200 kilos pour près de 2 mètres de long. Étonnant pour un animal qui ne pèse environ que 300 grammes et ne mesure qu'une quinzaine de centimètres à la naissance !

Moukou, sa belle et douce compagne, est morte depuis quelques années.

La plupart des oursons amenés au Refuge furent relâchés dans la nature, d'autres donnés à des zoos. Parmi les premiers que Michel accueillit après s'être installé au Marais, trois lui avaient été confiés au printemps par des agents de la Faune, en attendant d'être transférés ailleurs. C'était en 1988 et, bien que n'ayant pas encore son permis pour les garder, Michel était le plus habilité à s'occuper d'animaux sauvages. Il accepta donc, tout heureux d'avoir ces nouveaux pensionnaires. Ils étaient si jeunes qu'ils n'étaient pas encore sevrés. Chacun avait sa « mère » adoptive : Louise, Michel et Nathalie. Les séances de biberon pour jeunes ours exigent toujours un soupçon d'héroïsme et une bonne dose d'abnégation ; les goulus avalant chacun trois bouteilles de lait sans tolérer la moindre pause, gare aux coups de griffes si la bouteille suivante n'arrivait pas assez vite. Ils vécurent comme des enfants choyés, dormirent comblés dans la maison qu'ils mirent à sac avec l'insouciance la plus ingénue. L'automne et l'hiver passèrent, le printemps refleurit, l'été arriva sans qu'aucun zoo ne se fût porté acquéreur des trois jeunes. Louise essaya de contenir leur vitalité excessive en bricolant dans la cave un semblant de cage sous une grande planche sur laquelle Patrick jouait avec son train électrique – Michel se trouvait alors dans un hôpital à Montréal, après avoir reçu dans l'œil un éclat de pierre en aménageant un bassin à tortues. La cage vola en éclats, la planche du train que Michel avait installée s'effondra. Entre les trois oursons, les bébés marmottes et castors, sans oublier les chiens et les chats dans la maison, ni les près de six cents autres animaux sur le Refuge, Louise ne risquait pas de s'ennuyer sans son homme. Heureusement, tous les membres du clan Pageau, c'est-à-dire Roby son frère, Nathalie et son mari Daniel, Félix le compagnon d'Anne-Marie, participaient activement à l'aventure du Centre des Marais. Le temps passant, les oursons devinrent de jeunes ours, à l'esprit vagabond et curieux. Un jour, Claude Bourque, un ami et voisin, téléphona : « Dis, Louise, j'étais dans ma cave quand j'ai vu une tête noire et deux petits yeux m'observer par la lucarne. J'crois bien qu'un de tes ours est chez moi. » Michel alla récupérer le fugueur. Mais, faute de moyens pour construire un enclos solide, les ours prirent l'habitude d'aller visiter les maisons aux alentours, tout à fait disposés à se lier d'amitié avec leurs occupants. Ces derniers, avec raison, se méfiaient de la sociabilité insistante des ursidés. Peu de temps après ces tentatives d'émancipation des ours, un agent de la Faune se présenta chez les Pageau. Il avait un fusil en main et des arguments plein la bouche. De méchants arguments que Michel avait mille fois entendus : « Il faut un permis pour garder des animaux sauvages ! C'est interdit de les laisser courir partout ! C'est dangereux de les habituer aux humains ! » Michel devina ses intentions et voulut faire rentrer ses trois ours dans une cage. Il n'y parvint pas assez vite. Louise s'enferma dans la maison. Trois coups de feu retentirent dans la cour du Refuge. Plus tard, en ville, l'agent se vanta d'être allé à la chasse à l'ours chez les Pageau. Louise et Michel en furent profondément blessés.

Lorsque Michel parle des ours, les gens veulent toujours savoir s'il n'en a jamais eu peur. « Oui, ça m'est arrivé. Deux fois. La première, je retournais à mon char avec trois personnes que je guidais à la chasse. Il faisait presque nuit noire. La voiture n'était pas tout près. Je l'ai entendu souffler mais je ne le voyais pas entre les arbres. Tout à coup, avec un bruit sec de branches cassées, il est sorti du bois, là juste devant nous, bien menaçant. Il était si près qu'il nous aspergeait avec du gravier qu'il soulevait avec ses pattes avant chaque fois qu'il frappait le sol. On n'était pas là pour chasser l'ours, et c'est interdit de chasser de nuit ; alors on s'est immobilisés, mais j'ai eu peur quand il a chargé, d'autant que je savais que je ne pourrais pas compter sur mes compagnons en état de choc. Mon fusil était prêt, je l'ai tué à bout portant. La seconde fois, c'était avec un couple d'Américains que je guidais. Même histoire. Oui, j'ai eu peur deux fois, mais je n'ai jamais sacré méchamment après les ours. Ils méritent notre respect. Je dis pas qu'ils ne peuvent pas faire du mal. Faut les connaître et se méfier. Mais ils méritent le respect. »

Néanmoins, la plupart des histoires d'ours au Refuge se terminent bien. Quand l'un d'eux est conduit sur une aire de lâchage, le clan Pageau sait qu'une étape de sa mission est accomplie ; juste une étape, car la mission se renouvelle. Ainsi, à l'automne 2007, une centaine d'ours envahirent la ville de Rouyn-Noranda. La majorité furent abattus et trente-quatre orphelins restés près des dépouilles de leurs mères furent envoyés chez Michel Pageau, qui s'inquiéta de l'étrange comportement de ces ours attirés en masse par la ville – sans aucun doute par les poubelles. L'ours qui dérange, c'est un dilemme d'humains. L'incontournable hégémonie des hommes sur le territoire qu'ils s'approprient… Ce non-partage est immérité, et Michel fait en sorte d'en réparer les conséquences dans la mesure de ses moyens. Le Refuge a beaucoup changé, les enclos sont spacieux et solides, tous les animaux vivent dans des parcs bien ceinturés de grillage, les arbres ont poussé. Recevoir les oursons ne pose plus aucun problème, autre que de bien les engraisser avant leur période d'hibernation.

Infailliblement, chaque matin, Michel prend son pick-up décoré sur le flanc de la photo de son loup Tché-Tché et va récupérer de la nourriture pour les animaux. Dans Amos, il passe d'abord prendre Roby et sa chienne labrador avant de faire le tour des grandes épiceries de la ville. Les enfants qu'il croise en chemin le montrent du doigt en criant joyeusement : « C'est M. Pageau, c'est M. Pageau ! » C'est la plus douce et la plus spontanée des reconnaissances. Au fur et à mesure des arrêts sur le seuil des hangars de livraison, la benne de la camionnette se remplit d'aliments impropres à la vente (date de péremption à terme, emballage abîmé, fruits et légumes trop mûrs), dont chaque animal du Refuge aura sa part, bien étudiée selon ses besoins. Louise et Nathalie, secondées par quelques employés à mi-temps, généralement des étudiants, répartissent les portions et font la distribution. Louise, qui a cédé son poste de secrétaire de l'organisme, ne s'occupe plus que des petits animaux et des oiseaux de proie, ce qui lui prend toute la matinée. En évitant de gaspiller des aliments, les commerçants participent ainsi au fonctionnement du Refuge, qui attire plus de 30 000 visiteurs par an. Si certains habitants dans le passé exprimèrent à voix haute leur scepticisme concernant le succès des Pageau, plus personne aujourd'hui ne peut en douter. Chaque jour au Refuge est un combat pour la vie. Michel se dit que c'est une réussite quand un oiseau reprend timidement son envol, qu'un ourson s'enfonce en courant dans la forêt, que les loups répondent à son appel.

5

Les adoratrices

> Si les animaux n'existaient pas, ne serions-nous pas encore plus incompréhensibles à nous-mêmes ?
>
> Buffon

Le soleil vibrant de ce début d'après-midi de mars 1990 irradie sur la neige, sans toutefois entamer sérieusement la couche de glace sur l'étang. Louise et Michel s'apprêtent à traverser le parc pour rejoindre le poste d'accueil, distant de leur maison de quelque trois cents mètres. En passant devant les orignaux, Michel s'arrête et les observe. Les cris d'un corbeau attirent son attention. L'oiseau noir décrit de grands cercles au-dessus de Germaine, paisiblement couchée. Michel suit des yeux le corbeau et, soupçonneux, détaille l'orignal.

– On dirait du sang, là, indique-t-il en pointant du doigt la neige tachée de rouge autour de l'arrière-train de Germaine. C'est bizarre, elle n'a pas l'air d'aller si mal, elle rumine normalement. Ce corbeau lui a-t-il fait une injection ? plaisante-t-il pour se rassurer.

– On dirait qu'elle est blessée à la cuisse. Regarde, il y a même des touffes de poils mélangées au sang, précise Louise.

Tout en lui parlant doucement, Michel s'approche de Germaine, qui l'observe sans sourciller ni cesser de ruminer. Effectivement, du sang tache la robe de l'orignal et, à voir les morceaux de chair sanguinolents, la blessure doit être importante.

– Viens voir ! appelle Michel.

Louise le rejoint et, penchés sur Germaine, ils découvrent la « plaie », avec des morceaux de chair certes, mais pas d'orignal. Michel lève la tête vers le corbeau qui pousse maintenant des cris de colère.

– Celui-là, c'est bien un malin. Il est allé voler de la viande aux loups et l'a déposée dans le creux de la cuisse de Germaine pour qu'elle dégèle !

Les deux premiers orignaux du Refuge arrivèrent en juillet 1986. Deux miraculés. La femelle, Agathe, était en train de se noyer quand des agents de la protection de la Faune lui portèrent secours ; le petit mâle, Félix, abandonné dans les bois, souffrait de dystrophie musculaire. Si leur premier mois sur terre faillit être le dernier, leur espérance de vie, confiés à des humains, était bien mince. Plus que les autres pensionnaires du Refuge, les bébés orignaux ont un besoin vital de contact physique avec leur mère et d'amour. De l'amour ? C'est ce que savent le mieux offrir Michel et Louise, et ce n'est pas donné à tout le monde. Encore fallait-il que les deux jeunes pas encore sevrés l'acceptent, et qu'ils acceptent aussi le lait, qui n'avait évidemment pas le goût de celui de leurs génitrices. Le défi était à la hauteur de la douceur du regard des jeunes orignaux. Michel et Louise le relevèrent, avec toute la tendresse et le dévouement qu'il faut pour remporter ce genre de bataille. Plus d'une fois Louise et Michel se noyèrent dans les yeux de leurs protégés, succombèrent sous leurs caresses, franchirent le Rubicon et finalement poussèrent les petits vers la vie. Celle de Félix, toutefois, était mesurée par sa maladie et il mourut quand passa une année. Jusqu'à son dernier souffle, alors qu'il ne se relevait plus, Michel espéra, au-delà du raisonnable. Mais Agathe vécut pour deux et donna à ses sauveurs double portion d'amour.

Elle ne resta pas seule. Bientôt arriva de la région de Rouyn-Noranda le beau T. Bug, bien jeune mais prometteur. Sans complexe, il accapara le plus qu'il put les attentions de Michel et Louise : à 5 heures du matin, il braillait dans la cour pour réclamer son biberon et se couchait comme un petit chien devant la porte du campe. La « famille » s'agrandit encore quand on sut avec quel succès les Pageau sauvaient des veaux : avec Germaine, un trio se constitua, avant d'évoluer presque en troupe à l'arrivée de Georgette.

Quelques mois plus tard, Michel fut appelé par la propriétaire de la pourvoirie[1] Monet, près de Seneterre :

– Monsieur Pageau, mon amie et moi avons trouvé deux petits orignaux sur le bord de la piste. Leur mère est dans le fossé, elle a dû se faire heurter par un camion. Pouvez-vous venir les chercher ?

Michel s'y rendit, accompagné de son fils Patrick. Un vétérinaire qui passait là par hasard affirma :

– Ils ne survivront pas. C'est impossible d'élever d'aussi jeunes orignaux.

Michel les mit dans son camion et promit de les sauver. C'étaient deux jeunes femelles. Mme Joyce lui demanda une faveur :

---

1. Entreprise située en pleine nature qui propose de l'hébergement et des services pour la pratique des activités de chasse et de pêche.

– Monsieur Pageau, s'il vous plaît, appelez-en une de mon nom. Je m'appelle Rita.

Son amie voulut la même chose pour l'autre orpheline :
– Et moi c'est Lulu.

Rita conserva son nom, mais Lulu fut rebaptisée Quenouille. Va savoir pourquoi – sans doute que cela lui convenait mieux.

Comme on ne pratiquait que la pêche à la pourvoirie de Rita, Michel y relâcha plusieurs fois des ours qu'il avait soignés. Sur les 137 km^2 du domaine, ils étaient en paix.

Les orignaux – Agathe, T. Bug, Germaine, Quenouille, Rita, Georgette – aussi avaient la paix, mais eux ne risquaient pas de retrouver la forêt de leurs ancêtres : l'imprégnation humaine, indispensable à leur survie, en avait fait des handicapés de la vie sauvage. Parfois quand même, on venait les embêter... quand leur maître par exemple voulait s'amuser.

Un des meilleurs souvenirs du genre, ce fut lorsque se présenta chez les Pageau un curieux bonhomme. Entre deux âges, plutôt malingre, le teint et l'accent des gens de la ville – et pour cause, puisqu'il venait de Montréal –, le visiteur tendit très cérémonieusement une lettre délivrée par des services officiels. Tandis que Michel la lisait sans rien y comprendre tant cela lui paraissait farfelu, l'homme expliqua sa requête : il avait fait le voyage dans le seul but de monter sur un orignal ! « Oui, comme monter à cheval », précisa-t-il devant l'expression ahurie du propriétaire des lieux. Il se lança dans une explication compliquée dont Michel put saisir quelques passages essentiels : « Michel et ses dons extraordinaires » et « l'ordre divin d'aller le voir et de chevaucher un orignal ». Dans tout ce charabia,

Michel crut même comprendre qu'il avait affaire à un prêtre appartenant à Dieu sait quel ordre chrétien.

Ne sachant que penser du sérieux de la situation, Michel en tout cas flaira une bonne occasion de se distraire. Il consentit donc à l'aider à accomplir son destin imaginaire. Les orignaux ne risquaient rien de toute façon. Rendez-vous fut fixé dès le lendemain matin, car une mission divine ne peut attendre.

Le jour suivant, donc, l'homme débarqua revêtu d'une longue cape sombre. Michel se rendit au parc des orignaux, suivi de l'étrange personnage dont l'expression de recueillement lui rappelait celle des communiants à la messe.

À hauteur du parc, l'homme se mit à genoux et pria en demandant à Dieu de l'aider à monter sur l'orignal. Michel le regardait, interloqué.

– Voilà, je suis prêt, dit-il simplement en se relevant.

– Ben, moi je veux bien, mais p'têt que t'aimeras pas ça.

– Oh, monsieur Pageau, j'ai la foi !

– OK, on va voir !

L'accoutrement de l'homme inspira Michel. Agathe détestait, on ne sait pourquoi, les tenues sombres en général. La longue cape bleu marine ne pourrait que l'irriter. Bien entendu, il l'appela :

– Agathe, le monsieur il veut que tu le laisses monter sur ton dos. Allons, Agathe, sois gentille, viens.

Agathe les fixait du regard depuis un bon moment. En particulier cette tache sombre qui se déplaçait derrière son maître et qui, sans aucune hésitation, l'inspira elle aussi. Quand Michel et l'homme se trouvèrent à quelques mètres, elle sembla retenir sa respiration. Ce que Michel retenait, lui, c'était son envie de rire. Le plus sérieusement qu'il put, il fit les présentations :

– Voilà, ça c'est Agathe et elle est très bonne. Allez-y et ayez pas peur, surtout.

L'homme fit quelques pas timides et s'immobilisa. Agathe, poils du dos hérissés, baissa les oreilles et avança vers lui très lentement de biais, tous les muscles des jambes tendus, comme si elle marchait sur la pointe des sabots pour se grandir encore, les yeux révulsés de courroux braqués sur la tache sombre. Enfin, tout à coup, elle se propulsa et chargea l'homme. Michel, qui avait anticipé la réaction de la belle, s'interposa aussitôt pour la faire virer de bord :

– Agathe, va-t'en ! cria-t-il, prétendument offusqué. Je ne comprends pas ce qui lui arrive. Elle, si douce d'habitude ! Voulez qu'on essaye encore une fois avec un autre ?

« Pourvu qu'il dise oui », espérait-il en son for intérieur.

Plus pâle qu'à son arrivée, l'homme acquiesça.

– Vous allez voir, Germaine est plus facile, mais elle ne vous laissera pas lui monter dessus, je crois. Germaine ! Viens-t'en ici, Germaine, le monsieur il veut t'embrasser.

Germaine s'approcha, Michel lui tapota le nez et Germaine l'embrassa.

– Tenez, essayez. Vous voyez, elle aime bien les becs.

L'homme tendit son visage à Germaine, qui lui envoya un uppercut de son gros nez.

Michel aida son visiteur empêtré dans sa cape à se relever, essayant tant bien que mal de cacher le fou rire qui le secouait.

Les orignaux ! Ah, de vraies vedettes, ces grosses bêtes… Georgette et T. Bug, devenu superbe avec un panache immense, tournèrent pour des publicités qui furent primées. On proposa même à Michel d'engager T. Bug pour jouer dans un film aux États-Unis, mais il refusa malgré les 25 000 dollars par jour qu'on lui offrait.

Si les animaux du Refuge peuvent se pavaner sous les feux de la rampe, ce n'est rien comparé à la réputation de Michel, devenu tout à la fois saint François d'Assise, Noé, Daktari et autres héros invoqués selon la culture de chacun. Formé par les leçons de la nature, qui n'enseignent à retenir que l'essentiel de la vie, assez sage pour écouter son cœur et suivre son instinct, Michel sait que l'humilité est une force et rien ne peut le lui faire oublier. Les louanges passent sur lui comme une caresse du vent. Il ne fait jamais grand cas non plus de son charisme, pourtant indéniable, et s'étonne toujours des réactions parfois déroutantes des gens qui l'approchent. Il se souvient en particulier de cet été 1989...

– Heureusement, Louise n'est pas jalouse, lança Michel en ramassant la Française qui venait de s'évanouir sur le seuil de son campe.

Michel avait invité à entrer – un privilège qu'il n'accorde qu'à très peu de personnes – dans sa cabane en rondins un petit groupe de Français. Il leur montrait ses pièges, les peaux de castors tendues sur les cerceaux, et, raquettes en main, leur racontait des épisodes de sa vie de trappeur, expliquait que le sol de la cabane penchait parce que des louveteaux avaient creusé un terrier sous sa base. Ses interlocuteurs se tenaient serrés dans l'embrasure de la porte, ouvraient grands les yeux sur l'amoncellement exotique, sans oser pénétrer à l'intérieur, quand tout à coup, boum ! la femme s'était effondrée sur le sol. Ses compagnons expliquèrent au trappeur déconcerté qu'elle était très émotive.

Quelques années auparavant, en 1976, Robert Sese l'avait engagé, pour 35 dollars par jour, à jouer son propre rôle dans *La Trappe*, un documentaire qui fut diffusé par l'ORTF plusieurs fois en France. Puis, en mars 1983, *Le Figaro Magazine* consacra plusieurs pages aux hommes et femmes dont s'inspira Bernard Clavel pour ses romans à succès de la série « Le Royaume du Nord ». Michel, qui ressemble en beaucoup de points au trappeur Raoul, héros d'*Harricana*, devint plus célèbre en France qu'au Canada. Depuis, cette notoriété d'outre-mer lui amenait chaque année des visiteurs français curieux de rencontrer l'énigmatique « vrai » trappeur devenu sauveteur d'animaux sauvages. Plus tard, en 2001, il y eut le film documentaire *Il parle aux loups*, sur une idée originale de deux Canadiens, Yves Lafontaine et Louise Girard, aussi diffusé en France.

Oui, heureusement, Louise n'est pas jalouse. Combien de femmes l'ont serré dans leurs bras, l'ont embrassé en pleurant, combien lui ont dit qu'ainsi il leur transmettait un peu de son don, de sa force ! Situations quelquefois embarrassantes, voire compromettantes. Mais Louise connaît bien son homme et refuse d'être jalouse. Dans une autre vie, il aurait pu devenir guérisseur magnétiseur. Somme toute, ne l'est-il pas avec les animaux ? D'après de nombreux témoignages, il l'est aussi parfois, à son insu, avec les humains. Et il garde la tête froide et le détachement nécessaire, sans toutefois pouvoir toujours réprimer un élan de tendresse particulière.

Ainsi avec Bill, un jeune homme handicapé des genoux, séquelle d'une poliomyélite. Bill avait quitté les Laurentides, au nord de Montréal, où il vivait dans un centre médicalisé, pour se rendre en claudiquant à pied et en tirant une petite charrette pleine de ses affaires jusqu'à Amos. Le but de cet exténuant voyage était de rencontrer Michel. Franchir ainsi les quelque six cents kilomètres qui le séparaient du Refuge tenait plus du pèlerinage que de la performance sportive. Néanmoins, pour un jeune homme handicapé, c'en était incontestablement une. Pour ménager ses forces, il avançait sur la route asphaltée, plus praticable que les bas-côtés en terre. Quand des policiers l'interceptèrent et lui dirent qu'il n'avait pas le droit de marcher sur la grande route, il avait déjà parcouru un bon tiers de son trajet et se trouvait dans le parc de la Vérendrye. Un peu désespéré, Bill obtempéra et continua sa marche dans les graviers et les herbes. Quelques kilomètres plus loin, un camion avec à bord trois ouvriers d'une scierie d'Abitibi s'arrêta à sa hauteur pour lui demander où il comptait se rendre dans une telle équipée. Lorsqu'ils apprirent le but de son voyage, ils lui proposèrent avec insistance de l'emmener jusqu'à Amos puisque eux-mêmes s'y rendaient. Bill, épuisé, accepta raisonnablement. Le camion le déposa avec sa charrette à l'entrée du Refuge, où il demanda à Michel l'autorisation de planter sa tente sur le parking contre les clôtures du parc. Le lendemain, comme il pleuvait des cordes, Michel l'invita à s'abriter dans les bureaux du Refuge. Il y resta plusieurs jours, tout heureux d'être si proche de celui à qui il dédiait son périple. Un matin, des pêcheurs de passage lui proposèrent de les accompagner. Comme il n'avait jamais pêché de sa vie, Michel l'encouragea à y aller. « J'irai te chercher cet après-midi », lui assura-t-il. À 16 heures, comme convenu, il prit sa camionnette et se rendit sur le lieu de pêche. Il vit arriver du bout du chemin son jeune admirateur. Il remarqua qu'il boitait plus que de coutume, mais son large sourire le rassura. Il tenait à bout de bras deux énormes dorés, les plus gros que quiconque eût jamais pêchés là. « Un vrai miracle », dirent les gens.

Michel reçoit et réconforte des blessés de la vie : des femmes battues, des dépressifs, un homme qui s'était évadé d'un centre de désintoxication (ce dernier avait une cinquantaine d'années et pleurait en voyant Michel). Un Belge et son épouse s'étaient installés à l'extérieur du parc près des loups ; quand Michel lança son appel pour les faire chanter et qu'il demanda à Loupette de lécher les mains de la femme, cette dernière lui sauta au cou en larmes. Il a eu quelques allumés, comme ces deux jeunes filles qui s'étaient fait tatouer sur les bras des pattes de loups, et d'autres cas emblématiques de personnes en mal de reconnaissance, telle cette Américaine accompagnée d'un autochtone qui se présenta un mois de juin au Refuge. Elle portait un collier orné d'une griffe de grizzli, se disait prêtresse et prétendait avoir des dons spéciaux avec les animaux. Elle était là pour rencontrer son alter ego, position dont Michel ne voulait pour rien au monde. Elle pouvait faire danser les ours en leur parlant et tous les animaux, assurait-elle sans modestie, cherchaient à l'approcher. Michel l'entraîna donc jusqu'à Joe, son ours noir ; c'était la saison des amours et Joe n'arrêtait pas de frotter son derrière partout pour laisser son odeur. La femme entama une vive discussion avec Joe, qui, sans lui prêter la moindre attention, se dandina, remua des hanches et des fesses, tout bonnement selon ses habitudes au mois de juin. Son compagnon en fut émerveillé et prit Michel à témoin. Ce dernier lui renvoya un sourire que l'autre interpréta de façon erronée. Alors qu'ils traversaient le parc où gambadaient librement les cerfs de Virginie, autrement dit les chevreuils, elle les appela. Accoutumés à ce que les visiteurs les gratifient d'une friandise, ils la rejoignirent sans se faire prier. Derechef, l'homme s'extasia, poussa des cris d'enthousiasme, mais cette fois Michel, passablement irrité, ne put s'empêcher de lâcher distraitement : « C'est toujours pareil ; ils voient tant de gens, ces cerfs, qu'ils finissent par s'attrouper autour des visiteurs pour mieux les observer de près. »

Puis il y eut cette auteure d'une autobiographie à succès. Elle y raconte que les loups l'ont sauvée quand elle était une petite fille perdue dans les bois et qu'ensuite elle est devenue en quelque sorte la chef de la meute. Bien sûr, Michel la conduisit au parc des loups. Son scepticisme ne fut pas contredit par Tché-Tché, le dominant, qui gronda en la voyant. Et certainement pas parce qu'il sentait une concurrente ! Comme quoi, la vérité ne sort pas seulement de la bouche des enfants… Michel fait toujours en sorte que cela soit dit intelligemment et gentiment.

6

Une passion vache

Gudule est arrivée chez Louise et Michel dans une petite boîte en carton que tenait sous son bras Alain Ouellette, un agent de la Faune d'Amos. C'était au printemps 1989, une journée de mai qui sentait bon l'éclosion de la vie…

Les rivières, les ruisseaux qui depuis un mois bouillonnent d'envie de courir s'en donnent maintenant à cœur joie. Cela fait quelques années que les printemps – de même que les étés et les hivers – sont plus chauds. Le réchauffement climatique touche cette forêt boréale qui constitue l'un des derniers grands écosystèmes forestiers (560 000 km^2) intacts sur terre et qui emmagasine plus de carbone dans ses arbres (75 % de résineux, 25 % de feuillus), ses sols et ses tourbières que n'importe quel autre écosystème de la planète : il réduit dramatiquement sa capacité à absorber le gaz carbonique[1]. Les arbres n'en continuent pas moins à devoir déployer des trésors d'ingéniosité pour résister au froid extrême de l'hiver. Ils se réveillent sous les premiers rayons chauds du soleil et la période de dormance des feuillus de lumière, dont le bouleau, le peuplier faux-tremble

---

1. Source : Centre d'étude de la forêt (CEF).

et le peuplier baumier, s'achève. Après deux à trois mois de somnolence, leur sève, attirée par la luminosité des jours plus longs, recommence à circuler, montant des racines pour se répandre dans les branches. Tout comme les animaux, mais dans un silence total, les végétaux se disputent le territoire. Leur combat se déroule entre l'ombre et la lumière. La compétition se joue entre les grands arbres et les petits arbustes de couvert végétal, tels les kalmias qui sécrètent dans le sol des substances toxiques pour affecter la croissance de leurs voisins. Les arbustes poussant et s'étendant vite, les humains leur reprochent de bloquer la régénérescence des précieuses épinettes qu'ils exploitent. Et pourtant les coupes à blanc des forestiers entraînent une augmentation des émissions de carbone, contribuant ainsi à aggraver le réchauffement climatique, dont les conséquences sont certainement plus dramatiques à long terme pour leur gestion forestière !

Dans les aires ensoleillées, les mammifères viennent se réchauffer des nuits encore fraîches. La mosaïque d'habitats présents dans l'écosystème boréal constitue l'une des aires de distribution d'oiseaux forestiers les plus diversifiées en Amérique du Nord et, selon les estimations des chercheurs, il y aurait entre 1 et 3 milliards d'oiseaux nicheurs[1]. Là se trouve aussi la plus vaste étendue de milieux humides de la planète, qui offre un lieu de reproduction pour 12 à 14 millions de sauvagines et d'innombrables oiseaux de rivage. Au printemps, les migrateurs reviennent, pleins d'ardeur amoureuse. Aux parades bruyantes succèdent les couvées silencieuses.

---

1. Source : Centre de foresterie des Grands Lacs (CFGL) et Service canadien des forêts (SCF).

De l'une d'elles, installée dans les hautes herbes des berges d'un étang, naquirent au bout de vingt-huit jours Gudule et ses six frères et sœurs.

Oison de bernache du Canada, sûrement la plus intrépide de la nichée, Gudule s'aventura trop loin et se perdit dans les bois. Elle échappa à la surveillance pourtant sévère de ses deux parents. À moins qu'ils n'eussent été tués par un braconnier, puisque la chasse n'est ouverte que de septembre à décembre. Piteuse et tremblante dans son fin duvet doré, elle fut recueillie par un agent de la Faune dont le réflexe fut de la mener au meilleur endroit pour animaux en détresse, le Refuge Pageau.

Installé dans une caisse au chaud dans la cuisine de la maison, l'oisillon fut nourri de granulés pour poussins et s'imprégna des odeurs et des gestes de ses sauveurs. Michel et Louise lui fournirent l'attention et les soins que ses parents n'avaient pu, pour une raison ou une autre, lui donner. Tous deux la choyèrent pareillement, mais Gudule s'enticha de Michel. Puis vint le jour – celui de ses toutes premières plumes – de se mélanger à ses congénères...

En cette fin juin, la vie bat son plein autour du marais. Sauvagines et volatiles aquatiques domestiques s'ébrouent ensemble. Les huards à collier paradent et racontent à qui peut les comprendre leur histoire, que Michel a entendue de nombreuses fois. Il entraîne Gudule vers les berges et entreprend de lui conter la légende : « C'était il y a très longtemps, bien avant que les Blancs arrivent. En ce temps-là, tout était possible entre les humains et les animaux sauvages. Une jeune Algonquine, aveugle de naissance, vivait avec sa famille dans un petit village installé près d'un lac. Son père, qui l'adorait, lui offrit un beau collier de cailloux blancs polis. Un après-midi d'été, décidant d'aller cueillir des bleuets, elle s'enfonça dans les bois par un sentier qu'elle connaissait bien. Ses yeux ne pouvant la guider, elle se repérait en caressant l'écorce des arbres, les contours de leurs feuilles, tendait l'oreille au bruit de leurs feuillages sous la brise, respirait leurs odeurs. Lorsque les branches de l'arbrisseau à fruits sucrés lui chatouillèrent les mollets, elle se pencha et commença sa cueillette. Imprudemment, elle s'éloigna de ses repères familiers, et quand la fraîcheur du soir se posa sur ses épaules elle voulut faire demi-tour. C'est alors qu'elle se rendit compte qu'elle était perdue. Aveugle, elle ne craignait pas l'obscurité, mais redoutait la nuit, où le peuple des êtres mystérieux envahit la forêt. Elle fut prise de panique et appela au secours. Aucune réponse. Elle insista et seul le cri d'un plongeon, un canard sauvage au plumage noir et blanc dont son père lui avait appris le langage, lui répondit. Elle en fut étonnée et rassurée. Ses propres cris ressemblaient-ils au trémolo ondulé à huit ou dix "hou hou hou hou hou hou" que font les plongeons quand ils ont peur ? Toujours est-il que celui-là lui renvoya un "hou" soufflé, une note plaintive et triste mais si puissante qu'elle s'entend à des kilomètres à la ronde. Chaque fois que la jeune fille appelait, son guide invisible lançait plusieurs hululements – des notes longues semblables à celles d'un chant de loup –, comme pour garder le contact avec les siens. C'est ainsi qu'il attira la jeune fille jusqu'aux abords de son village, dont elle reconnut l'odeur familière du feu s'échappant des tentes. Voulant remercier son sauveur, elle se dirigea vers le petit lac où il devait se trouver. Elle sentait la berge molle sous ses mocassins quand un long ioulement l'avertit qu'elle risquait de tomber à l'eau. Elle s'immobilisa et écouta attentivement le glissement de l'eau autour du corps du canard pour bien le situer. Elle enleva son collier de petites pierres blanches et le lança en espérant qu'il comprendrait son geste d'offrande. Le collier dessina un cercle dans les airs et retomba autour du cou du plongeon. Voilà pourquoi, depuis ce jour lointain, ces oiseaux parés d'une collerette de taches blanches sont appelés huards à collier. »

Tous les habitants des marais et des lacs connaissent cette légende. Mais Gudule n'y prête pas attention, elle se demande pourquoi Michel l'a amenée là. Les bernaches sont d'excellents parents, et ils adoptent facilement un oisillon orphelin. Gudule est donc vite entourée, presque enlevée. Quelque chose en elle est décidément différent. Alors que les siens lui proposent avec insistance protection et amour, l'ingrate les repousse, et piaille comme si on voulait l'égorger. Une mère en charge de famille prend son rôle très à cœur. Elle tourne autour de Gudule, qui n'en crie que davantage en prenant ses pattes à son cou. La mère insiste, lui court après tandis que ses propres enfants, dont elle s'éloigne, se mettent à tourner en rond en poussant des cris de panique. Fièrement, elle croit avoir accompli son devoir quand elle rabat Gudule au milieu de ses petits. La troupe en marche fermée par le père n'a pas encore atteint la berge du marais que Gudule leur fausse compagnie. Obstinée, la mère abandonne à nouveau sa progéniture pour rattraper la récalcitrante. La malheureuse n'en peut plus, elle s'arrête, une patte en l'air, elle semble réfléchir pour savoir dans quelle direction la poser, soit vers les siens, soit vers celle qui refuse son affection. Découragée, elle lance quelques cancanements dont le dernier est une capitulation, pousse un cri strident de ralliement, et s'éloigne vers l'étang, sagement suivie de ses enfants.

Gudule, partie se réfugier entre les jambes de Michel, lui donne de petits coups de bec pour qu'il l'emporte vite chez elle ; enfin, plutôt chez eux. Il se dit : « Avec le temps, elle finira bien par retourner d'elle-même avec ses congénères. Les animaux ne manquent pas de bon sens ! » Gudule, si.

Dans les manuels ornithologiques, on apprend que la bernache vit en société et qu'elle s'attache à un partenaire pour la vie. Pour ce qui est de vivre en société parmi ceux de son espèce, Gudule s'y refuse catégoriquement. Par contre, elle est fidèle à son compagnon Michel. Exagérément. Si Michel ne lui donne pas l'attention qu'elle demande (et elle en exige beaucoup, à force de cris, battements d'ailes et pincements), elle s'accroche par le bec à son pantalon, monte sur le perron pour frapper à la fenêtre, ou chiale à rendre sourd un percussionniste. Il faut savoir que la bernache du Canada est une des plus grandes bavardes du règne animal, après les humains. Les savants ont identifié treize cris différents (la plupart fort bruyants), et les oisons communiquent avec leurs parents alors même qu'ils sont encore dans l'œuf ! Mais ce n'est pas tout : Gudule course les chiens qui veulent entrer dans la maison, attaque ailes déployées, cou tendu et avec de furieux cris d'indignation, les visiteurs s'approchant trop près de Michel. L'écrivain français Colette, grande amie des bêtes, disait bien que l'amour insatisfait – ce qui est forcément le cas pour Gudule – rend odieux ! Quand il prend le pick-up pour aller faire ses courses en ville, elle le suit en vol. Quand il se rend à pied chez son voisin, elle l'y rejoint et braille s'il ne s'occupe pas d'elle. En hiver, elle vole à côté de lui en skidoo.

Mais une bernache doit rester une bernache, c'est-à-dire une oie sauvage, et vivre près du marais, au milieu de la gente sauvagine et autres oiseaux aquatiques. Le credo du Refuge Pageau, c'est d'installer les pensionnaires au plus près de leur milieu naturel. Michel ne se plie donc pas à ses quatre volontés. Et voilà Gudule obligée de quitter la maison de son favori et de dormir dans la grange des vaches et des chèvres de la ferme, à proximité de ses congénères ; elle passera l'hiver là. Michel et Louise considèrent toutefois ce passage comme transitoire, car ils gardent l'espoir que Gudule finira par rejoindre les siens.

Gudule, déçue d'une telle attitude, décide de faire face à l'adversité en trouvant un autre partenaire pour assouvir ses penchants possessifs. N'ayant décidément pas compris que les bernaches, dont elle est un indigne représentant, sont des oiseaux aquatiques, elle choisit de jeter son dévolu sur l'hôte du Refuge qui lui semble le plus approprié : une belle limousine, une vache de belle taille, modestement baptisée Vache. Curieusement, le ruminant s'en accommode assez bien. Ensemble, Gudule et Vache broutent (souvent les bernaches passent douze heures par jour à s'alimenter de feuilles, de fleurs, de racines, de baies, de graines), se promènent, s'endorment. Vache est silencieuse, Gudule criarde. La limousine est paisible et pacifique. Pas Gudule. Combative, et sans aucun doute un peu mégalomane, c'est en tout cas un gardien hors pair. Bien plus efficace que les chiens. En hargne, elle surpasse le labrador noir que personne n'ose approcher. Bill n'aime et ne tolère que Michel, et de préférence sans personne autour ; il a la réputation bien appuyée d'être un « malin », ce qui veut dire dangereux et empli de malice. Pourtant, Bill s'applique à éviter Gudule et ses coups de bec. Il recule devant l'acrimonieuse bernache et lui cède le passage avec l'air gauche qu'ont les grands chiens attaqués par des roquets. Parfois, Michel l'encourage à repousser l'envahissante Gudule et Bill accepte alors bien volontiers de la courser, en bavant de colère, babines retroussées sur des dents luisantes. Plus d'une fois il manque la croquer, mais se retient *in extremis* par crainte de la réaction de son maître. Et Bill et Gudule se partagent les tâches de gardiennage, même si Michel ne le leur a pas demandé. Leurs excès l'exaspèrent parfois, l'amusent souvent.

Michel, devenu malgré lui un personnage médiatique international – en partie depuis sa rencontre avec l'écrivain français Bernard Clavel, qu'il a guidé en 1977 –, se plie régulièrement au jeu des interviews. S'exprimer en public et parler de lui n'est pas son fort. Il le fait de bon cœur, mais peine à surmonter la gêne qu'il ressent, plus par pudeur naturelle que par timidité. Une équipe de journalistes français, venue tourner un documentaire pour une chaîne de télévision, se présente au Refuge en cet après-midi d'août. Michel les accompagne tout au long de leur visite. Pour faire leur interview, ils choisissent comme arrière-plan le marais où s'ébattent les sauvagines. Une troupe de chevreuils curieux les entoure. La lumière de la tombée du jour est douce. Le cadre (pour raconter une histoire d'amour entre les hommes et les bêtes) est bucolique à souhait. Dans un angle de la caméra, on distingue vaguement de l'autre côté de la clôture les paisibles animaux domestiques de la ferme ; parmi eux, Vache et Gudule. Tandis que le cameraman commence à filmer, Michel, pour amuser les journalistes, crie : « Gudule, ils vont attaquer ta vache ! » Gudule, qui depuis un moment surveille du coin de l'œil la scène, sursaute. Son sang ne fait qu'un tour ! Michel devine à son cri, à sa posture, cou soudain tendu et bec légèrement relevé, ce qu'elle va faire. En effet, elle prend son élan, s'élève dans les airs, franchit la clôture. Michel peste à voix haute : « Gudule ! Maudite ! » en direction de celle qui pique droit sur le cameraman et son outil. D'un puissant coup d'aile, elle envoie valdinguer les deux objets de son courroux. Elle s'apprête à donner des coups de bec et d'aile sur l'homme et la caméra quand Michel la saisit prestement, tout en s'excusant auprès des journalistes entre deux éclats de rire. Puis, sans ménagement, il la renvoie de l'autre côté de la clôture. Gudule, bien que s'étant platement étalée sur le sol, se redresse fièrement et s'empresse de rejoindre sa vache en se dandinant d'une patte sur l'autre, le cri de victoire au bec, la tête haute, dédaignant de se retourner sur ses victimes.

Les journalistes ne sont pas les seuls à se trouver aux prises avec l'acariâtre. Quand l'envie lui en prend, Gudule se poste sur le chemin des visiteurs et menace de les attaquer s'ils osent faire un pas de plus en avant. Ils s'immobilisent alors et se mettent à crier pour que quelqu'un vienne les débarrasser de la bernache en colère. Louise, qui prend plaisir à accompagner les enfants des maternelles, ne tolère pas les prérogatives que s'est arrogées cette demi-sauvage emplumée. Si par malheur Gudule lui obstrue le passage, Louise devient louve en colère : elle saisit ce qui n'est plus qu'un volatile par le cou, lui met la tête dans la neige ou la boue, lui colle l'autre main au croupion et, prenant quand même garde aux coups d'ailes, la propulse loin de son groupe d'enfants ahuris. La terreur du Refuge, ce ne sont ni les ours, ni les loups, ni les lynx, mais Gudule la bernache.

Lorsque le sol et l'eau commencent à geler, en automne, un majestueux voilier d'oies en partance vers le sud passe bruyamment au-dessus du Refuge. C'est le signal du départ pour les bernaches du Marais. Dans un tintamarre assourdissant, elles prennent leur envol pour rejoindre leur aire d'hivernage. Toutes sauf Gudule. La magie de ce vol et toutes les interrogations qu'il soulève ne lui inspirent absolument aucune réaction. Sans doute sait-elle d'instinct que, dans la formation en V, l'extrémité de l'aile de chaque oiseau s'appuie sur le tourbillon d'air ascendant produit par celui qui le précède. Ainsi (à l'exception du chef de file, habituellement un adulte expérimenté), chaque individu profite de cet effet de « tirant » et ménage son énergie. Cette formation en V très particulière facilite également la communication entre les oiseaux, indispensable à la cohésion du groupe – la distance parcourue est en moyenne de mille kilomètres par semaine, mais des scientifiques ont suivi certaines bernaches munies de radio-émetteurs qui ont fait le trajet en une seule journée !

Les questions que se pose Gudule viennent d'un autre monde. Ce qui l'interpelle cet automne, c'est que Vache est devenue maman d'une petite génisse baptisée Carmen. Gudule y voit encore un coup du sort. Mais elle agit. Elle refuse absolument de laisser téter Carmen. Vache a beau donner des coups de tête à Gudule, rien n'y fait. Gudule pleure et crie. Michel et Louise, eux, voient rouge. Ils sont maintenant obligés de surveiller les tétées ! Comme s'il n'y avait pas déjà assez de labeur sur le Refuge ! Heureusement pour Gudule, ni Louise ni Michel ne pensent à elle pour le repas de réveillon.

Gudule aima Vache d'un amour exclusif jusqu'à la mort de la limousine. Alors seulement elle adopta Carmen. Si Michel cherchait Carmen, partie en vadrouille dans le Refuge, il appelait Gudule, certain qu'elle était avec la vache et qu'elle lui répondrait. Lorsque Carmen s'en alla ailleurs, Gudule sombra dans une tristesse profonde, devint dépressive, jusqu'au jour où elle se replia de nouveau sur Michel. Mais ce ne fut plus jamais comme avant. Ni vexé ni jaloux, Michel connaissait sa position dans le cœur de la bernache : « Gudule, elle m'aime c'est sûr, mais elle préfère la vache. » Gudule vécut quinze ans. Des années bien remplies, mais pas des années de bernache.

7

Le dominant blessé

Une cage était à la recherche d'un oiseau.

Kafka

Ce dimanche de janvier 2008, Michel et Louise sont passés prendre Roby avant d'aller à La Ferme, un lieu-dit de quelques maisons éparpillées au milieu des champs recouverts de neige, à huit kilomètres à l'ouest d'Amos. C'est là, dans le canton Trécesson, que s'éleva Spirit Lake, un camp de prisonniers de la Première Guerre mondiale. Ils y vont pour soutenir le projet de conversion de l'église Saint-Viateur en centre d'interprétation historique de cet épisode québécois.

Lorsque l'Angleterre déclara la guerre à l'Allemagne, le 4 août 1914, plusieurs milliers d'immigrants établis au Canada et appartenant aux nations ennemies furent considérés comme potentiellement séditieux. Ainsi, plus de 8 500 citoyens furent arrêtés et répartis dans vingt-quatre lieux de détention, dont quatre se trouvaient au Québec. 85 % des personnes arrêtées sur le territoire québécois furent internées entre 1915 et 1917 au camp de Spirit Lake. La majorité des 1 200 prisonniers de ce camp étaient des Ukrainiens.

À l'intérieur de l'église, unique vestige de cette époque tourmentée – mais très discrètement – en Abitibi, sont réunis quelques sympathisants du projet. Michel se fait interpeller par des habitants de ce canton rural qui lui présentent une série de doléances. L'un s'est fait manger son patou (chien des Pyrénées) par des loups : « Il avait pris l'habitude de partir jouer avec eux en forêt ! » Un autre reçoit régulièrement la visite d'un ours : « J'ai téléphoné aux agents de la Faune pour qu'ils viennent le chercher. Ils m'ont dit ce que je devais faire pour que l'ours ne s'approche plus de chez moi, et d'après ce qu'ils m'ont dit le plus simple serait que je déménage ! » Un troisième demande : « Les lynx sont-ils dangereux ? Y en a deux près de la maison. » Le « non » désinvolte de Michel ne convainc sans doute pas l'homme craintif ; surtout qu'il lui précise en s'éloignant que les lynx pourraient peut-être s'attaquer à de petits enfants.

Sur le trajet du retour, Roby demande à Michel des nouvelles d'un chevreuil malade.

– Il était couché et levait la tête avec effort en raidissant son cou. J'ai dû l'achever. Personne ici voulait le faire. Alain voulait bien le tuer, mais il ne sait pas se servir d'une arme.

Alain et Nathalie (séparée de Daniel, le père de son fils) vivent en couple sans être mariés, comme 30 % des Québécois, de même qu'Anne-Marie et Patrick, les deux autres enfants de Louise et Michel. Avec 2,9 mariages pour 1 000 en 2006 (contre 10,7 en 1940), le Québec détient le record des unions libres d'Amérique du Nord. C'est un changement spectaculaire en Abitibi, où, à peine quarante ans plus tôt, les curés régissaient avec autorité les mœurs des couples jusque dans leurs comportements les plus intimes.

Roby se rend au campe pour voir la carcasse du chevreuil, éviscéré et pendu à une poutre. Quelques caillots de sang s'écoulent encore de ses narines en minces filets rouge vif. Dans la maison, Michel, qui a fait du rangement parmi ses cassettes vidéo et DVD d'archives, invite son beau-frère à regarder des reportages sur le Refuge et des publicités dont les vedettes sont ses originaux. Ils s'amusent comme des gamins à parodier les commentaires allemands, qu'ils ne comprennent pas, quand retentit la sonnerie du téléphone. L'appel provient du poste d'accueil du Refuge. Josée, préposée aux visites dominicales, explique que Tché-Tché est blessé, qu'il saigne. Le dimanche, ni Félix ni Nathalie ne sont là. Contrarié, Michel raccroche et transmet l'information à Roby et à Louise. Son ami blessé ?

La nouvelle provoque un malaise que la maison calfeutrée ne peut évacuer ; pour réfléchir, mieux vaut sortir au grand air et fumer un cigarillo. Michel va s'asseoir sur le perron, dans son vieux fauteuil en plastique gris délavé, après y avoir machinalement posé un coussin humide. Il fait beau, mais si la température basse refroidit vite le corps, le cerveau de Michel bouillonne d'appréhension. Toutoune et Tobby, les deux labradors, viennent poser leur museau chaud sur ses genoux. Il tapote leurs têtes sans prononcer une parole. Surpris de n'être pas gratifiés de quelques mots gentils, les chiens lèvent sur leur maître des yeux interrogateurs. Bien qu'assis, il est agité. D'ailleurs, il se lève pour regarder du côté du parc où se promènent les visiteurs guidés par Josée. D'après le parcours qu'il leur reste à faire, ils seront partis vers 16 heures. Il décide d'aller voir son ami dès que le Refuge sera vide et fermé au public. Cela fait plus d'un an qu'il n'a pas vu son loup Tché-Tché, mais il l'entend régulièrement chanter. Roby propose de l'accompagner. Entendu. Pour tromper son anxiété, Michel prépare le ragoût de castor prévu pour le souper.

À 16 heures, ils partent. Michel sort du garage la motoneige, tandis que Roby va ouvrir la haute grille qui sépare la cour privée des Pageau du parc. Avec leur engin doté d'une lame de chasse-neige, ils roulent lentement sur les sentiers étroits. Ils passent devant les orignaux, les oursons endormis, frôlent les arbres que Michel a plantés. « Dans le nouveau projet d'aménagement du Refuge, il était prévu de les couper parce qu'ils étaient trop près du chemin ! J'ai pas voulu », dit-il avec l'amertume de quelqu'un dont on ne respecterait pas tout le mal qu'il s'est donné pour les laisser croître librement. Ils s'arrêtent et abandonnent leur véhicule devant l'enclos de Joe, l'ami ours de Michel et le doyen des animaux du Refuge. Les loups ne sont pas loin. Michel jette un regard à Joe immobile dans sa cabane et dont seule la large tête dépasse. Comme Joe ne réagit pas, inquiet, il dit à voix basse pour lui-même : « Il est peut-être mort. » Puis plus fort : « Hey, Joe ! » Joe ouvre un œil et le referme aussitôt sur son hibernation inachevée. Déjà vingt et un hivers passés au Refuge. Combien en reste-t-il à vivre au vieux Joe ?

Dans le parc aux loups, Michel appelle en mettant ses mains en cornet : « Tché ! Tché-Tché ! » Silence, profond silence feutré. Deux loups debout, en parfaite santé, les épient sans faire le moindre mouvement. Ceux-là sont des enfants du blessé. Nés en 2002, Michel les connaît à peine. Des adultes qui ne demandent qu'à prendre la place du dominant âgé. Les deux hommes sont arrivés devant la porte de l'enclos, mais Michel n'en a plus la clef. Il scrute le parc boisé et finit par le voir. Tché le dominant est couché sur la neige contre la clôture en métal, à quelques mètres de la porte. Il ne bouge pas. Il saigne d'un coup de croc au-dessus de l'œil. Michel insiste, crie son nom. Tché lève mollement la tête de quelques centimètres, puis la repose entre ses pattes étendues. Roby se fraye un passage entre la clôture et les conifères en s'accrochant aux branches, mais il s'enfonce quand même dans la neige jusqu'aux cuisses. Michel, qui a mal aux genoux, demeure près de la porte. Roby est maintenant à côté de Tché. Avec ses doigts il peut toucher sa fourrure à travers les mailles du grillage. Il lui parle, l'encourage à bouger : « Hé là, mon vieux, t'es blessé ? T'en fais pas, Michel est là. Tu vois, il est revenu te voir. Montre-lui que tu vas pas si mal. Tu peux pas rester comme ça ! Bouge-toi, gros loup. » Aucune réaction. Michel demande s'il est blessé sur le dos.

– Non, je ne vois que la plaie au-dessus de l'œil. Sur le haut du crâne des poils sont mouillés, par la bave de son agresseur sans doute. Il tremble, il est en état de choc.

La taille de ses pattes est impressionnante, à la mesure de ce très gros loup de près de 80 kilos. Il est né en 1994 et a passé toute sa vie en captivité. Près de Michel.

Ce dernier décide de retourner sans tarder à la maison. Il va faire très froid cette nuit :

– Faut le mettre à l'abri. Je vais téléphoner à Nathalie.

Nathalie, qui n'habite qu'à trois kilomètres, accourt aussitôt avec les clefs. Dans la maison de ses parents, où l'ambiance est plombée, elle guette l'arrivée de Félix. Hier le chevreuil et aujourd'hui Tché-Tché... Il est 17 heures, la nuit va bientôt tomber, quand son beau-frère fait son entrée accompagné d'un cousin. Deux motoneiges sont sorties et Nathalie charge une balle de foin.

Quand ils reviennent, trente minutes plus tard, ils expliquent qu'ils ont réussi à déplacer Tché pour l'isoler dans un enclos qui comporte une cabane. Dans le parc aux loups, le nouveau prétendant au titre de dominant suit de près chaque mouvement d'une jeune femelle bientôt en chaleur. Mais Tché est trop faible pour chercher à s'interposer et affirmer son rang. Nathalie est triste. Elle a peur pour le vieux Tché. Cela fait treize ans qu'il est au Refuge, dont il fut l'idole. C'est l'ami de son père. Une amitié née au mois de juin 1995.

Le 26 février de cette année-là, à Amos, deux agents de la Faune frappèrent à la porte de la troisième maison sur le rang 10. Il était 4 h 30 du matin. Pas un nuage dans le ciel, les étoiles s'apprêtaient à disparaître. La maisonnée Pageau dormait paisiblement. Michel se leva et alla ouvrir la porte. Il y avait Réjean Lavoie et Clément Valliere.

– Michel, on voudrait que tu nous accompagnes à La Corne.

– OK, je m'habille et j'arrive.

Il faisait encore nuit. Dans la voiture, Réjean expliqua :

– Il y a quelques jours, on nous a avertis que des gars de La Corne détenaient illégalement des jeunes loups. Il y en aurait trois en tout. Mais, quand on s'est présentés, poche d'ours ! on n'a rien vu ! Que du huskie. Ils ont dû se douter de quelque chose et cacher les loups. On nous a retéléphoné hier. On suppose qu'ils les attachent derrière chez eux la nuit et qu'ils les emmènent ailleurs dans la journée. Il faut y aller avant que le gars démarre pour son boulot.

– Oui, j'en ai entendu parler, répondit Michel, que « poche d'ours ! », l'insulte favorite de Réjean, fit sourire. Il paraît que les loups circulent librement et vont dans la cour de l'école. Ce n'est guère prudent, ça. Mais vous avez besoin de moi pour quoi ?

– On voudrait que tu nous dises si c'est bien des loups et pas des huskies. On va essayer de ne pas se faire repérer.

La maison en question se trouvait sur le rang 6, en tournant à droite dans la route 111, juste après l'église quand on venait d'Amos. C'était une des dernières maisons du hameau. Ses habitants étaient bien connus. Les hommes avaient la réputation d'être de sacrés chasseurs, et d'aussi bons braconniers qui s'approvisionnaient dans la forêt plutôt que chez le boucher. Ils mangeaient du gibier frais à longueur d'année et un congélateur ne leur aurait été d'aucune utilité. Avec une petite dose d'admiration et un soupçon de crainte, dans le petit village de La Corne on parlait d'eux à voix basse : « C'est le Far-West là-bas ! Ils forment une sacrée gang de hors-la-loi ! » Michel disait plutôt : « C'est pas de mauvais gars, ils tuent pas n'importe quoi. » Il n'ajoutait pas qu'ils lui avaient plus d'une fois amené un animal blessé ou des orphelins.

La Corne, fondée par une vingtaine de colons en 1935, pouvait s'enorgueillir d'avoir eu deux célébrités. La première, c'était l'infirmière de la colonie, Gertrude Duchemin. Une sacrée bonne femme ; en plus de mettre au monde les enfants du village et des environs (2 000 durant ses quarante années de service, de 1936 à 1976), elle diagnostiquait les maladies, administrait des médicaments, extrayait les dents, opérait, et dispensait des soins aux victimes d'accidents survenus à la ferme, dans les bois, à la chasse ou dans les mines. On l'appelait à toute heure et en toute saison. L'autre célébrité, dont se rappelaient surtout deux générations de femmes, c'était le curé, qui les rendait – sauf les mères de plus d'une dizaine d'enfants – responsables de tous les malheurs du monde. Les accusant de rien de moins que d'être des suppôts du diable, il les terrorisait de ses sermons vindicatifs. Évidemment, l'infirmière, qui portait pantalons et exerçait son influence sur la collectivité, représentait un modèle d'émancipation pour le sexe faible. Elle ne fit pas bon ménage avec la « robe noire », qui vilipendait les belles dévotes marchant dans la rue tête haute sans avoir pris soin de dissimuler la chair de leurs bras sous des manches longues. Quand Gertrude Duchemin décéda, la petite maison où elle vivait et officiait devint un lieu historique du Canada, connu nationalement sous le nom de « Dispensaire de la Garde ». L'infirmière, qui fut la garde du dispensaire, le méritait bien.

La voiture arriva à hauteur de la maison et se glissa le plus silencieusement possible dans l'arrière-cour. Les occupants en descendirent, accueillis par les aboiements furieux des huskies à l'attache. Un jeune était installé à l'écart, près d'une niche. Michel s'en approcha.

– C'est un loup. Mais je n'en vois qu'un. C'est une jolie femelle, elle a été bien soignée. Sûrement née en mai.

Les lumières dans la maison s'allumèrent. D'une fenêtre à l'étage, quelqu'un souleva un coin de rideau. Bientôt la porte s'ouvrit et un grand gaillard blond, qui avait juste enfilé une grosse veste par-dessus son pyjama, apparut. Les lacets de ses bottes traînaient dans la neige. Les agents de la Faune l'avertirent qu'ils allaient confisquer le loup détenu illégalement. L'homme ne pouvait guère s'y opposer, mais il ne cacha pas son mécontentement.

– Et les autres, tu les caches où ? demanda un agent.

– De quoi tu parles ? Y en a pas d'autres, répondit sèchement l'interpellé en le fixant d'un œil torve.

Tout à coup, une petite fille d'une dizaine d'années sortit de la maison et en courant gauchement dans la neige épaisse se précipita sur les agents.

– J'veux pas que vous l'emportiez ! J'veux pas qu'elle parte ! P'pa, j'veux pas que les monsieurs l'emportent, suppliait-elle, en larmes.

Son père la retint par le bras et la renvoya gentiment à la maison :

– Rentre vite, tu vas attraper froid.

Michel se sentait mal à l'aise. Il pensait à ses propres enfants, imaginant leurs réactions, se rappelait leurs oursons qu'avait abattus chez lui un garde-chasse.

– Bon, écoutez, maintenant on s'en va. Vous savez qu'il est là, repassez le prendre plus tard, dit-il aux agents, pressé de quitter les lieux.

Quelques jours plus tard arriva au Refuge la jeune louve. Elle fut baptisée Bella.

Le printemps s'était installé quand les agents appelèrent à nouveau Michel :

– On a récupéré les deux autres louveteaux, ils étaient chez un parent de l'autre gars. On va te les amener.

Michel connaissait bien les propriétaires des loups illégaux. Des gens de La Corne aussi, des gens qui avaient les manières du début de la colonisation, où l'on décrochait le fusil chaque fois qu'il manquait de la viande. Et c'est ainsi qu'au mois de juin 1995 Tché-Tché et son frère P'tit Loup rejoignirent leur sœur Bella au Refuge Pageau. Alors commença une longue relation passionnelle faite de drames et de bonheurs purs, qui conduisirent Michel Pageau à devenir « l'homme qui parle aux loups ».

Bientôt il y eut une petite meute au Refuge, dont le dominant incontesté était Tché-Tché. Le puissant loup partagea ce titre avec Michel. Il jouait avec lui, acceptait ses caresses, répondait toujours à ses appels, jusqu'au jour où, en 2002, sa femelle Loupette fut emportée loin de sa meute pour être stérilisée chez le vétérinaire d'Amos. Les humains la lui ramenèrent, encore couverte d'odeurs étrangères et inquiétantes. Le jour suivant elle s'éteignait. Tché-Tché devint alors méfiant et une lueur de rancune s'allumait dans ses yeux chaque fois que Michel essayait de le toucher. Les liens de confiance que les deux êtres avaient patiemment établis étaient brisés. Mais pas l'amour de l'homme pour son loup, qui ce jour-là était sur le point de perdre son rang de dominant.

En proie à un sentiment poignant d'impuissance, Michel part se réfugier dans son campe. Il allume un feu comme d'autres feraient brûler de l'encens ou fumeraient un calumet. Si les volutes pouvaient seulement atteindre le ciel et porter ses prières vers le Dieu des loups et des humains… Il est tourmenté, et pas seulement par l'état de son ami blessé. La morosité qui l'agite sournoisement date de plusieurs mois. Pourquoi donc ne va-t-il pas plus souvent voir Tché-Tché ? Ou dire bonjour à Joe ? Pourquoi, alors qu'ils sont si près de lui ? Parce qu'il a pris une décision majeure : celle de ne plus se mêler des soins quotidiens donnés aux animaux, de ne plus décider du fonctionnement du Refuge. Il a décidé de passer la main. Il n'en mesure pas encore toutes les conséquences, si ce n'est que cette inquiétude insidieuse, car insondable, fait surgir mille interrogations.

N'aurait-il pas confiance en ceux qui dirigent maintenant le Refuge ? Mais si, il a confiance, sinon il ne les laisserait pas faire. Félix est arrivé en 1993, il avait tout juste 17 ans. En 1996, il intégrait l'équipe à plein temps. Et aujourd'hui il occupe la place de Michel comme directeur. Son propre fils Patrick et Anne-Marie, sa seconde, ont choisi des directions éloignées du Refuge, contrairement à leur aînée Nathalie. Mais, à l'instar de son père, cette dernière préfère l'action sur le terrain, alors que Félix, qui a suivi des cours de « management », est tout à fait indiqué pour régler les tracasseries administratives inhérentes à la direction du Refuge.

Des animaux sont-ils négligés ? Non, ce n'est pas cela non plus. C'est sûr, ils ne sont pas traités exactement comme lui les traitait. Mais ils vont bien. Incontestablement, sa méthode a fait ses preuves ; cependant d'autres peuvent aussi donner de bons résultats. Seulement voilà, il lui arrive d'en douter...

Allons ! Il n'a qu'à s'en tenir aux résultats et faire taire ces pernicieuses voix intérieures. Il a fini par se rendre compte qu'il râlait de plus en plus et qu'il se laissait aller à critiquer la façon de faire des autres. Alors il a décidé de passer la main.

Il avait l'âme d'un trappeur chasseur respectueux de la nature et de ses mystères, caractéristique d'une société archaïque, mais a vécu dans une ère d'industrialisation en plein essor de dénaturalisation. Les animaux lui ont donné des instructions essentielles, dont il s'est servi pour les tuer d'abord, puis pour les sauver. C'est alors qu'il a découvert, en se dévouant corps et âme à leur bien-être, que servir une cause juste était une dignité suprême. Maintenant qu'il s'est lui-même contraint à sa propre vacance, il craint peut-être de perdre un peu de cette dignité.

Passer la main : une décision peut-être péremptoire, plus facile à formuler qu'à vivre.

Et Tché-Tché, blessé dans son corps et sa dignité, passera-t-il la nuit ? Oui, sûrement, maintenant qu'il est isolé. Il lui faudra quelques jours pour se remettre d'aplomb. Et quand il rejoindra sa meute, saura-t-il accepter de ne plus en être le dominant ? Michel sait reconnaître le cours normal de la vie, même s'il s'accompagne parfois d'amertume. Serait-il donc devenu nostalgique ? La nostalgie, cette souffrance intime, si lancinante qu'elle ne laisse pas de place à d'autres pensées. Il souffre, mais ne veut pas de la nostalgie pour compagne. Heureusement, ses deux chiens viennent le libérer de ses sombres réflexions et l'invitent à sortir dans la lumière du soir épurée des tourments de la journée.

8

L'espoir du loup

> On a beau donner à manger au loup, toujours il regarde du côté de la forêt.
>
> Ivan Tourgueniev, *Récits d'un chasseur*

Il fait assez doux en cette mi-janvier 2008, autour de −15 °C. La femme profite du premier rayon de soleil pour aller dire bonjour à ses chevaux dans l'écurie. Elle pense qu'une brassée de foin leur fera plaisir et se rend à la grange où il est entreposé. Une fois dedans, elle remarque un monticule étrange dont elle s'approche pour l'examiner. Elle sursaute et met sa main sur sa bouche pour éviter de crier quand elle l'identifie. « Il » s'est blotti dans l'herbe sèche et la fixe sans bouger. La peur au ventre, elle se retient difficilement de prendre ses jambes à son cou et recule en titubant jusqu'à la sortie. Tandis qu'elle se dirige hâtivement vers sa maison, elle se retourne à plusieurs reprises, craignant sans doute qu'il ne lui saute sur le dos. Il lui a semblé voir qu'il était blessé, mais elle se méfie quand même.

Après avoir soigneusement fermé la porte de son domicile, elle se demande à qui demander du secours. « Ah oui, la police ! » Au bout du fil, le préposé l'écoute et lui garantit qu'ils seront là rapidement.

Effectivement, dans l'heure qui suit, les officiers de police du Territoire du Nord-Ouest sonnent à sa porte. Elle les conduit dans le hangar où, après quelques hésitations, ils déclarent que, d'après eux, c'est un coyote. Ils ne s'en approchent pas trop près. Ils s'accordent à dire que l'homme de la situation est Michel Pageau, à Amos. Elle connaît la réputation de Michel et se reproche de ne pas y avoir pensé toute seule.

– Allô, Michel Pageau ?
– Oui, c'est moi.
– Monsieur Pageau, ici c'est Mme Petit de Québillon. Il y a un coyote blessé couché dans le foin de ma grange. Il faudrait venir le chercher, je ne sais pas quoi faire. C'est une grosse bête, mais elle ne bouge pas.
– Blessé comment ?
– Il a été pris dans un piège. J'ai juste vu la chaîne du piège, mais je ne me suis pas approchée pour regarder sa blessure.
– Il faut que vous contactiez les agents de la Faune et sans doute m'appelleront-ils ensuite.
– Ah, d'accord. C'est ce que je vais faire. Merci. Vous avez leur numéro ?

Une journée passe, et cela suffit pour qu'un trappeur des environs ait eu vent de l'histoire et flairé la bonne affaire. Il va directement voir la femme, qui le reçoit et l'accompagne jusqu'au coyote.

– C'est un loup, déclare-t-il sur un ton admiratif.

Oui, la bête est belle. À cette époque de l'année, la fourrure est superbe, alors que d'ici quelques semaines la saison des amours commencera et les coups de crocs des jeux nuptiaux l'abîmeront sans aucun doute. L'homme tirera un bon prix de cette prise facile. Il lui propose de l'en débarrasser.

– Comment allez-vous faire ? s'enquiert Mme Petit.

– J'ai ma carabine dans le truck, ce ne sera pas long. Et puis cet animal est déjà pris au piège, c'est la fatalité, juge-t-il bon de préciser.

La femme hésite. Un loup, c'est dangereux, et quoique sympathisante écologiste elle n'ignore pas que ce prédateur suit les lois de la nature. Les chevaux n'apprécient guère sa présence, non plus. Et les agents ne sont pas encore venus. D'un autre côté, le loup paraît bien affaibli et inoffensif. Elle le regarde. Il ne gronde pas. Les grands yeux à l'iris couleur d'ambre, cerclés de traits noirs qui accentuent la force de son regard, semblent sonder la femme au plus profond de son cœur. Elle y lit la peur et la résignation, cela la touche.

– Cet animal me fait pitié, je ne crois pas que j'aie envie que vous le tuiez. De plus, j'ai déjà prévenu les agents de la Faune.

L'homme n'insiste pas, il se méfie de la réaction des officiers. Il connaît l'article 28 de la loi C-61.1 qui précise que tout loup trouvé mort ou blessé, même accidentellement, doit être déclaré à un agent de la Faune, qui peut exiger la carcasse pour confiscation. Il a bien sûr son permis de trappe, mais entre la police et les services de protection de la Faune, ce loup est un peu trop célèbre à son goût. Évidemment, s'il avait dit que c'était un coyote, pour qui la loi ne s'applique pas…

– Dans ce cas, je vous le laisse. Je m'en vais. Bonne chance.

Mme Petit rappelle les agents de la protection de la Faune en précisant que c'est peut-être bien un loup et non pas un coyote. Ils arrivent chez elle au petit matin, avec une cage en métal. Le loup n'a pas bougé. Ils examinent l'animal et constatent que sa patte avant droite est prise dans un piège. Il est couché enroulé sur lui-même, la tête aplatie sur le sol, parfaitement immobile, seuls ses yeux qui suivent leurs mouvements prouvent qu'il est bien vivant.

Pour le faire entrer dans la cage, ils utilisent une longue perche au bout de laquelle est attachée une corde avec un nœud coulant. L'animal tourne la tête, plonge plus profondément son museau dans le foin, mais quand la corde glisse sur son cou il ne réagit pas. Ses yeux sans doute s'agrandissent, son cœur sans doute bat plus vite. Les agents approchent la cage au plus près du blessé et le tirent à l'intérieur. Il boite méchamment. Les hommes remarquent tout de suite que le piège est un Victor n° 3, utilisé surtout pour attraper les castors. Les mâchoires métalliques n'emprisonnent que les doigts de l'animal, qui a dû se débattre et tirer de toutes ses forces pour casser la branche et marcher jusqu'ici en traînant chaîne et piège. Sa maigreur témoigne qu'il a bataillé plusieurs jours.

Une fois la cage installée à l'arrière du pick-up, ils prennent aussitôt la route d'Amos, plus au sud, pour rejoindre le Refuge Pageau, à une heure et demie de là. Michel, Louise et Félix les attendaient. La cage et le loup sont transportés dans le garage, un bâtiment en planches à quelques mètres de la maison de Michel. Dans le garage chauffé se trouvent plusieurs cages réservées aux éclopés trop faibles pour supporter la température extérieure. Les agents de la Faune suggèrent d'endormir le loup afin de retirer le piège et de soigner sa plaie. Ils se tournent vers Michel pour avoir son opinion. Celui-ci dodeline de la tête : apparemment il n'est pas de cet avis. Il n'a pas besoin de l'exprimer en paroles, mais il considère que le loup est assez traumatisé comme ça. Félix décide de lui administrer un antibiotique. À bout de forces et très choqué, le loup ne bouge pas quand il lui fait l'injection à l'aide d'une seringue hypodermique au bout d'une perche. Le groupe sort du garage. Michel fait quelques pas avec les agents, Louise, à la silhouette vive de gamine, rentre dans leur maison. Félix enfin conduit les agents au bureau du Refuge, histoire de remplir quelques papiers officiels. Michel regarde s'éloigner les véhicules, puis rejoint Louise et patiente.

Il laisse s'écouler quelques heures pour donner au loup un peu de répit. Puis, quand il estime que c'est le moment, il se dirige vers le garage accompagné de ses deux gros labradors. Il pénètre à l'intérieur et commande aux chiens de retourner à la maison. Il s'adresse au loup : « Là, là, n'aie pas peur. C'est rien que moi. T'en fais pas, je vais t'aider. Je te connais bien, tu sais. » Il ouvre calmement la cage et se penche vers l'animal. Celui-ci se tient aplati, le museau sur le sol, avec cet air penaud qu'ont les chiens qui viennent de faire une bêtise et attendent de recevoir une taloche. Michel tend lentement la main vers lui, effleure son dos, et lui murmure des mots apaisants. Pas de réaction chez le loup, qui cache sa patte blessée, sa faiblesse, sous le ventre. Heureusement, le long fil de fer dépasse. Michel le saisit et doucement tire dessus jusqu'à dégager la patte. Deux de ses cinq doigts sont déjà tombés. L'animal geint très faiblement, Michel le console et, se rapprochant plus près, ouvre d'une main assurée la mâchoire. Il connaît bien le fonctionnement de ce piège pour l'avoir utilisé dans son autre vie, celle du trappeur qu'il n'est plus. « Voilà, c'est fait. Ta plaie est nette, tu dois pouvoir t'en sortir. »

Michel sort du garage et réalise à quel point les animaux peuvent encore lui apporter ce bonheur intense, cette plénitude que donne la sensation d'être utile, et qu'il a cru par moments avoir définitivement perdue.

Par ce simple geste, ouvrir un piège, mille fois répété, l'homme et le loup sont délivrés.

Et maintenant, dans le Refuge Pageau, deux loups blessés, chacun à l'opposé du parc, l'un sauvage l'autre ami de longue date de Michel, doivent reprendre des forces. Ils n'y parviendront qu'avec l'aide des humains. L'un recouvrera la liberté, l'autre acceptera peut-être de céder son rang de dominant.

Désormais installé dans un enclos à quelques mètres de la maison de Michel, le loup sauvage se tient tapi sur un lit de paille derrière deux troncs d'arbre coupés et un paravent de branches de pin qui lui donnent un peu d'intimité. Nathalie l'a abrité, pour ainsi dire douillettement, et c'est elle qui le nourrit, prenant bien soin de changer de vêtements pour qu'ils ne trahissent pas les odeurs des autres loups du Refuge. Le blessé ne sera pas libéré avant plusieurs mois, mais au moins il aura la lumière du jour et de la nuit, les odeurs et les bruits des bois, la vraie température de l'hiver. Autour de lui, sur la neige, seules quelques taches de sang témoignent de ses mouvements dans la cage. Il évite de remuer quand il sent la présence des humains, auxquels il s'habituera progressivement. Ses yeux, lumineux comme un phare dans la tempête, épient ceux qui s'approchent de son nouveau repaire.

Ses yeux disent toute son histoire, son incompréhension d'être si souvent haï, exagérément craint. Pourquoi est-il un paria alors que son savoir-vivre en société de loups est reconnu par les humains comme un modèle qu'ils sont souvent incapables de suivre ? Chez les Amérindiens Algonquins de la région, il est perçu comme un auxiliaire du Dieu Créateur, il est emblème de clan chez les Hurons, animal respecté plus que tout autre parmi les Inuits. Tandis que pour les Blancs il est un enfant du diable qu'il faut éliminer. Sans doute ces derniers ont-ils emporté dans leurs bagages d'immigrants leurs vieilles légendes, l'image de la brebis innocente au côté du Christ, l'histoire du Petit Chaperon Rouge et du Grand Méchant Loup. Sans doute aussi ces premiers colons ne tolérèrent-ils pas qu'un autre prédateur qu'eux officie sur les territoires qu'ils voulaient conquérir. Ils se sont depuis approprié les terres, mais le loup est resté un rival. Et pourtant, ne ressemble-t-il pas à ces chiens qui marchent le museau collé à leurs jambes et dont le souffle sur leurs mains inspire des caresses ? Tout passe dans un éclair de regard de loup, il peut révéler le beau ou le laid, la douceur ou la violence, faire surgir le passé et l'avenir, l'amour ou la haine. Mais son regard diffère de celui du chien. Ses yeux voient et disent le flux du monde, sans compromis. Dans son monde à lui, il n'y a pas de paradis artificiels.

Plus tard, au mois de juin, le loup sauvage fut emmené à Quévillon, près de l'endroit où il avait été trouvé. La cage s'ouvrit, le loup sursauta, vit l'espace s'offrant à lui, n'hésita pas une seconde à s'émanciper des hommes, franchit d'un bond la frontière entre son univers et le leur, et, gueule ouverte pour happer l'horizon, galopa vers l'infini sans se retourner...

9

La grande famille

La bête libre a toujours derrière elle son périr et devant elle Dieu, et quand elle va, c'est éternellement, comme vont les fontaines.

Rainer Maria Rilke

Ce vendredi 11 avril 2008, le matin s'est levé gris et le ciel menaçant annonce la neige.

À 9 heures, Félix pénètre dans la maison.

– Ça va bien, Michel ?

– Oui oui, j'ai encore eu mal aux côtes et aux bras cette nuit. Et un point dans le dos. Shit ! Pas moyen de dormir, alors je me suis levé.

– Faut que tu voies un docteur.

– Mon docteur est absent depuis deux mois. Il a fait une dépression, je crois.

– Ah bon ? Mais tu peux en voir un autre…

– Je vais appeler mon ami pharmacien, il me donnera le nom d'un médecin qu'il connaît.

– Appelle tout de suite, c'est mieux.

Michel termine sa vaisselle tandis que le café commence à répandre son fumet dans la pièce. Il décroche le téléphone, discute et raccroche.

– Il m'a dit que s'il n'en trouvait pas de libre je devais aller à l'hôpital. Aux urgences. Mais j'irai pas…

Je connais : je vais rester des heures à attendre. J'aime pas bien ça. J'ai juste dû mal digérer quelque chose.

Félix se dit « Typique, c'est le cœur », mais le garde pour lui. Michel aussi a dû se dire cela, mais il préfère penser à un problème de digestion.

À 11 heures, Louise revient après avoir soigné ses animaux. Elle s'installe à table, mange ses tartines au pâté de volaille que lui prépare régulièrement Michel et ouvre son livre. Elle aussi lui conseille d'aller consulter.

– Non, ça va bien. J'ai plus mal du tout.

– Il n'ira pas. C'est toujours pareil avec lui ! Il n'aime pas l'hôpital. Pourtant il n'y est allé que deux fois. Pour son œil, précise Louise, qui lève le nez du roman qu'elle dévore depuis plusieurs jours.

Tchico, le chihuahua emmitouflé dans la « couverte » sur ses genoux, dresse son petit museau pointu.

Michel secoue la tête.

– Si j'y vais, ils vont me garder.

Vers 18 heures, Louise téléphone à ses enfants :

– Michel est à l'hôpital. Aux urgences.

Il faut traverser l'Harricana pour atteindre l'hôpital d'Amos, un grand bâtiment moderne sur une petite hauteur qui surplombe la rivière. Il neige dru en cette fin de journée. Nathalie et son fils Jean-Félix arrivent et découvrent Michel comme ils ne l'ont jamais vu.

Des fils sur son corps le relient à un écran sur lequel défilent des courbes et des chiffres. Il est devenu un ours en cage. Plus proche de ces malheureux ours chinois que l'on torture pour récolter leur bile que de ceux du Refuge.

Il est 20 heures. Il en a déjà plus qu'assez. Il ronchonne, emmêle les fils. Les infirmières sont aux petits soins pour leur patient célèbre.

– Demain, tout Amos va le savoir, peste-t-il.

Cela le contrarie autant que d'être attaché par des fils.

Il faudra peu de temps au cardiologue d'Amos pour diagnostiquer une situation grave qui nécessite une intervention chirurgicale rapide. Le 13, l'avion-ambulance transporte Michel à l'Hôpital général juif de Montréal, où Louise le rejoint par un vol du soir.

Trois jours plus tard, Michel, qui partage sa chambre avec un opéré du cœur, n'a toujours pas vu la salle d'opération... Le 17 au matin, le chirurgien vient le voir, et quand Michel lui demande pendant combien de temps encore il va devoir attendre, le médecin répond qu'il ne connaît pas la date de l'intervention. Le voisin alors se mêle de leur conversation :

— Vous allez opérer « l'homme qui parle aux loups ». Le Refuge Pageau, c'est lui.

Le chirurgien, surpris, dévisage Michel :

— Mais oui ! Je vous ai vu à la télévision. Plusieurs fois même.

Il hoche la tête, réfléchit en fixant silencieusement Michel, sans l'examiner mais en le sondant. Il l'imagine dans les bois, la neige, les grandes solitudes et entend appeler les loups. Il le regarde et ne voit plus un malade, mais le genre d'homme qui ne peut supporter longtemps d'être au pôle opposé de son monde sans risquer de dépérir.

— Ce n'est pas un endroit pour vous, il faut que vous repartiez d'ici au plus vite. Je vous opère demain. Puis vous devrez patienter jusqu'à lundi. Ensuite, vous serez chez vous. Mais vous devez savoir que, dans cinq opérations sur cent, les patients ne se réveillent pas, finit-il par annoncer, très posément.

Le cœur de Louise fait un méchant bond. Michel déjoue le sort en riant :
– Je serai dans les 95 % !

A-t-il peur de la mort ? Non, il l'a trop côtoyée pour qu'elle puisse le surprendre. Il l'a trop souvent vue fermer un par un chaque pore de la peau de sa victime, chaque éclat dans son œil, chaque frisson sur son pelage. S'éteignaient alors tous les matins et toutes les nuits. Michel le trappeur se sentait seul, sur une terre nue. Non, il craint seulement de ne pas avoir le temps de transmettre à ceux qu'il aime, et surtout aux enfants, ce qu'il a appris de la nature, ses expériences dont il a tressé un fil ténu, un filament, mais si solide qu'il mène jusqu'aux étoiles. Ah oui, on dit qu'il a changé bien des choses, qu'il a ouvert les yeux à pas mal de gens, qu'il fut le premier héraut de la protection des animaux sauvages en Abitibi. Le premier de cette région à faire quelque chose pour eux à une échelle d'abord individuelle, puis municipale, puis régionale, et enfin nationale. Il l'a fait avec des poils et des plumes, la conscience de l'expérience, la sagesse d'un bâtisseur solitaire et l'énergie d'un autodidacte qui ne s'autorise aucune erreur. Ici en Abitibi, sans suivre aucun modèle, sans en connaître le fonctionnement, il a su développer non pas seulement un organisme, mais un état d'esprit, une pensée nouvelle fondée sur la connaissance et le respect du monde sauvage, dont la beauté n'a d'égale que la fragilité. Lui se voit plutôt comme un artisan de la vie qui a simplement su renvoyer aux animaux leur regard, avec un respect total et franc. Et si on a fait du loup son emblème, il raconte simplement qu'il aime tous les animaux, certains individus – et non pas certaines espèces –, certes, un peu plus que d'autres. Alors pourquoi aurait-il peur de la mort ? Tout dans la nature est recommencement éternel ; les animaux le lui ont révélé, ce mystère, car ils possèdent l'esprit qui peut unir les humains à la nature. Un homme peut disparaître, il renaîtra au premier cri, dans le premier jour du monde.

Michel est en paix. Il sort sur son perron en bois, ses deux labradors sur les talons. Il prend le vieux coussin humide qu'il dépose sur la vieille chaise en plastique, s'assied en poussant un soupir de plaisir et tapote la tête de Tobby, puis celle de Toutoune. Il sent le vent, l'écoute chuchoter. Il écoute pousser les arbres. Devant lui passent Nathalie et Louise qui vont nourrir les loups, les orignaux, les oiseaux, les lynx, tous ces habitants du Refuge qui doivent une partie de leur vie à l'homme assis. Pas un jour ne passe sans qu'il respire le même air, voie des mêmes yeux, vive du même sang qu'eux, coure sur les mêmes sentiers, vole dans la même brise, et il les remercie de tout ce qu'ils lui ont offert. Roby le rejoint en allumant une cigarette. Michel ne peut pas fumer son cigarillo. Évidemment, les médecins le lui ont strictement interdit. Il le fera plus tard, se dit-il. Plus tard, encore plus tard, plus loin, toujours plus loin. Il va son chemin, sa piste n'est pas finie. Elle le conduit au-delà de son Abitibi natale, au-delà même de ses espérances. L'homme sait qu'elle ne finira jamais, tant qu'il y aura des vents pour faire chanter les arbres. La forêt boréale, dans sa munificence, s'enroule dans sa mémoire comme un ruban et se déploie la nuit dans ses rêves…

De l'autre côté de la barrière, il y a le Refuge. Des enfants joyeux suivent le chemin que Michel a tracé. Il entend leurs voix claires et rieuses, devine leur émerveillement devant le lynx ou le grand duc, imagine leurs visages éclairés de tendresse, leurs regards si proches de ceux des animaux, comprend leur impulsion de vouloir caresser les poils et les plumes. Leur gaîté semblable à de l'ivresse coule comme une source fraîche le long des sentiers du Refuge, sans jamais se tarir. Dans le Refuge, les frontières entre le monde des humains et celui de la nature sauvage s'estompent. L'artisan Michel Pageau a réuni la grande famille.

Bibliographie

Histoire de l'Abitibi-Témiscamingue, ouvrage collectif sous la direction d'Odette Vincent, Institut québécois de recherche sur la culture, 1995.

Pierre Trudelle, *L'Abitibi, d'autrefois, d'hier et d'aujourd'hui*, Amos, Chez l'auteur, 1937.

Normand Lafleur, *La Vie quotidienne des premiers colons en Abitibi-Témiscamingue*, Ottawa, Leméac, 1976.

Paul Malouin, *Le Livre du trappeur canadien*, Montréal, L'Aurore, 1976.

Paul Provencher, *Le Guide du trappeur*, Montréal, Les Éditions de l'homme, 1973.

Benoît Brouillette, *La Chasse aux animaux à fourrure au Canada*, Paris, Gallimard, 1934.

Normand Lafleur, *La Vie traditionnelle du coureur de bois aux XIXe et XXe siècles*, Montréal, Leméac, 1973.

André Chaigeau, *Le Manuel du piégeur*, Paris, Payot, 1970.

Bruce G. Trigger, *Les Indiens, la Fourrure et les Blancs*, Montréal, Boréal, 1992.

Olaus J. Murie, *Les Traces d'animaux*, Ottawa, Broquet, 1989.

Hélène Jolicœur et Michel Hénault, *Les Loups au Québec : meutes et mystères*, Société de la faune et des parcs du Québec, juin 2003.

Hélène Jolicœur, *L'Ours noir et vous ! Ou comment éviter les problèmes avec les ours noirs*, Société de la faune et des parcs du Québec, Direction du développement de la faune, mai 2001.

Éric Collier, *La Rivière des castors*, Paris, Flammarion, 1961.

Alain Messier, *Dictionnaire encyclopédique et historique des coureurs des bois*, Montréal, Guérin, 2005.

André Croteau, photographies de Michel Sokolyk, *Guide de la forêt québécoise saison par saison*, Montréal, Les Éditions de l'homme, 1996.

Kenneth Conibear, *Bêtes du Grand Nord*, Paris, Albin Michel, 1939.

Pierre Morency, *L'Œil américain*, Montréal, Boréal, 1989.

José Ortega y Gasset, *Méditations sur la chasse*, Québec, Septentrion, 2007.

Hubert Reeves, Malicorne, *Réflexions d'un observateur de la nature*, Paris, Seuil, 1990.

Hans Jonas, *Une éthique pour la nature*, Paris, Desclée de Brouwer, 2000.

Michel F. Girard, *L'Écologisme retrouvé*, Ottawa, Presses universitaires d'Ottawa, 1995.

Lorne F. Hammond et Janet Foster, *Working for Wildlife : The Beginning of Preservation in Canada*, Toronto, University of Toronto Press, 1998.

Le Roy Bacqueville de la Potherie, *Histoire de l'Amérique septentrionale*, Paris, Éd. du Rocher, coll. « Nuage Rouge », 1997.

Aldo Leopold, *A Sand County Almanach*, Oxford University Press, 1949.

Remerciements

Ils s'adressent tout d'abord à Michel et à Louise Pageau, qui m'ont confié leurs souvenirs et ouvert leur cœur sans réserve.

Reconnaissance à Nathalie Pageau, Jacques Pageau, Roby Beaulieu, Félix Offroy, du clan Pageau.

Merci aux amis du pays d'en haut, qui ont le cœur chaud même quand il fait « fret » :

André Mowatt, de Pikogan ; Jean-Léo et Gema Bérubé, les Pourvoyeurs de Forsythe ; Gilberte Demers ; le Grand Roch Adam ; Zarina Boily ; France Turbide.

Alain Ouellette, du ministère Tourisme, Chasse et Pêche à Amos.

À Henri Jacob, de l'ABAT Action Boréale ; à Jean-Pierre Villeneuve et Richard Beaudouin, de VIA Rail Canada.

Merci pour leur aide à Randa Napky, Stéphanie Lamarche et France Lemire, de l'Office du tourisme Abitibi-Témiscamingue.

Gratitude à Rémy Michel, qui sut garder un œil de lynx et l'opiniâtreté du carcajou tout au long de la piste.

Et à Jean-Christophe Brochier pour la confiance.

Merci à Nelcya Delanoë

Remerciements à Yvonne Simard, de Destination Québec à Paris.
À Florence Trouillard, de Jetset Voyages. À Philippe Mesda, de l'ONF.

Merci aux habitants et à la Nature d'Abitibi.

Table

Préface, par Hubert Reeves 7
Introduction. Il était une fois l'Abitibi… 11

PREMIÈRE PARTIE

1. À chacun son école 25
2. La mire et la mitre 35
3. Noël, la moufette et la banque 41
4. Le camp de Waswanipi 51
5. Peaux de loups 65
6. Permis de chasse n° 294 376 73
7. Sus aux intrus ! 83
8. Le magasin général 91
9. Une « blonde » nommée Louise 99
10. Quand le lac parle 113

DEUXIÈME PARTIE

1. « Dret dans le mille ! » 129
2. La chasse à l'honneur 141
3. Les préparatifs du trappeur 151
4. « Aux voleurs ! » 163
5. Dans l'œil de la tempête 175

6. Les ingénieux ingénieurs 185
7. Mortels élixirs 199
8. Nuit de pleine lune 209
9. Les plaisirs du système D 221
10. Le Grand Projet 229
11. L'orignal et les braconniers 237

TROISIÈME PARTIE

1. L'éveil 253
2. Naissance du Refuge 263
3. Counou le castor 273
4. D'hommes et d'animaux 283
5. Les adoratrices 293
6. Une passion vache 305
7. Le dominant blessé 317
8. L'espoir du loup 329
9. La grande famille 337

Bibliographie 343

Remerciements 345

DU MÊME AUTEUR

Le Guide des actions pour la nature et les animaux
(avec Philippe Jost)
Hors Collection, 1994

La Dernière Frontière : Indiens et pionniers
de l'Ouest américain, 1880-1910
Albin Michel, 1994

Chevaux en terre indienne
Albin Michel, 1997

Le Guide des actions humanitaires
(avec Philippe Jost)
Hors Collection, 1998
et « J'ai lu », n° 7086

Le Guide de l'Amérique indienne
Hors Collection, 1999

Les Routes de l'Ouest
Sur les traces de Lewis et Clark
Le Pré-aux-Clercs, 2004

Agir pour la cause des femmes
Le guide des actions bénévoles
Le Pré-aux-Clercs, 2005

Agir pour voyager autrement
Le guide des nouvelles solidarités
Le Pré-aux-Clercs, 2005

Enquête sur les guérisons parallèles
Vérités et mensonges
(avec Rémy Michel)
Le Pré-aux-Clercs, 2006
et Pocket, n°13241

OUVRAGES POUR LA JEUNESSE

Les Indiens d'Amérique du Nord
Milan, coll. « Les encyclopes », 2005

La Conquête du Far West
Éditions La Martinière, 2007

RÉALISATION : NORD COMPO À VILLENEUVE-D'ASCQ
IMPRESSION : CPI FRANCE
DÉPÔT LÉGAL : JANVIER 2010. N° 101922-2 (2023725)
IMPRIMÉ EN FRANCE